龍馬行

司馬遼太郎

2

李美惠 譯

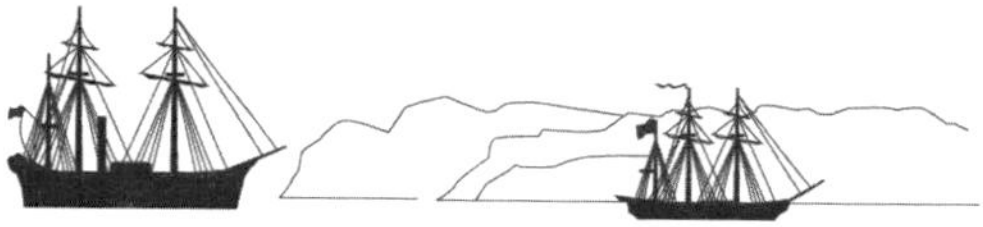

目錄

熱血青年

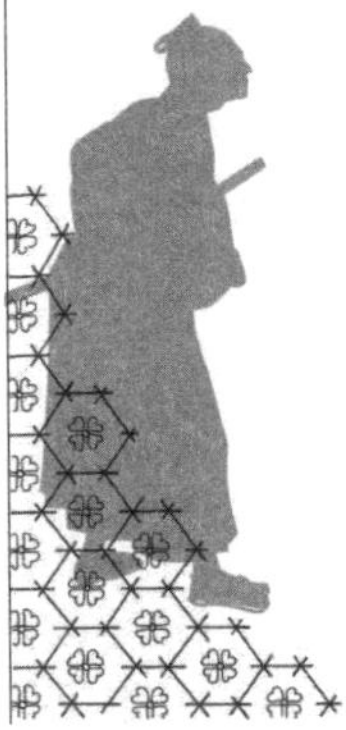

新的一年揭開序幕，是為安政五年（一八五八）。

龍馬二十四歲了。

他在藩邸過年，但太陽一升起即前往千葉道場向貞吉師傅拜年，接著以代理師範之身分與重太郎同在道場接受所有門人拜年。

門下諸生輪番上前請安，他們先向重太郎祝賀：

「少師傅，恭賀新禧。」

接著再向龍馬道：

「坂本師傅，新的一年也請您多指教。」

下午，重太郎迫不及待把龍馬叫到自己房間，對他說：

「就咱哥倆自己來慶祝一下吧。」

說著便要妻子八寸準備酒菜。

「重兄，恭喜。」

龍馬舉起酒杯微微低頭道。他這句恭喜並不是拜年的客套話。

因為今年初開始，千葉重太郎就要奉召就任因幡鳥取池田家的刀術指導了。

千葉一族是劍道名門，因而總是蒙水戶德川家為首的其他諸藩招攬，不但享有俸祿，還得以在市內經營道場，這已成為周作以來的慣例。

當然不必前往該藩領國，只需到該藩的江戶藩邸就任即可。重太郎也是如此，每三天就上池田家的江戶藩邸指導一回。

「我穿不慣正式服裝，說話又是這副德性，所以實在不適合當官呀。」

重太郎靦腆地笑笑，就此避開這話題，接著又問：

「倒是龍老弟有何打算？」

「我能有什麼打算？我可不穿正式服裝。」

「我想也是，你穿起正式服裝也不太像樣，所以還是那樣打算吧？」

「什麼打算？」

「打算今年秋天返鄉嗎？」

「規定就是這樣。」

藩方批准龍馬到江戶留學的期限只到今年秋天。

「難道不能設法求情，延長你居留江戶的時間嗎？」

「恐怕不成吧。」

藩裡規定甚嚴，若擅自逾期滯留江戶，等於觸犯脫藩的大罪。

「少了你，我們在江戶就無聊了。」

重太郎是個道地江戶仔，格外多愁善感。

「你返鄉後究竟打算做什麼？」

「還沒想到那麼多。」

龍馬心情也一落千丈。

事實上他什麼也不想做。大哥權平似乎有意在城下找個適合地點幫他開道場，但龍馬並無此意。這麼年輕就死心塌地當個道場師傅，娶妻生子，以鄉下刀客身分終其一生？光想都覺得無趣。

當時江戶的土佐藩邸除位於鍛冶橋的上屋敷（本邸），還有位於日比谷的中屋敷，位於鮫洲、巢鴨的兩處下屋敷，及位於深川砂村的鷹屋敷等，各處屋敷都有藩士駐守。

外國對幕府的壓迫日漸加劇，諸藩也逐漸將領國內的有為青年召至江戶，加強他們的武功及學問。
如此傾向以長州及土州兩藩最為明顯。
土佐藩的鍛冶橋藩邸甚至因年輕藩士人數暴增而增建數棟宿舍。
這些年輕藩士離鄉時，父兄及長輩都曾如此叮囑：
——像武市或坂本那樣有出息再回來！
武市半平太
坂本龍馬
兩人的名聲早已響遍故鄉土佐的每個角落。
尤其武市半平太從小就是人見人誇的神童，因此故鄉的大人總是鼓勵聰明的年輕人：
——多學學半平太！
而對愚鈍的年輕人則說：
——就連本町筋一丁目那個鼻涕蟲都能當上千葉道場的塾頭，所以你千萬別自暴自棄，要繼續努力啊！懂嗎？
換句話說，武市是天才的代表，而龍馬則成了蠢材的偶像。
武市不但常駐藩邸，又樂於照顧人，自然成為年輕藩士仰慕的對象。年輕的下級藩士漸漸暗中集結，儼然成了「武市黨」。
龍馬就不是這樣了。
他不喜歡住在無聊的藩邸，幾乎都不回來。
因此遠從土佐而來的年輕人，多半不知這位蠢材之神的廬山真面目。
春節過後某日，武市特地到桶町的千葉道場來。
「家鄉來了許多新面孔，你能不能上藩邸住個四、五天？大夥都想見見你呢。」
武市道。
龍馬搔搔亂七八糟的鬢角，一臉為難地笑笑。
「這有什麼好為難的？很多人都說想見見你呀。」
「我知道，我知道。」
這些人不是小時候老尿床或流鼻涕，就是記性不佳，偏以為龍馬握有專治愚蠢的仙丹妙藥。

「原來如此。」

聽龍馬這麼一說，武市也忍不住大笑。

「難怪你這麼為難。我知道了，原來他們是因為這樣才仰慕你的。不過你還是願意來吧？」

「嗯，上藩邸住幾天也無妨。」

當晚便返回藩邸。

年輕藩士早在武市房裡備了酒菜恭候龍馬。

他們個個都很年輕。

除武市之外就屬二十四歲的龍馬最年長。

「坂本師傅。」

甚至有人如此稱呼龍馬。負責接待的年輕人將龍馬領進房間，請他坐在武市旁邊的上座。

「哎呀，我怎能坐在這上座呢！」

龍馬雖如此推辭，眾人卻堅持要他坐在上座。龍馬環視之後，發現成列學生的神情都十分規矩。

酒宴一開始，新人便輪流捧著杯子上前，請龍馬賜酒。

「真教人吃驚。」

龍馬一一為他們斟酒，心裡不勝感慨。

「沒想到我也已上了年紀。」

自十九歲到江戶，如今已近五年，不知不覺中成了藩邸諸生的學長。

「龍馬。」

一旁的武市道。他是後世戲曲人物「月形半平太」的原型，即使喝了酒身手依然厲害不減。

「今晚喝個大醉吧。」

「嗯，武市兄也喝個大醉。」

「好，就喝到不醒人事為止！」

眾人開始唱歌。

土佐諸生唱的，照例是傳統的土佐民謠〈夜來調〉，是把相同的節奏一再填上新詞來唱的簡單歌謠。

在土佐高知的

播磨屋橋
看到和尚買髮簪唷

「嘿唷！嘿唷！」

龍馬也拿筷子敲碗高歌。依照慣例，如此酒宴，大家都要輪流高歌自己填詞的〈夜來調〉，因此龍馬也即興唱道：

在繁花盛開的江戶
兩國橋
瞎子特來買眼鏡唷

龍馬日後一直以此自創歌詞自豪，其實也不怎麼高明。

這時，角落一名眼神犀利、五官精悍的人突然站起身來。

他「唰」地拔出大刀，舞起〈本能寺〉的刀舞來。

又吟詩又舞刀的，年紀看來約莫小龍馬兩、三歲。

「喂，這誰呀？」

龍馬問武市。

「你有所不知，他是安藝郡北川鄉鄉長的兒子，也是長曾我部武士之後，名叫中岡慎太郎。」

「哦？是他呀。」

這名字龍馬聽過，聽說這人有剃刀般的精明頭腦及絕佳的實行力。

「相貌不凡。」

「嗯，若生在戰國時期，說不定也能君臨天下。」

中岡慎太郎表演完後正要回座，武市朝他招手道：

「中岡君，過來一下。」

「為什麼？」

中岡一臉抗拒，幾乎讓人打退堂鼓。龍馬這才想起，在座眾人只有他沒來向自己請酒。

「怎麼這麼問呢？」

難得武市也一臉不悅。

「叫你過來就過來！」

「武市師傅沒理由也隨意召喚人嗎？」

「那我倒是問你，難道沒理由你就不過來嗎？這不過是三步路的距離呀。」

「即使只是三步路，若沒理由，我中岡慎太郎也不會過去。」

「這人真是怪胎。」

龍馬心想。可不只是凡事愛講道理，簡直就是道理的化身。

武市似乎也拗不過他。

「不，其實是有點理由。」

「那就請說。」

「坂本君在此，我想把你介紹給坂本君認識認識。」

「請不必多此一舉。」

這話教武市和龍馬都大吃一驚，這豈非公然挑釁？

「為什麼？」

「我對耍刀的沒興趣。」

「中岡君！」

武市把刀拉近。

「竟敢侮辱前輩，我絕不放過你。不管怎麼說，我也是耍刀的呀。」

「武市師傅不同。您有心以刀成就天下之事，正因如此我對您萬分尊敬。可您身邊這位只是個單純耍刀的，抱歉，恕我失禮，但這是事實。枉費他腰間懸著佩刀，卻顯然毫不關心天下情勢，也從未想過我等年輕人該為何犧牲。這種人我慎太郎無意親近。」

「真教人震驚呀。」

龍馬愣得瞠目結舌。

「中岡君！」

武市抄起佩刀起身。

「到外面來！朋友遭你如此羞辱，我豈能默不作聲！」

「不，我來！」

岡田以藏幾乎是跳著站起身來的。他因屬低階的足輕（編註：負責雜役的步卒，為最下級武士）身分，打從剛才就敬陪末座並瑟縮著身體。但眼見龍馬遭人羞辱，自然無法再袖手旁觀，況且在劍道上他還是武市的弟子，一定是想「有事弟子服其勞」吧。

「就由小的來吧。中岡，到外面來！」

說著拇指微頂刀鍔。真不愧是日後人稱「殺手以藏」的人物。

「哎呀，這下子……」

這節骨眼，如此爽朗打圓場的竟是被害者本人龍馬。

「我可真服了你啦！」

龍馬誠懇地低頭行禮。

「中岡君，你說的一點也沒錯。我才疏學淺，什麼都不懂，天下情勢如何，面對如此情勢又該如何像你一樣發出不平之鳴，這些我一概不知。唯一知道的就是北辰一刀流的攻守技巧。」

「……」

席上鴉雀無聲。

眾人方才以為龍馬會一刀砍死無禮的中岡，沒想到他竟真心誠意地認錯。

「坂本兄。」

這下該中岡不知所措了。

「我就是這個性。最近一想到國家的前途，連晚上都睡不著覺。沒想到咱們土佐藩的年輕人好不容易上江戶來，卻沉迷於玩樂，學會一首小曲就心滿意足。個性較老實的，也只知鑽研刀術，對世事毫不關心。我看了實在心急如焚，今晚喝了酒更覺氣血上湧，如坐針氈。」

他似乎已有醉意。

「不，你真了不起。」

龍馬一本正經道。

「你生為土佐安藝郡北川鄉偏遠山區鄉長之子，卻心繫天下大事，即使醉酒仍未稍減，我真該向你學習。可我自小就是個蠢材，因此凡事只能慢慢學習。在我尚未成材，尚無法為世間盡一己之力前，只得專心研究刀術，還請你別見怪。」

「不，我現已酒醒。」

中岡坐到龍馬跟前。

「請原諒我酒後妄語。」

「哦？那是酒後妄語嗎？」

龍馬仍一派天真。

「真是酒後妄語嗎？」

「是。」

「真教我吃驚。我還以為你是真心誠意給我忠告呢，沒想到竟是酒後妄語。」

「不過……」

「我真被你搞混了。你道歉是因承認自己方才的話是酒後妄語，對吧？但武士即使隨口一言都攸關性命，而你卻立刻承認自己是妄言，甚至道歉，實在不符我等刀客風範。」

「那麼我就不道歉。」

「這好。」

龍馬放下酒杯又道：

「你既已說出心裡想說的話，心情應該暢快多了吧，那現在輪到我了。讓我也一掃心中的陰霾吧。」

「請便。」

龍馬突然揪住中岡的前襟。

中岡企圖掙脫，但龍馬力大無窮，中岡竟動彈不得。

「抱歉啦！」

龍馬握緊拳頭，以迅雷不及掩耳的速度朝中岡臉頰猛揮過去。

「啊！」

「這下我心情也暢快了。中岡君，來，喝一杯！」

那夜龍馬的舉止，事後一直縈繞在武市半平太的腦海裡。
「好傢伙！」
武市心裡暗想。
但以現代語彙來說，龍馬的確毫無世界觀。不管天下國家情勢如何轉變，他仍不顧一切關在道場裡。
「再這樣下去，他就只能成為一介刀客了。」
翌日，中岡慎太郎來到武市房間，雙手支地道：
「武市師傅。」
中岡在桃井春藏道場學刀，而武市是桃井道場的塾頭，故對他而言武市也是「師傅」。
「昨晚酒後失態，對坂本兄多所冒犯，深感抱歉。」
「跟我道歉也無濟於事。不過你酒品實在不佳，以後應多加注意才是。」
「是。」
武市個性就像長州的吉田松陰，好為人師。
「不過，關於那件事，既然坂本後來揍了你一拳，也就算扯平了。」

「他力氣之大真是驚人哪。」
「不，更驚人的是……」
朝中岡臉頰揮拳之際，龍馬仍滿臉笑容。揍了他之後，又以溫暖得足以融化人心的笑容道：
——來，喝一杯！
他絕非泛泛之輩，肯定是個厲害角色。
接下來還有更讓武市吃驚的，挨揍的中岡竟也順著龍馬的意思道：
——嗯，乾杯！
說著端起酒杯一飲而盡。中岡這人雖精於理論卻沉不住氣，是個隨時可能爆發的激進份子。而他結結實實挨了一記重拳後，竟仍乖得像隻貓，後來甚至還唱了一、兩首歌。或許龍馬具有軟化對方的獨特能力吧。
「如此人才……」
正因如此，武市也不禁暗自佩服。
「實在可惜啊。」

武市也對中岡如此表明。

「是啊。」

中岡也點頭表示同意。

「我的行為的確十分失禮，但我當時對坂本兄提出的看法至今仍未稍改。」

「如何，咱們來開導開導他吧。」

武市好為人師的毛病又犯了。

「如此人才只要加以開導，不僅能成為土佐藩的大人物，甚至能名震天下，不，說不定還能名垂青史呢。」

「就這麼決定。若不好好開導坂本兄，我那一拳豈非白挨了。」

這位中岡慎太郎幕末脫離土佐藩改投長州，在各地奔走後，終於在京都現身。他將橫行洛中的各藩脫藩浪人集結於今京都大學一帶，組成陸援隊並親自擔任隊長，而成為天下的風雲人物。

有句話說「大器晚成」。只能用這個詞來形容龍馬了。

安政諸流比試大會之後，龍馬平日有何想法，老實說筆者找遍資料、竭盡所能想像後仍一無所知。關於這點，較龍馬年長的半平太及年輕的中岡慎太郎兩位朋友同樣一頭霧水。

「他究竟在想什麼呀？」

武市這種反應敏銳的人，肯定無法理解龍馬為何如此懵懂。

因為當時日本政界及論壇，無不因開國或攘夷、幕府之於朝廷、將軍繼承人選等問題而鬧得四分五裂。

與坂本龍馬並稱維新元勳的西鄉隆盛，此時已奉主君薩摩侯島津齊彬之特命，為將軍繼承人選之幕府重大決議奔走於江戶及京都。桂小五郎（木戶孝允）也因對海防問題特別關注，頻向主君毛利侯獻策，並努力學習西洋砲術。三人都將成為維新史上的主角，唯獨龍馬尚未開始練習如何上台表演。不僅如此，就連做夢都未想到自己即將粉墨登場。

以上三人都屬維新史上的「演員」，而如此大型維新劇的劇作家及宣傳人員也均已出線。

最重要的人物，應該是長州的吉田松陰吧。

他於安政元年（一八五四）三月，不顧國家禁令，從下田港以小舟划至美國軍艦船舷，請求搭美艦航至海外，可惜遭美方拒絕（因恐與日本幕府發生外交糾紛）而鋃鐺入獄，被關進江戶傳馬町的監獄。當時松陰年僅二十五歲。此事件對幕府而言只是單純的違法行為，但無疑使培里艦隊的官兵大為震驚。

培里的《日本遠征記》（一八五六年美國政府印刷局公開出版。由培里監修，法蘭西斯．霍克斯編輯的大規模記錄，內容包括培里提督及艦隊士官的備忘錄及日記等）中有如下的記載。

> 此二人之事件……

培里等人如此描述。所謂的「二人」指的自然是松陰及其弟子金子重輔。

> 令我們十分感動。這兩名受過教育的日本知識份子甘冒生命危險，不惜違反國家法律也希望增廣見聞，他們求知若渴的決心可見一斑。日本人實為性好學習而研究心強的民族。（中略）再無任何事物較此二人事件更能展現日本人對新奇事物的強烈求知慾。日本人如此好奇心雖因法律及幕府的監視而受到壓抑，但未來必將開創一個超乎想像的世界。

松陰事後以囚犯身分遣返長州監獄拘禁，後獲赦改被軟禁於生家（杉家）自宅，到此時已是第三年（截至安政五年為止）。

松陰在江戶遭處以極刑（翌年安政六年）之前的短短三年間，一直在松下村塾傳授學問，門下弟子人才輩出，包括桂小五郎、高杉晉作、久坂玄瑞、伊藤博文、山縣有朋、品川彌二郎、吉田稔麿、山田顯義、前原一誠、益田彈正、野村靖、入江杉藏等維新運動的激進派人物。

時代的巨輪不斷前進。

可說唯有二十四歲的龍馬仍原地踏步。

這段期間龍馬完全沉醉在刀術之中，其實是因刀術本身太有趣讓他欲罷不能。這段時期可說是他開始領略箇中奧祕的巔峰時期。

「談論天下國家大事的工作就交給桂小五郎及武市那些才子吧。」

他這麼想。但如此決心並不是基於冷靜的考量，而是心中的自卑感使他不得不作此想。

自己腦筋不好，這是龍馬長久以來的錯誤觀念。此觀念是兒時私塾老師給他種下的。城下大膳町私塾的楠山庄助老師見龍馬學習能力之差大感詫異，甚至表示自己無法繼續教導而拒收。少年龍馬當時傷心而產生的自卑感至今仍難以擺脫。

但如此自卑感卻得以在劍道上一掃而光。在劍道的世界中，龍馬可謂獨占鰲頭，哪怕是桂小五郎或武市，只要進入這世界都難逃成為龍馬手下敗將的命運。龍馬之所以沉迷於此世界也是理所當然的。

然而世局正不斷改變。

這龍馬自然也知道。

不僅知道，龍馬所在的桶町千葉道場甚至還是年輕評論家聚集的巢穴。

年輕氣盛的武士在江戶有三大巢穴。

神田玉池及桶町的千葉道場（塾頭坂本龍馬）

麴町神道無念流的齋藤彌九郎道場（塾頭桂小五郎）

京橋蜊河岸的桃井春藏道場（塾頭武市半平太）

此三大道場各有一千多名遠自日本各地來此習刀的年輕武士，地位大概相當於今天的東京大學、早稻田大學及慶應義塾大學吧。

他們來自諸藩的江戶屋敷，甚至遠從九州、奧州等遠國的城下町而來，本就年輕氣盛。

學刀之餘眾人也共同討論國事，互換書籍並交換意見，只要入塾個一年，就脫胎換骨成為有志青年了。

維新志士（包括佐幕派的新選組組員）大多出自此三大道場。若無此三大道場，或許日本歷史也將大不相同。

他們的思想多半是從劍道同學口中聽來的，並無傳授思想的老師，不如說是與朋友及同學彼此切磋琢磨而得來的。

然而——

龍馬依舊超然獨立。

與其說是超然獨立，不如說是避之唯恐不及。

「那種話題有些艱深，我沒辦法參與。」

我是笨蛋。就是這份天生的自卑感使他如此。

這也正是武市想「開導」他的。

安政五年四月末的某一天，武市半平太帶著弟子岡田以藏到桶町的千葉道場來找龍馬。

目的是來開導龍馬。

「什麼？武市來找我？」

龍馬立即中止對打練習。對龍馬而言，武市是個難相處的善辯者，但若一個月沒見著他又有些想念。

他趕緊將武市帶至道場的休息室，開門見山問道：

「有什麼要事嗎？」

武市立刻回答：

「天下發生重大變故了，你不知道嗎？」

龍馬泰然自若地說：

「不知道。」

這時好客的重太郎進來招呼道：「原來是武市師傅。」又說，武市師傅大駕光臨，怎沒拿酒出來呢？龍老弟，你也實在太怠慢了。說著便「酒！酒！」地吆喝八寸備酒，搞得雞飛狗跳的。因此龍馬也看不下去了。
「重兄，天才剛黑，即使大家都頗具酒量，時間也不對吧？更何況人家武市師傅今天可是來通知我們天下重大變故的呀，就先靜靜聽他說吧。」
「是這樣嗎？」
千葉重太郎於是滿臉笑容坐下。
武市先朝千葉鄭重一禮。
「彥根侯井伊掃部頭（直弼）大人已晉升大老之位。」
龍馬並不意外。以他的出身門第，這不是理所當然的嗎？
井伊家祿高三十五萬石，在德川家為譜代家臣（編註：關原之戰前即代代仕於德川家之家臣）之首，此家系代代都有人出任大老（老中之代表，在幕府內閣中相當於總理大臣），這已是慣例。
直弼個性桀驁不馴。
且在有識之士間，素有「無識而凶暴」的惡名。
但他生來運氣就好。他是偏房之子且排行十四，自年輕時期起就獲賜城內小屋及二百石贍養米糧，換句話說在藩裡理應永無翻身機會。
孰料之後兄長相繼過世，讓他在已屆中年後出乎意料地登上藩主寶座。
他隨即積極運作，企圖進入幕府，為此甚至致贈老中（編註：江戶幕府中僅次於將軍之職，負責統轄國政）松平伊賀守三十枚黃金。松平雖婉拒此賄賂卻感其誠意，於是居中斡旋領他進入江戶政界。
武市如此道。
龍馬這下也不得不驚訝。
「他連這都曉得呀！」
其實知道這些內幕並不足為奇。
相對於幕府內閣，閣外最大勢力就是御三家（編註：德川氏中有資格繼承將軍之位的三個家系，指紀伊、尾張及水戶）之首水戶家的齊昭。此家系自水戶光國（俗稱水戶黃門）以來，一直是三百諸侯中意識形態特別鮮明的。換句話說，此家系儼然尊王派的總本山。齊昭個性尤其剛強，經常指出幕府的不是。

堪稱齊昭手下的大名有三人，以越前侯松平慶永（日後的春嶽）為首，另兩人為薩摩侯島津齊彬及龍馬等人之藩主山內豐信。

他們手下各有類似祕書的名臣。越前有橋本左內、中根雪江，薩摩則有西鄉隆盛，而土佐則無。

這些政界消息，都是武市從相當於越前侯祕書角色的橋本左內等人口中逐一聽來的。

「現在……」

武市把鐵扇立在膝蓋上道：

「就來談談事局動盪的情況吧。」

「喔。」

龍馬開心地摸摸臉頰。他也猜到武市這回是特別來開導自己的，這種不請自來的老師實在罕見。

「前些年，培里來了，對吧？」

這是很久以前的事了。當時是嘉永六年（一八五三），龍馬才剛到江戶，故已是五年前的事了。

當時培里為迫使幕府逐步開國，刻意以艦隊示威，進行充滿恐嚇意味的外交活動。

幕府的確因此軟化了態度，但受水戶學影響的在野志士卻群情激憤，日本六十餘州就此掀起攘夷之論。

然後是俄國人。

當時俄國被稱為「赤蝦夷」。寬政年間（距龍馬此時約六十餘年前）的先覺林子平曾公開表示：「赤蝦夷有意擴張南北勢力，將來恐成脅迫日本之禍根。」而因妖言惑眾之罪受懲。

俄國派國使普提雅廷曾經持沙皇尼古拉一世的親筆國書至長崎訪問，時為培里來日不久之後的嘉永六年七月。

俄國早知日本幕府已因美國之威嚇而驚恐不已，故好言勸誘道：

「請與俄國通商。如此日本得到的不僅是商業上的利益，更可獲得軍事利益。萬一美國侵略日本，我們必以艦隊遣陸軍前來支援作戰。」

普提雅廷的態度和以艦砲威嚇的培里截然不同。他對幕府所派的外交官長崎奉行進行懷柔策略，並招待奉行所全體官員上軍艦參觀。

——接著請您看個有趣的東西。

隨後播放一段幻燈影片。這是利用幻燈機將一張張幻燈片依次打上螢幕，影像即緩緩做出動作。最初出現的是頭大象。

大象一開始移動，眾人便已大驚，沒想到後來螢幕上更出現一個妖豔的俄國美女。那美女隨即跳起舞來。若僅止於此就算了，不料那美女卻開始脫起衣服，一件件直脫至全裸。接著又出現一個男人，也同樣脫得一絲不掛，然後與那美女演起閨房祕戲。

奉行所的官員個個心服口服，向江戶提出的報告中也特別註記：

——俄國與美國態度大不相同，十分和平。

因此幕閣及江戶的論壇一時全壓倒性地成為親俄派。尤其幕閣中人才濟濟的海防掛（外交部）幾乎一致認為：

——只要請俄國提供軍艦及大砲，就不必怕美國的強硬態度了。

「但其實當時俄國身陷克里米亞戰爭，正忙於塞瓦司托波爾要塞的爭奪戰，且顯然已呈敗相，根本無暇顧及日本。」

「就在這段期間，墨夷（美國）方面又派來一個名叫哈里斯的人。」

武市道。

武市半平太不僅工於詩文，口才也佳。

他口才雖佳，但哈里斯這段就不借武市之口敘述，改由筆者介紹吧。（主要原因是，武市受水戶學派影響，轉述起來難免有失公允。）

在培里的脅迫下，幕府與美國、英國、俄國及荷蘭四國締結了條約，但都只是親善條約而不是通商條約，諸國因此大為不滿。

於是安政三年（一八五六）七月，美國人湯森・哈里斯以駐日總領事的身分進入下田港，對下田奉行提出：

——我是合眾國總統的代表。總統希望與日本締結通商條約，表達如此要求的國書我也帶來了。我請求謁見江戶的將軍，直接面呈此國書，絕不遞交給將軍以外的任何人。

如此強硬的對日態度是培里以來的一貫作風。

幕府大為驚慌。以幕府的立場而言是絕對不准外國人進江戶的，遑論讓他直接謁見將軍。

日方百般解釋，企圖阻止哈里斯，但這位以貿易商人身分崛起的外交官卻冥頑不聽。

——若日本不接受我方政府的要求，總統決定即使採取非常手段也要達成目的。我方已做好如此準備（大砲的準備）。

他如此放話。這不單是威脅，事實上去年九月，英國已進攻清國，放火燒了廣東。

幕閣對此也知情，故只得屈服（如此態度更讓國內的攘夷論甚囂塵上），先締結了下田條約，又批准他上江戶，最後甚至答應讓他直謁將軍。

幕府礙於堅持攘夷的輿論，一時還不敢斷然開國（締結通商條約），但最終仍屈服在哈里斯強勢的談判之下，答應自去年（安政四年）十一月開始，逐條進行通商條約的協議。最後在正月十二日完成全部的協議。

接下來只差天皇敕許了。

這些條約必須得到京都天皇的批准才算正式成立。但朝廷方面可就不好對付了。當時天皇（孝明天皇）懼怕外國的程度，簡直有如罹患外國恐慌症。

不僅如此，天皇身邊的公卿已三百年未接觸政治，故對當時的政治情勢、日本的國力及海外知識一概渾然不知。何況這些公卿周遭圍繞著許多來自各藩的浪人及儒者等極端的攘夷論者，一逮到機會就對他們洗腦。

江戶政界雖已決心開國，京都論壇卻仍徹底支持鎖國攘夷論。

如此氛圍之下，再怎麼說也不可能依幕府之要求敕許。

當時京都與江戶採取對立態度。若幕府堅持遵守和哈里斯之間的約定，勢必得先鎮壓出沒於京都的浪人及評論家，讓眾公卿為之戰慄（幕末維新的腥風血雨即肇始於此）。

「哦？好精采啊。」

龍馬雖如此讚嘆，但仍一副聽人說書的表情。

安政五年已進入八月。

再過一個月，龍馬的留學期限就到了，屆時非離開江戶不可。一名刀客即將自江戶消失。

——好可惜呀。

千葉重太郎每次看到龍馬總要如此嘆道。而隨著日期逼近，妹妹佐那子也日漸憂鬱。

她最近已不常進道場，老是關在自己房裡。

重太郎發現妹妹如此情形十分心疼，但總不能硬叫龍馬：

——娶了她吧！

根據重太郎的觀察，龍馬似乎也不討厭佐那子，只是一提起佐那子的話題，龍馬就刻意顧左右而言他，似乎另有打算。

「男女之緣實在勉強不來呀。」

當時的人只要以「緣分」二字，任何事都能解釋得通。該放棄，還是該欣然接受，皆因不可思議的緣分。龍馬和佐那子之間，或許就欠缺如此不可思議的緣分吧。

情況或許不盡相同，但武市半平太也因自己和龍馬想法（雖然目前仍渾沌不清、尚未成形）不同，或許終將因「無緣」而呈半放棄狀態。

正月以來，武市每個月都上桶町的千葉道場來兩、三次，聊時事順便「開導」他。龍馬卻依然故我，絲毫未受感化。

依舊茫然未覺。

今天武市又來了。

——說到這個哈里斯……

時事課繼續，龍馬卻突然打了個大哈欠。此舉令喜怒不形於色的武市十分不悅。

「難道這傢伙真是朽木不可雕也？」

武市心中暗罵。

「哈里斯又怎麼啦？」

龍馬伸直兩腿，雙手撐在身後，那姿勢就像倒在地上似的。

這是龍馬一貫的姿勢。武市凡事一本正經，光是這姿勢就讓他看不順眼。這豈是後進接受教誨的應有態度！

「這傢伙真教人惱火！」

武市心裡雖如此嘀咕，但好為人師的個性卻迫使他繼續講課。

「關於這項條約，京都方面的敕許一直不下來。幕閣夾在哈里斯和京都之間一籌莫展，兩面不是人。」

哈里斯被逼急了，竟說：

——我方一直以為江戶政府是日本的正式政府，但似乎弄錯了。既然江戶政府無法蓋章批准，那我們就找能夠蓋章批准的政府協商。看來應該去找京都政府才對吧。

這下該幕府慌了。要是真讓他們那麼做，從外國人的角度看來，等於向他們承認京都朝廷才是真正代表日本的政府，而江戶政府也無異消失於瞬間。

安政五年四月，井伊直弼就任大老之職。

井伊決定一意孤行。

他未經天皇敕許便擅自蓋章批准。

如此一來，尊王攘夷論更如野火燎原般一發不可收拾。
再過一個月龍馬就必須離開江戶。
如此，龍馬的青春第一期也將隨之告終。
龍馬十分依依不捨。
最近，就連武市半平太都開始建議龍馬：
「喂，拜託老家的權平兄到藩廳說個情，申請延長江戶的居留期限吧。天下情勢動盪不安，將來若希望有所貢獻，一定要留在江戶。悶在老家是注定一事無成呀。」
今天也是一樣情況。
桂小五郎突然到桶町千葉道場來找龍馬。
「坂本君，聽說你要回去啦？」
這事似乎已傳到齋藤道場，連桂小五郎都聽說了。可見龍馬即將返鄉的風聲在年輕刀客之間已成為熱門話題。
「是呀，不得不回。」

龍馬的眼神有些不捨。自己即將離開這些朋友獨自返回偏遠的土佐，一思及此，心中就忍不住激動。
但桂小五郎並未勸他：
「別回去吧。」
因桂小五郎與他不同藩，自然不好多嘴。
他只是突然將話題轉到自身的改變。
「我本身……」
桂小五郎也用起時下流行的語彙。
「情況有些改變。」
「延期的申請獲得批准了嗎？」
「不，不是這樣。」
桂小五郎和龍馬雖分屬不同藩，卻同樣是私費到江戶習藝的留學生。
不過兩人在藩裡的身分卻大不相同。
桂小五郎在家鄉屬上士門第，在江戶雖住在長州屋敷，卻能直接向藩主及家老提出各種意見，因此他的卓越才能早已獲得藩內首腦人物的認可。

——因此……

桂小五郎並未以此自豪，但喜悅之情仍溢於言表。

「老實說，我已獲提拔，即將出任藩的大檢使之職。」

桂家雖蒙藩發給俸祿但並無官職。小五郎非但無官職，還是個留學江戶的學生，如此身分突獲提拔為大檢使，實為罕見之例。

「真是太好了。恭喜，恭喜。」

「不，接下來才更要努力呢。不僅我藩，日本全國各藩都仍延續戰國時代的體制，如此下去必無法應付國難，故藩制改革乃是當務之急。」

「喔。」

如此豪情壯志，以龍馬一介鄉士的立場而言，根本就如癡人說夢。龍馬這等身分，別說藩制改革了，就連直接和藩主說話都不可能。

「還有……」

桂小五郎開心道：

「我今年秋天也得返鄉了。」

「哦？為什麼呢？」

桂小五郎的理由完全出人意表。

桂小五郎返鄉的理由除因藩政府希望直接聽取有關藩政改革的意見，還有一件事。

「其實……」

他說著說著竟脹紅了臉。

「我要娶親了。」

「太好了！咱們也都到該娶親的年紀了呀。」

「坂本君也早點娶親吧。」

「多謝關心，不過我情況不同。」

說著以手抵住下顎——意思是沒法養家糊口。

「因為我是鄉士家的次男，討了老婆也沒俸祿，不就得把老婆餓成人乾了。」

「哦？真會變成人乾嗎？」

桂小五郎這人完全不懂幽默，他似乎真以為龍馬的老婆會被餓成人乾。
「對象是哪家小姐？」
龍馬瞇起眼睛問道。他和一般人一樣，對新娘子感到好奇。
「嗯，是同藩一位宍戸平五郎的女兒，名叫富子。其實我還沒見過她呢。」
「長得美嗎？」
「聽說不錯。」
「真讚啊！」
土佐話竟脫口而出。因為他是打從心底祝福桂小五郎前程似錦。
反觀龍馬雖已二十四歲，因是男性故仍稚氣未脫，對桂小五郎頗為羨慕。
——我既沒老婆也無桂小五郎般的門第，即使返鄉也無家業可繼承，我唯一擁有的就是北辰一刀流的刀術了。
送走桂小五郎後龍馬便回到道場，戴上護具，立即開始激烈的對打練習。
——孤劍何所托。
這就是龍馬這天的心境。
日子一天天過去。
接近九月的某天晚上，龍馬難得在自己房間讀書，沒想到佐那子卻不請自來。
「哎呀呀！」
佐那子是師傅愛女，龍馬總覺有些不自在。但他卻不形於色。
他將自己的坐墊反過來後推給佐那子，同時問道：
「有何貴幹？」
「難得你也會看書呀。是《日本外史》嗎？還是《中朝事實》？」
「嗯，說來慚愧。」
龍馬搔著頭道：
「是滑稽小說《東海道中膝栗毛》。」

「哎唷！」
佐那子簡直不敢置信。
「讀那種書只會發笑，會變成笨蛋呀！」
「或許吧。不過我這回返鄉打算沿東海道慢慢行進，沿途在各驛站及城下町與其他門派較量，所以才會拿這書來讀。這書裡從旅館費到各驛站的風格、名產、馬匹的出租方式等都寫得一清二楚，很方便呢。」
「這人還真逍遙呀。」
佐那子心想。
至少也像時下血氣方剛的年輕武士讀讀《日本外史》，或向江戶的博學之士請教各種事理，要不也該心存尊王之念，再怎麼說時下流行的就是這些啊！
但眼前這年輕人卻讀著出自通俗作家之手、愚不可及的滑稽小說，讀著讀著還逕自呵呵傻笑。
「他究竟是厲害角色還是笨蛋呢？」

龍馬卻覺得有充分理由閱讀此書。因為若想充實走完這趟旅程，就得事先閱讀有關旅程的文章。這書不僅能讓人發笑，還有實際功能。
「坂本大哥……」
「啊？」
龍馬抬起眼來。
「我……」
佐那子的雙頰染上一層紅暈。
「準備了臨別贈禮，你願意接受嗎？」
「咦？」
龍馬一時慌了手腳。
「當然願意接受啊。是什麼玩意兒？」
「玩意兒？」
佐那子只覺被人兜頭澆了盆冷水。果真是土佐的鄉下土包子，該怎麼說話都不懂。
「是給你在路上穿的衣服。」
「哦？」

「說來怕你見笑。佐那子不會拿針線，所以這些衣服是請大嫂（八寸）教我縫的。縫得不好，但總算完成了。」

「那真辛苦妳了。」

龍馬鄭重低頭致謝。

佐那子解開身旁的包袱，從中取出一套旅裝並推至龍馬膝前。

「不好意思，那我就收下了。」

那是印有坂本家紋的絹質黑紋服，外加騎馬專用的背心及馬褲等，一應俱全。就連雨衣都備齊了。

「真是難為她了。」

一個姑娘家為年輕小伙子裁製印有他家家紋的衣服，表示對他有不尋常的好感。

龍馬不知該作何表情，於是拿起那件黑紋服，胡亂以指尖使勁搓起衣角。

「你在做什麼？」

佐那子厲聲問道。

「啊？」

原來，不知是否因縫製功夫過於拙劣，縫線竟抽著皺褶。

「這是……」

「不必忙了，再怎麼搓也不會平的。都怪佐那子功夫不到家。」

「啊，不過……」

龍馬拿起海藍色的旅行用斗篷道：

「這件縫得倒是挺不錯的。」

「那件是在白木屋買的。」

「啊……」

這下更尷尬了。

——話說……

數日後發生了一件大事。

此變異世稱「安政大獄」。

因條約敕許問題及將軍繼承人選問題，大老井伊直弼竟下令逮捕暗中在江戶及京都活動的反井伊派人士。

時值安政五年九月五日。

但這回並未一次同時逮捕所有人。

這天開始一直到翌年年底，陸續對公卿大名處以禁閉、監控或敕令退位的懲罰，其手下志士則一一逮捕送往江戶下獄再判處死罪。如此悲慘事件一直延續至翌年才結束。

此一風暴始於九月五日，而十天後龍馬即穿好旅裝，以竹刀扛著道具，走出桶町千葉家的大門。

重太郎和佐那子一起送他到門口。

「這陣子流行霍亂，一路上千萬別喝生水啊！」

這個善良的刀客說著說著竟噙滿淚水。

佐那子大概也憋不住，便掩著臉躲進門內去了。

「……」

龍馬稍微閉閉眼睛，重新張開時已是滿臉笑容。

「何必呢，我還會回來呀，保重！」

「保重！」

重太郎緊緊抓著龍馬的肩頭。

龍馬也重重地拍向重太郎厚實的肩膀。拍完後乘勢轉過身去，隨即頭也不回地往北走去。

他走到幾丁（編註：丁同町，一丁約一一〇公尺）外的鍛冶橋。走進藩邸想和裡面的御用役（編註：傳達主君之命並掌管庶務之職）立引小南五郎右衛門打聲招呼，因他一向對龍馬特別照顧，卻聽說他不在。

向其他藩邸重要官員打過招呼後，龍馬又繞到宿舍向眾留學生告別。

武市半平太在等他。

只見他一臉蒼白。

「龍馬……」

他說著把龍馬拉進自己房間。

「不管能不能延期，你都別回去了。」

「為什麼？」

「你應該聽說了吧？發生大事啦！」

「你是說霍亂嗎？」

「白癡！」

武市的聲音在發抖。

「井伊已逐漸露出真面目，開始他的暴行了。聽說咱主君也很危險。」

藩主山內豐信與越前侯、宇和島侯等人都是作風激進的水戶系大名，一向被井伊視為眼中釘，這回大獄事件恐難全身而退。

「聽說御用役小南五郎右衛門等人已數夜未眠，今天也去向越前及薩摩派駐江戶的人員打聽幕府的下一步行動。山內家恐怕會遭滅家啊！」

「武市兄，冷靜一點。」

龍馬這才露出嚴肅的表情：

「話雖如此，不管我們如何驚慌也於事無補。或許你會覺得我是大放厥詞，不過我決定在天下需要我之前，只要專心練刀。我要回土佐！」

龍馬走出藩邸大門。

……

只見萬里無雲，一片晴空。

旅程與刀

龍馬人生的一大特徵是他酷愛旅行。而如此癖好也自這回返鄉之旅正式形成。

尤其這回更可謂奇旅。

這回是「無錢旅行」。

當然不是因他沒錢。家鄉的權平疼愛弟弟，平常為了不讓龍馬在江戶生活過於拮据，送來的錢總是遠超所需。

然而他卻在出發之際，將所有餘錢悉數捐給桶町的千葉道場。事實上他說要捐款時，重太郎也深感不妥。

——傻瓜！

重太郎嚴詞拒絕。

——此去路程遙遠，你竟想不帶一分錢出發，你瘋了嗎？何況道場目前又不缺錢。

——留著吧，我回家就有錢了。

——那想必是吧。不過，龍老弟，此去土佐將近二百里（編註：一里約四公里），你是想沿路乞討嗎？

千葉重太郎如此嚇唬他。沒想到龍馬似乎很喜歡「沿路乞討」這個詞。

——對！

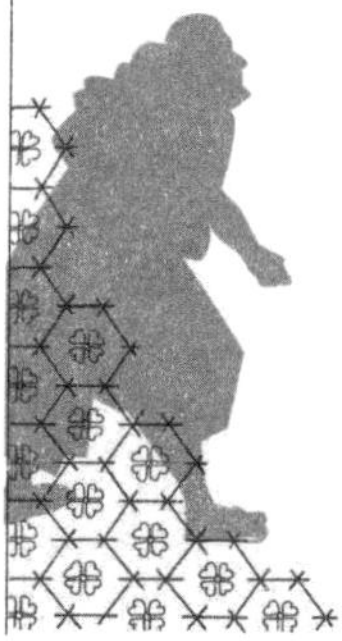

他開心地拍手道。

——就這詞！我就是要這樣。古時刀客都是邊乞討邊修行的。老實說，我從前老以為錢會自動從父親八平和大哥權平的懷裡源源不斷湧出來，真是笨到家了。這回我要試著讓自己了解一、兩文小錢有多緊要。畢竟這也是種可觀的修行。

他就這樣拋下一切身外長物，孑然一身離開了江戶。途中當然只能露宿野外。

不過幸好他已獲北辰一刀流的「免許皆傳」資格，沿途只要造訪各城下町區的道場，大家對他應不至於怠慢。

只要與其他流派比試，或與眾門人練習對打，道場方面就會用紙包些小錢給他當盤纏。

這就是他的目標。

「應該不至於餓死吧。」

龍馬天不怕地不怕地走上東海道。

因從日本橋出發得有點晚，才到品川天就黑了。

…………

「糟了，沒想到才到品川就要開始露宿野外了。」

路上旅人如織。品川離江戶很近，是東海道上首屈一指的繁華驛站。這種地方怎可能露宿野外呢？附近的鮫州就有土佐藩邸，可龍馬又不想去。

「沒辦法啦，只好摸黑趕夜路了。」

離驛站有段距離後，背後突然傳來追趕的腳步聲。回頭一看，原來是寢待藤兵衛。

「唷，原來是你！」

「還說呢，大爺，您也太過分了。照理說我是您的部下，沒告訴部下一聲就出遠門，我可沒聽過有這種大將啊。」

「況且這位大將還身無分文。」

龍馬似乎很滿意自己如此處境，繼續晃著雙肩往前行去。

「真沒想到您要趕夜路。」

藤兵衛亦步亦趨緊跟在後。

這人真厲害。他不知從哪聽說龍馬啟程的消息，竟已備妥全套旅裝。此外還帶了一件棉質條紋的擋風斗篷，現正帥氣地飄在肩上。

陰曆十三日的月亮照亮整條街道。

左手邊是海。

潮水的味道勾起龍馬無限懷想。

「您究竟有何打算？」

「你自己又有什麼打算？難道你想跟著我回土佐嗎？」

「誰叫我是您的部下呀。」

藤兵衛走起路來一點腳步聲都沒有。

大概仍沒法改變長期以來的竊賊習性吧。

鈴之森

不入斗（今入新井）

大森

蒲田

八幡（羽田）

陸續經過這些地方後，月亮也已落下。四周陷入一片漆黑，龍馬也寸步難行了。

「藤兵衛，你先走。」

龍馬如此命令道。

「是。」

藤兵衛雀躍不已。對龍馬而言，他就像燈籠般管用，因為他夜視能力極強。

「大爺，路上有五十三處驛站，全程都要趕夜路嗎？」

「白天也要走。」

「那大爺您這趟旅程是不寢之旅囉？」

「而且也是不食之旅。」

「比盜賊還厲害呢。」

「當然要更厲害。哪能甘於和盜賊之屬同等。」

「大爺……」

扮演燈籠角色的藤兵衛幾乎是小跑步走在前方。

龍馬身材高大，要配合他的腳步就只能如此。藤兵衛喘著氣道：

「好累呀，大爺。」

「受不了就回江戶去啊。」

「您怎這樣說啊。」

「你開口閉口盜賊小偷的，自以為了不起。但我土佐國內還有更厲害的人哪！東海道一百二十五里三十丁的路程，他從江戶出發後日夜趕路，途中甚至還游泳橫越大井川，才八天就抵達大坂了。」

「一天十六里？騙人的吧？」

「絕不是騙人的。」

「那他一定是小偷吧？」

「他是個武士，名叫岩崎彌太郎。這種怪物要是讓他乘著世間風雲，隨意橫衝直撞，那可就有好戲看了。」

「大爺您也是怪物啊。」

「你在說什麼鬼東西？」

到六鄉的渡船口時，天都亮了。

渡船載著早起的乘客正準備撐篙離岸時，兩人正好跳上船。

「藤兵衛，你身上有錢嗎？」

龍馬問道。

船資一人十三文。

龍馬連這點錢都沒有。

「大爺，您真糟糕呀。要是我沒隨後趕上，您打算怎麼渡過這條河呀？」

「游過去啊。」

旁邊有一名武士。

這武士年約四十。

前額未剃，梳著總髮，身上的裝束及大小佩刀看來都十分講究，身邊卻無任何隨從。

「大概是浪人吧。」

龍馬望著朝霧漸升的河面，心裡如此推測。

但若是浪人，臉色未免過於白皙，眼神也太爽朗，毫無為生活所苦的模樣。

「管他的。」

心裡雖這麼想，龍馬卻無法不在意。

他之所以在意，是因這名武士精神似乎懼怕著什麼，一會兒緊握雙手，一會兒摸摸下巴，有時還用力敲敲船身。

「大爺。」

寢待藤兵衛低聲道：

「您發現了嗎？」

「發現什麼？」

「那個武士身上帶了很多錢。」

「笨蛋！」

龍馬戳戳他的額頭。

「我即使身無分文也不會去注意別人的荷包！」

「是。」

藤兵衛沉默了一會兒，又怯怯地抬起眼睛道：

「我只是提供給您參考嘛。」

「給我閉嘴！」

「不過，大爺，因為原來的職業特殊，所以我一看便知這船上有不肖之徒也正盯著那位武士的荷包。」

「哪一個？」

「您瞧。」

藤兵衛的眼睛掃向船尾後，隨即落在水面上。

「那邊的托缽僧。」

「……」

龍馬回頭一看，果真有兩名雲遊僧。

「你怎麼知道？」

「這是我多年訓練出來的直覺。」

梳著總髮的武士似乎也注意到了，不時轉向那兩名雲遊僧，神情越來越僵硬。

小船一靠岸，兩名雲遊僧就迅速跳下船往堤岸上走去。龍馬看他們如此腿勁，顯然是會家子，且功夫還挺不錯的。

「應該是武士吧。」

「看來應該是。他們走起路來就像長年腰間佩刀的人會有的樣子。但話說回來，連武士都打別人荷包的主意，真是世風日下呀。」

「或許另有隱情吧。」

龍馬也走下船。

正想邁開步子，那名膚色白皙年約四十的武士就走上前來。

「請恕在下冒昧。」

他操的是京都口音。

「什麼事？」

「在下見您人品不凡，有個不情之請。前往京都的路上，請容我與您同行。」

「請便。」

龍馬一點也不介意。

對方似乎另有隱情，態度雖謙卑卻未報上姓名。

「或許是情勢使然吧。」

龍馬作出如此結論。此時正經過神奈川驛站，幕府趕建中的砲台映入眼簾。

綠得宛如鯖魚背的青銅砲成排沐浴在秋日的陽光下，砲口整齊劃一地朝向海面。

但龍馬餓了，也睏了。通往驛站的路上多陡坡更讓他備感吃力。藤兵衛實在於心不忍。

「大爺，我手上還有點小錢，先到那邊的茶鋪吃點麻糬墊墊肚子吧。」

「不必了。」

龍馬認為這也是種修行。

到程之谷時已是正午。再往前一些，就是俗稱的麻糬街，兩側有許多賣烤麻糬的茶鋪。

那個操京都口音的武士道：

「您意下如何？不如就在這附近解決午餐吧？」

「這個嘛……」

龍馬猶豫不決。

「如果是錢的問題，請不必擔心，在下還有多餘的盤纏。」

武士大概已猜到龍馬是個身無分文的行旅刀客。

龍馬一行人一進入茶舖，走在前面的兩名雲遊僧也猛然停下腳步走進對面的茶舖，似乎為了方便監視。

麻糬端上桌了。

龍馬三兩下就把其中一盤吃得精光。那名武士同情之餘問道：

「再來一盤吧？」

說著又叫店家再端上來。

「那我就不客氣了。」

「請用！多著呢。」

「嗯。」

龍馬不禁同情起自己。這麼一來，自己豈不成了以麻糬雇用的保鏢嗎？

「錢果然重要。這樣糊裡糊塗的，說不定三文錢的麻糬都得拿命去換哪。」

龍馬吃著麻糬，同時打量這位操京都口音、來歷不明的武士。

他身著頂級的黑羽二重布料背心，上面印有小小的一支鷹羽家紋。裡面穿的是黑紋服，隱約可見襯衣的白色衣領。下身穿著染色的束腳皮褲，腰間還佩帶精緻的大小佩刀。如此裝束與他清秀的五官十分相襯。

「敢問……」

那名武士的語氣十分謙恭有禮。

「閣下口音聽起來像土佐人士，我想應該沒錯吧？」

「沒錯，我正是土佐藩士。身分是鄉士，名叫坂本龍馬。」

「哦？」

武士表情豁然開朗。

「真是太好了！打從在渡船上我就猜想您應是土佐人士，才斗膽向您提出同行的不情之請。現在聽您這麼說，我就更加放心了，因為在下主君與貴藩頗有淵源。」

他雖這麼說，卻仍未表明自己主君是誰，也未報上自己姓名。

龍馬吃下最後一塊麻糬，同時心想他一定有難言之隱。

一走進藤澤驛站，就看到旅店門口懸掛的燈籠都已點亮。

操京都口音的武士一再邀請龍馬和藤兵衛同住，盛情難卻之下，龍馬也只好答應了。

三人共宿一間僅以屏風隔開的房間，晚餐還附贈一瓶酒。

「感謝！」

藤兵衛一口就乾杯了。

「這麼說似乎有點不應該，不過……」

藤兵衛笑容可掬地對京都武士道：

「有個不切實際的主人實在很辛苦。我家大爺竟想不吃、不喝、不睡，走完東海道全程哪！」

「笨蛋，別胡說！」

龍馬瞪眼斥道：

「我是打算邊走邊造訪各驛站或城下的道場，與其他流派較量較量，順便賺點盤纏。」

「可這一路上，您計畫中的道場半家也沒啊。」

「真有意思。」

身上有一支鷹羽家紋的京都武士拍手道，神情頗為愉悅。同行一天下來他已了解龍馬為人，似乎對他充滿信任。

「不過……」

他接著出人意表地說：

「提到土佐高知的坂本家，據說與本家的才谷屋旗鼓相當，都是家財萬貫。既是此家公子，怎會連盤纏都沒有呢？」

「這可奇了，你竟然知道我的家世？」

「這……」

京都武士眼神掃向紙門。

龍馬頓時會意，便以眼神指示藤兵衛到走廊上監視。

「請容在下報出真實姓名。」

「洗耳恭聽。」

「在下乃內大臣三條實萬卿之家臣，水原播磨介。」

原來是公卿家的武士，是所謂「公卿武士」階級。此武士階級就官位而言，等同大名及大旗本，卻無實際俸祿，衣著打扮自然沒那麼奢華。

但龍馬一聽到「三條家」著實吃了一驚。那與土佐主君山內家可是姻親哪。

主君豐信公的正室正姬就是出身公卿家。如此情況在大名之中十分罕見，偏巧這位正姬夫人就是三條內大臣實萬之養女（實為下級公卿烏丸光政之女）。

「正因如此，在下得知閣下為土佐藩士就放心了。」

「不過，閣下是三條大臣家的武士我可以了解，但你分明是京都人，為何對在下遠在高知的家世這麼清楚呢？」

「嗯，不止是坂本家的事，仔細想想，就連坂本少爺您的事情我也瞭若指掌。因為我已從某位女性口中聽聞許多閣下的事。」

「哦？」

龍馬臉色一變。

「是田鶴小姐？」

「正是。就是聽那位田鶴小姐說的。」

龍馬曾聽田鶴小姐說要上京都工作，想必是到三條家當女侍吧。

託這位名為水原播磨介的公卿武士之福，龍馬和藤兵衛後來總算可飽食三餐，也不必露宿野外了。

接著在小田原一泊。

越過箱根八里後，在三島一泊。

然後沿著可隨時看見富士山的主要街道，陸續下榻於：

吉原

興津

岡部

如此幾日後，便進入祿高五萬三千石的太田攝津守領內的城下町掛川。

這一帶處處丘陵，有許多赤松。傍晚時分，小小山谷中便瀰漫著濃濃霧靄。從江戶來的旅人每到此驛站多會引發旅愁。

町內有一千多家百姓。

全町共分為二十區塊。

一進到旅館區，水原播磨介即以一貫的客氣口吻道：

「坂本君，今晚就在此住下吧？」

「真過意不去啊。」

龍馬打從心底這麼說。如今不僅自己，連竊賊藤兵衛都成了拖油瓶。

他們投宿在城下第一大旅館「捻金屋」。大概是附近村落有秋季祭典吧，剛泡完澡，就傳來遠州路這一帶的悠揚祭典鼓樂。

「是『宵宮祭』吧？真引人思鄉之情啊！」

龍馬大概是想起故鄉土佐的秋季祭典了吧，握著酒杯的手一時停在空中。但終究還是說：

「播磨介兄，不如去湊湊熱鬧吧？」

「這樣啊……」

他的態度不置可否。

這是他一貫的態度，因他行事一向謹慎。

即便進入旅館也怕自己落單，連上個廁所也要龍馬作陪。而龍馬上廁所時，這位播磨介即使毫無便意也跟著去。

藤兵衛悄悄對龍馬咬耳朵：

——大爺，看來播磨介大爺果然深懷巨款，才會如此小心謹慎吧。

藤兵衛如此懷疑，龍馬卻不這麼認為。

他覺得播磨介懷中之物並不是金子，而是書信之類的東西。應該是密函吧。

井伊大老決斷地對京都輿論界及水戶輿論界發動大規模搜捕行動，不僅逮捕眾多浪人、儒者、藩士及公卿之家臣，更已波及公卿及大名身側。

尤其播磨介的主人三條內大臣實萬，據說其才智媲美菅原道真，是人稱「今天神」的學者，也是擁戴天皇的京都輿論界頂尖論客，頗孚人望。

播磨介即為其家臣。

何況在此情勢下，他前往江戶之目的自非尋常。說不定是以密使身分準備造訪親京都派的水戶德川家，故途中必須隱藏身分。因此沿途並未住在官家旅宿，亦無隨扈跟在身旁。

「這樣啊……」

播磨介不置可否地站起身來。

行事謹慎的播磨介最終之所以應龍馬邀請而起身，是因這一、兩天來已不見那兩名雲遊僧的人影而稍覺放心。

「好吧，那就一起去散散心吧。」

三人魚貫走上大街，此時暮色已深。

龍馬亦步亦趨走在播磨介左側。因他身材魁梧，矮小的播磨介彷彿躲在龍馬衣袖後似的。

「哎呀，不知鼓樂是從哪個方向傳來的……」

看來那鼓樂聲應是隨風傳來，並不在驛站之內。問人的話就等於暴露自己夜行之目的地，只好循著樂聲找去。結果竟走到偏離驛站的路上，走著走著已無人家。

「坂本君，算了吧。」

「這樣嗎？」

龍馬卻仍繼續前行。

「快出現了吧。」

因為他如此感覺。

老實說，雖然那兩名雲遊僧在駿府（靜岡市）一帶就已失去蹤影，但方才一進入掛川驛站，龍馬就發現關卡檢查哨門口站著兩個頭梳彥根式髮髻的武士正瞪大眼睛監視著過往旅人。

「那兩人恐怕是之前的雲遊僧變裝的。」

龍馬有此直覺。

他們似乎是彥根人。

想必是井伊家的家臣。

奉主君大老直弼的密令，暗中尾隨自江戶動身的播磨介，打算奪取播磨介懷中所藏之物，或是想趁四下無人之際殺掉他吧。

「他們一定會跟來的。」

龍馬如此確信。

乾脆先發制人，這就是龍馬的決定。雖然對播磨介有些不好意思，但方才邀他來看熱鬧，其實是為了進行此一計畫。

「藤兵衛。」

龍馬低聲吩咐。

「撿兩、三顆小石子。」

「是，遵命。」

藤兵衛依言在路上扒了扒，一會兒工夫就掃來一把石頭並迅速揣進懷中。

不愧是幹那一行的，藤兵衛果然相當敏銳。想必他也隱約猜到龍馬的計畫了。

「坂本君……還是……」

播磨介的聲音已有些發顫。

「不，不，就到了。那片森林邊去燈火通明，想必就在那裡吧。您若不想去，我就自己去。請您先回旅館吧。」

「這我可不敢啊。」

說著更貼近龍馬腰際。

——藤兵衛。

龍馬低聲喚道。

——把提燈吹熄。

「是。」

四周隨即伸手不見五指。此路已遠離主要街道，兩側都是成排的杉木，且十分狹窄，顯然是條通往神社的參道。

天上繁星點點。

事後才知此處果真是通往下俁「戶神明神」神社的參道。

路上樹根濃密糾結。

播磨介絆了好幾跤，每次都虧龍馬扶住他。後來龍馬便叫他：

「乾脆閉上眼睛吧。」

播磨介並非習武之人，張著眼睛反覺處處黑影幢幢，驚嚇之餘腳下經常誤踩。

後來遠從參道另一頭來了一群人，手拿火把照亮樹根處。

「啊，那個……」

「應該是村子裡的鼓樂隊吧。」

果然沒錯。一群人在村中長者的率領下，與龍馬一行人錯身而過。

「您好啊！」

眾人彼此問候。其中一名年長者突然停下腳來，問道：

「諸位和方才的武士是一道的嗎？」

龍馬心裡大呼：「果然不出我所料！」但仍不動聲色回答：

「不，我們彼此不識。」

讓過路後立即拉住藤兵衛的衣袖，以播磨介聽不見的聲音道：

——藤兵衛，我現在看起來雖自信滿滿，走得昂首闊步的，但其實我是個大近視，更慘的是晚上幾乎看不見。

——這可慘啦！大爺，那該怎麼辦？

——剛不是叫你撿些石頭嗎？你那精如黃鼠狼的眼睛若發現可疑人影，就立刻拿石頭丟。千萬別出聲，該出聲時我會出聲。你那麼點功夫，要是出聲恐怕會被敵人砍死。還有，我一下令「快逃」，你就立刻不管三七二十一，立刻揹起播磨介衝回旅館。

——了解！

參道另一端的森林一片死寂，看來鼓樂已完全停止。不僅如此，森林中的燈火也陸續捻熄，說不定連神官都準備睡覺了。

「好安靜啊。在東海道這片暗黑的天地中，眼見燈火逐一熄滅，真教人文思泉湧，詩興大發呀。」

播磨介是個學者，也是詩人。他這時雅興突發，大概是以為沒事而放下心來了吧。

「坂本君，這神社祭拜的是何神明？」

「方才聽一位年長的當地百姓說是下俣的戶神明神。」

「哦？那麼神社上方應該就是戰國古城金丸城的遺址了。『古城草枯兮，夜雨白。』」

「可現在又沒下雨。」

「作詩就是這麼回事嘛。」

就在此時——

藤兵衛突然拱起背脊，同時迅速甩動右手丟出一顆石頭。

石頭打中左手邊的杉樹幹。

當那顆石頭飛出去的同時，龍馬也橫向一跳。

「大膽匪徒！」

龍馬迅速拔刀朝對方斜劈過去，再立刻退回路上。

他這一刀是以刀背砍下，但對方骨頭似乎已經斷了。那人咕咚一聲倒在路邊，不斷痛苦掙扎。

刺客不只一人。

這回換另一人從右側杉林攻來，揮著亮晃晃的長刀衝到路上。

「藤兵衛！快丟石子！我晚上看不清楚啊！」

話雖如此，龍馬帶笑說完後即已殺到那怪客面前。

對方隨即揮刀，只見龍馬不閃不避，輕輕仰身，然後使勁砍向對方長刀。

鏘——

火花應聲四散。

正當火花四濺之際，龍馬又朝對方長刀橫敲一記，再趁他驚魂未定大步上前，同時把刀從頭上猛砍向他手部。

對方以刀鍔接住這一刀並迅速退後。

「來者何人？」

龍馬厲聲問道：

「吾乃土佐藩士坂本龍馬！先問個清楚，你是明知我為土佐藩士而突襲的嗎？日後萬一牽連你家主君，我可管不著！」

「糟了。」

對方一定也如此擔心吧。於是撤至成排的杉林後方，隱身樹幹後。

「有些事我先說在前頭，以便做為日後的證據。」

龍馬在一片漆黑之中，叉開雙腿宛如仁王般直挺挺站著。

「我身邊這位同行者是我堂兄土佐藩的山本俊藏，再過去那人是我部下藤兵衛。對了，也請你報上姓名吧。」

「……」

對方自然不會老實報說自己乃井伊家某某武士。

但龍馬以為如此處理後，對方就不敢在旅途中騷擾播磨介，於是放心地收刀入鞘（後來才發現這想法實在太天真了。）

他轉身一看，已不見藤兵衛人影。

也沒看見播磨介。

「哦，藤兵衛已帶著播磨介逃走了呀？」

龍馬如此暗想道，同時慢慢走下坡度不大的參道。

眼睛實在看不見。

近視真不方便。

龍馬仰望成排的杉樹樹梢，同時順著樹梢畫出的銀河帶試著移動腳步。但對他來說無比重要的星星卻也不甚清楚。

這時背後突有腳步聲接近。

「藤兵衛嗎？」
看來不是。龍馬提起刀鞘尾端，以指微推刀鍔，並以這姿勢邁開步子，小心翼翼地摸索前進。
「……」
對方也持續監視著龍馬的動靜，亦步亦趨緊跟在後。
「對方究竟何時出手呢？」
這一刻對雙方而言自是攸關性命。龍馬當然也只能聽著對方腳步聲暗自盤算。
不料對方卻突然停下腳步。
「你說你姓坂本嗎？」
對方的語氣十分懇切。
龍馬也停下腳步。
「怎麼？」
龍馬並未回頭。
只是將左腳跨出一步，右腳自然拉回，然後沉腰站穩並拉開刀鞘。只要感覺對方企圖拔刀砍來，他就要先發制人。這姿勢就有如此優點。
「我們聽過你的名字。你是京橋桶町千葉道場的塾頭坂本龍馬吧？可惜我們因另有隱情無法報上自己姓名。」
「所以呢？」
「所以想給你一點忠告。」
「給我嗎？」
「雖然你只是一介刀客，想必也知道發生了一件導致天下大亂的大事件吧？」
「一介刀客？」
說者或許無心，龍馬卻覺得受到鄙視。
「那是什麼事件？」
「就是大獄事件呀！」
「知道啊。」
龍馬多少有點不滿。
「那又怎樣？」

「自川崎開始與你結伴同行的那位，正是與幕府作對的大叛徒同夥。那人其實是大奸人三條內大臣實萬卿的部下水原播磨介，此人煽動京都的不遜浪人及儒者，操縱其主君內大臣，恐怕還蒙蔽了英明的今上天皇，並使盡各種奸計來對抗幕府的施政。幕府已查明其罪狀，近期將做出判決。我等也了解你是出自一片俠義之心，但你若再繼續從中作梗，不僅自身，就連你家主君都將無法全身而退。」

「我了解了。」

龍馬的姿態未稍鬆懈。

「我雖然了解，但假若那位播磨介是幕府追捕的對象，為何幕府的官差不來逮捕他呢？還是說你們就是幕府的官差？」

「……」

歸根究柢，這幫人根本就是井伊大老私人的手下（彥根藩士），自然答不出話來。

「更何況還不敢報出姓名。」

龍馬實在雄辯。

「此處已是名列官籍《延喜式》的神社境內，是官差亦不得擅入的淨域。你們是打算在此祕密處死罪犯嗎？萬一傳出去，導致世人對幕府不滿，恐怕你家主君井伊掃部頭大人才無法全身而退吧？」

「哼，滿口胡言！」

「我雖只是『一介刀客』，這點道理還是想得清楚的。」

「再問你一次，你是不願抽手嗎？」

「俠氣為上啊！」

龍馬說著笑出聲來。這種時候為什麼要笑？他自己也不明白為何會如此反應，或許是因對方實在太令人嫌惡了吧。

對方竟不發一語揮刀砍了過來。

龍馬迅速往坡下衝了四、五步，卻突然出人意表地縱身躍起並順勢砍斷一支粗大的松枝。

那樹枝「唰」地一聲正好兜頭罩在隨後追來的那人

頭上。說時遲那時快，龍馬的身影也就此消失。

後來龍馬就十分謹慎，不但盡量避免趕夜路，甚至都等太陽升起才自驛站出發，並在太陽下山之前進入下一驛站。

播磨介也十分感激他如此保護自己，多次誠懇謝道：

「坂本君，此恩沒齒難忘！」

「哎呀，不足掛齒啊。」

龍馬也開心地客套。都已經二十四歲了，笑起來卻仍充滿孩子氣。

桑名

松平越中守祿高十一萬石，這是他的城下町區。

龍馬一行投宿在京屋小兵衛方。三人剛進一樓面中庭的十蓆房間內歇著，旅館老闆小兵衛隔著走廊的紙門招呼道：

「我是旅館主人小兵衛。」

接著又說：

「特來通知土州藩主手下的坂本龍馬大爺，現在有位桑名藩主手下、名為鹿田傳兵衛的武士來訪，說要當面與您談談。」

「什麼？鹿田師傅來了？」

龍馬說著就要站起身來。

播磨介趕緊拉住他褲子。

「怕其中有詐。說不定是上回那人假冒此名企圖闖入，還是拒絕吧。」

「不，這位鹿田大爺乃是現今桑名藩的刀術指導，功夫了得又是我師傅千葉貞吉的早年弟子。我雖與他素未謀面，但他和我龍馬等於是同門師兄弟。」

「還是拒絕吧。」

播磨介已渾身發顫。

「但這怎麼說得過去……」

「別吧，坂本君，我求你。旅途中還是別隨便與不相識的人碰面吧。」

「嗯……」

龍馬左思右想之後，編了個順當的理由，要旅館老闆告訴對方自己不見他。但為求周全起見，仍吩咐藤兵衛去查探這位名叫鹿田的人究竟是何長相。

「真對不住，讓你為難了。」

播磨介總算鬆了一口氣。放心之餘，覺得不如順便把大事告訴龍馬，於是對他說：

「坂本君，請坐近一點。」

他示意龍馬坐到自己膝前。

播磨介所言果然不出龍馬所料，他是遣往江戶水戶藩的密使。

相較於幕府，朝廷方面自然認為御三家之一的水戶家更值得信賴，早在上月八日就已傳下密詔。事實上此密詔可謂這回大獄事件最直接的導火線，因其中含有排擠井伊大老之意。

井伊強勢的徹查態度不僅令整個京都為之震撼，連水戶家也是惴惴不安。

如此情勢下，今上天皇特命三條內大臣：

——再次試探水戶的真正意向。

內大臣只得命部下水原播磨介以密使身分下關東，要求水戶做出明確答覆。

（就是因為這樣，井伊家的武士才想對他下手嗎？）

「嗯，」

龍馬一本正經道：

「其實我早已約略想到此事，只是不敢相信你果真身負如此重任。」

不過龍馬仍無法釋懷。因為同門師兄桑名藩刀術指導鹿田傳兵衛特地來訪，自己卻拒絕與他見面，實在太對不起了。

說得明白一點，他覺得這位公卿家武士是個拖油瓶，甚至後悔讓他一路同行。

「坂本君，很抱歉讓你為難了。」

水原播磨介又續道：

「不過這一切都是為了朝廷。你也是土州藩士，因此尊王之志應該很強烈吧？」

「尊王……」

對當時的年輕人而言，再無任何字眼比這個詞更教人熱血沸騰了。只要耳聞或說起，就忍不住熱淚盈眶，血脈賁張，簡直坐立難安。這個詞就是具有如此不可思議的魔力。

「尊王」

為了這個詞，犧牲性命也在所不惜。抱持如此想法的激進熱血青年正陸續自諸藩脫離。

——武市推崇天皇。

傳聞甚囂塵上，土佐藩一向有武市半平太擔任火球般熱血青年的領袖。而在長州藩的萩城郊外，目前也有個吉田松陰正在松下村塾孜孜不倦地教出更多火球般的熱血青年。

薩摩當然也有：奉西鄉吉之助（隆盛）為領袖的薩州精忠組。

這些火球般的熱血青年有個共同點：大多擁有詩人氣質。

「尊王」

光聽到這個詞，他們心中便詩興大發，詩句源源不絕湧出，且立刻產生一股衝動，可望能在心中的詩句世界燃盡一己之生命。若無這些火球般的熱血青年，日後維新運動等歷史大躍進也不可能輕易發生。

但龍馬並非火球型熱血青年。更恰當的說法是，或許他是個巨大火球般的熱血青年，但乍看之下卻像顆很難點著的煤球。至少安政五年秋天返鄉途中遇見播磨介的時候，龍馬還只是顆大煤球。

「我看得出你之所以保護我是出自你的尊王之志。你的忠心之舉……」

播磨介續道：

「我回京都後會向主君三條內大臣詳細呈報。」

「多謝。」

這時藤兵衛回來了。
龍馬迫不及待問道：
「果真是鹿田師兄嗎？」
「我跟蹤他回屋敷，還問過崗哨守衛，所以絕對錯不了。」
「原來如此。」
劍道重要，還是尊王重要，提到這問題，龍馬現階段覺得還是劍道有意思多了。和播磨介相較之下，鹿田傳兵衛更具魅力。
「抱歉，藤兵衛，請你好好保護播磨介。」
他丟下這句話後，無視愣在當場的播磨介，一溜煙衝上走廊往外跑去。
提到伊勢桑名，乃東海道五十三驛站中首屈一指的大站。旅館櫛比鱗次，密得像髮梳似的，投宿的旅客也多得近乎摩肩擦踵。
龍馬往大手門方向走去。

「大爺，進來嘛。」
兩側旅館的女人不斷招呼著，龍馬耳朵幾乎都痛了。
茶館的女人也很吵，她們一邊在門口煮著名產紅燒蛤蜊（時雨蛤），嘴上同時不斷向行人招呼道：
——帶點時雨蛤當伴手禮吧。
——這是伊勢「飯盛女」（編註：旅館女侍，可陪宿）的多情之處呀。
這些飯盛女嘴裡吆喝著足讓龍馬面紅耳赤的猥褻推銷用語，同時喧鬧不休。
一進入武士宿舍，這些喧鬧聲就完全隔絕在外。
桑名城真美。
此時正好映著夕陽餘暉，白色城牆也染上一抹桃紅。桑名城有一半浸在揖斐川的河口，漲潮時整座城都彌漫著潮水的香氣。自戰國時代以來就是蘊藏各式興亡祕辛的名城。
如今是祿高十一萬石的松平家居城。

在德川家族中，與會津松平家並駕齊驅，同以武勇家風著稱（日後維新運動前夕，桑名藩與會津藩並肩挑起護衛京都的工作，以佐幕派身分與以薩長土三藩為主力的官兵冒死奮戰，因而名聞天下。）

立刻就問出鹿田傳兵衛宅的所在。

龍馬站在門前。

「哇！」

是棟讓人眼睛為之一亮的宏偉大邸。大門兩側已改為道場，裡面正傳來激烈的竹刀互擊聲。

「在練刀呀！」

龍馬一聽到這聲音就心情大好。

他掏出懷中的名牌請門衛代為傳達，果然立刻被領進道場。

鹿田已在道場正中央等他。

他是個年約四十的魁梧武士。龍馬一進道場，就覺得一見如故，有股上前擁抱的衝動。

然而這卻是兩人初次見面。

雖是初次見面，但對方可是桶町千葉的同門，何況還是前輩。鹿田也當過塾頭，因此兩人的師兄弟關係更深一層。

「哦？你就是坂本君嗎？身材真高大。看你這體態，應該像千葉榮次郎爺一樣，使的是四尺（編註：一尺約三十公分）的大刀吧？」

「不，我使的竹刀是一般尺寸。」

兩人之間的談話就此展開。

龍馬為自己之前的無禮之舉道歉，但也問鹿田傳兵衛為何知道自己來到桑名。這時鹿田傳兵衛笑嘻嘻地遞給龍馬一封信。

「千葉重太郎爺差遣急使送來此信。信上說你正沿東海道乞食行旅，命我在桑名給你援助。我想這絕不能不救，於是拜託船隻警衛所的官員，請他們每天幫我注意是否有貌似那樣的人出現，這才攔到你的。先別管這些吧。」

鹿田傳兵衛拿起身側一把竹刀塞給龍馬。

「趁外頭天還亮著，讓我門下弟子瞧瞧江戶那邊指導出來的高深刀法吧。」

「不，道場裡已經暗了呀。」

近視眼的龍馬最怕光線不足，若與視力正常的刀客對打，自己動作總要慢上一拍。

「光線昏暗，觀戰的門人也看不清楚刀是怎麼揮的吧。」

「喔，這你放心，我自有辦法。本道場有特別的法寶。」

鹿田傳兵衛既然都這麼說了，龍馬沒辦法只得站起身來。

讓門人領進休息室後，龍馬脫下衣服，戴上護具。當他手持竹刀重新回到道場時，場內光景已完全改觀。

「哇！」

龍馬大吃一驚。

道場中央以數十盞燭燈圍出約二十蓆大小的圓圈。不僅如此，還有四個門人手持剛點燃的火把待命。這火把四人組的作用就像一身黑衣在舞台穿梭並暗中輔助演出的「黑子」。兩人對決時，他們就在兩人前後左右移動，提供照明。

「簡直就是萬燈會嘛！」

的確美極了。

「太壯觀了。不過比試是要在那些燭燈圈出的結界中進行嗎？」

「正是。」

鹿田傳兵衛顯然很滿意，看來他經常如此訓練門人進行夜間比試。

更讓龍馬吃驚的是，沿道場四周密密麻麻排成一列的門人也已準備就緒，開始依序坐下。只見人人手持素燒盤油燈，並讓燈芯垂在盤側。

道場明亮已極。

「坂本君。」

鹿田招手喚來三名師範代：末森春吉、吉田源次、古莊大五郎，分別將他們介紹給龍馬。接著又說：
「這位是坂本師傅，好好向他請益啊！」
「不，我才該好好學習。請多指教。」
這是龍馬的真心話，他從未在如此佈置的場所中比試。
「那麼就從古莊大五郎開始請益。」
「是。」
古莊戴上護面具，走進道場中央的燈火圈。
龍馬採「中段」構式。
古莊採的也是「中段」構式。
「這下慘了。」
龍馬開始擔心了。因為火把一動，古莊竹刀的刀影也會跟著晃動，根本搞不清何者為真刀，何者是刀影。
「呀——」
古莊對此早習以為常。他倏地踏步上前，朝龍馬的「面」砍落。龍馬趕緊退後，並趁退後之際朝古莊手部一刀砍下，動作之快真教人目不暇給。
「籠手。一分。」
裁判鹿田傳兵衛舉手如此宣判。
雙方本領有段差距。
在古莊眼裡，龍馬的身形彷彿踩著火焰的巨人，即使有心進攻，竹刀也畏縮不前，根本打不中。
「這傢伙——」
古莊使勁一擊，沒想到龍馬啪地一聲擊中他的「胴」後，隨即縱身跳至三間之外。
第三回合古莊又被擊中「面」而落敗退場。
後來，末森、吉田兩位已獲「目錄」資格的師範代相繼出場，但兩人連龍馬的竹刀都沒碰著就敗落了。
「好厲害啊！」
道場各個角落傳出歎息聲。人人都驚嘆江戶一流刀客與鄉下刀客的刀技竟相差如此之鉅。
龍馬先被領至休息室，然後又被帶到浴室，沖過身體後才領進客間。

酒菜已備妥。

鹿田請龍馬坐在上座，然後為他介紹捧著銀製酒器進來的女兒。

「這是千勢，我就這麼個女兒。」

「啊，幸會。」

龍馬讓千勢為自己斟酒，同時不經意地看了她一眼。沒想到鹿田的女兒竟美得讓人屏息。

「這……」

龍馬有時候真的很蠢，竟冒失地轉向鹿田道：

「鹿田前輩真是這位小姐的親生父親嗎？」

「這點不必懷疑，我剛剛就說她是我女兒啊。」

鹿田臉上多少有點不悅。

龍馬覺得很不可思議。因為鹿田這等長相，怎生得出如此花容月貌的女兒呢？或許這就是人的奧祕之處吧。

（世上還有許多我不懂的事，要參與攘夷開國論，我還早得很呢！）

正當他胡思亂想之際，千勢的高島田髻突然微傾過來。

「嗯，坂本大爺，您的酒……好像灑在膝蓋上了。」

「啊！」

龍馬連忙拿衣袖去擦。

「哎呀，您怎麼拿衣袖……」

「沒關係，反正這衣服早就沾滿食物的污漬了。」

「坂本君。」

鹿田道：

「你方才的表現真教人佩服。夜間比試，燈影散亂，即使功夫頂尖的高手也多半會因不習於此而落敗。」

「我還真不習慣那種環境。因為我是近視眼，在那種昏黃的燈光下實在無法盡情施展身手。」

「近視眼嗎？」

在刀術領域這是最吃虧的體質。

「那你是怎麼克服的？」
「和古莊對決時感覺自己還勉強略勝一籌，但後來的兩位功夫似乎頗為了得，我只得閉上眼睛使勁揮刀。如此便不至於受虛影的影響，對我反而有利。」
「哦？」
鹿田驚訝不已。
大概是父親經常請客喝酒吧，千勢溫酒技術很好，也很會勸酒。龍馬不知不覺就喝多了。不僅如此，鹿田傳兵衛聊起的劍道故事也很有趣。
他滔滔不絕地聊起上泉伊勢守、塚原卜傳、宮本武藏、伊藤一刀齋、小野治郎左衛門、桃井春藏、齋藤彌九郎等古今刀客的事蹟，並評論他們的強弱。
「最強的應該還是宮本武藏吧，他的刀術真可謂今古獨步啊。」
傳兵衛道。
每當談話暫告一段落，一旁的千勢就面帶微笑為他們斟酒。
「武藏武功高強，已達出神入化的境界，但他的刀術中卻有個重大缺憾，你知道是什麼嗎？」
傳兵衛心情頗佳。
「不知道。」
龍馬已有醉意，臉上笑嘻嘻的。
「那就是武藏的刀術竟後繼無人。他生來氣魄超凡，並將如此氣魄灌注於刀而開創自己獨特的刀術。可惜對後進而言，除非具備武藏的奇風異骨，否則無論如何也無法習得其刀法之一二。再怎麼研讀其畢生心血結晶《五輪書》，也不能成為武藏。」
「前輩所言甚是。」
「就這點而言，另一位與武藏同時代的巨擘伊藤一刀齋就完全不同了。他每開創一全新境界，就樹立一理論。劍首重劍理。正因有了劍理，眾人才得以學習。也正因如此，他所創的一刀流才能在數百年後的今天仍屹立不衰。不僅如此，還衍生出伊藤派一刀流、小野派一刀流、梶派一刀流、中西派一刀流，甚至還有咱們師傅所創的北辰一刀流等大小共五十餘支派。不單是武藝，我認為世上所有藝能皆可歸於武藏或一刀齋這兩個方向。」

——請。

千勢為龍馬斟滿酒。

「那麼……」

傳兵衛舔舔配酒的味噌又道：

「你覺得自己的功夫應屬於二者之中的哪一型呢？」

龍馬為難地說：

「恐怕不屬於任何一型。」

他這是實話實說。他雖愛劍道，但並未決定終此一生都要埋首窮究刀術之奧妙。龍馬畢竟仍心繫此動盪不安的時代。

若生在之前的太平盛世，龍馬或許就能以一介刀客身分，全心全意投入自己所愛的劍道了。

然而眼前情勢迥異。歐美列強以軍艦、巨砲不斷脅迫日本，國內血氣方剛的年輕武士正高呼攘夷口號而群情騷動。如此非常時期，豈可醉心於武藝<龍馬並未單純至此地步。總之，現階段的龍馬正處於搖擺不定的狀態。

「坂本君，到底怎麼樣呢？」

鹿田傳兵衛問道。言下之意是問他究竟想成為宮本武藏還是伊藤一刀齋。

「這個嘛……」

龍馬弓起壯碩的身軀，不斷搔著脖子。傳兵衛的談話的確有趣，也很有助益，但他與龍馬畢竟是不同世代的人，年輕的龍馬實在無法像傳兵衛般全心全意鑽研劍道。

「即便是宮本武藏也無法殺進墨夷軍艦、砍死敵人吧。」

偏偏龍馬又不似武市半平太，不是個隨時都能含淚、激動顫抖著談論國家大事的書生政論家。

「我自己也還不清楚。」

龍馬如此承認。

「不過，我熱中於劍道，遲早有一天終能了解。」

「說得真好。」

傳兵衛瞇著雙眼讚許道，龍馬頓時害臊起來。

「因為我是個笨蛋吧。」

「不，其實有些傻氣才好。太自以為聰明的人容易著眼於眼前的事物，故反而會誤人誤事。不過……」

傳兵衛挪近身子。

「我有話要對你說。」

「什麼事？」

「我收到江戶重太郎（千葉）師傅寄來的信後，就已暗下決心。因此你一到訪，我就立即安排讓你展現刀法。就不知你意下如何了。」

「究竟什麼事呢？」

「你想不想為我主君效勞？」

「你是說桑名松平家嗎？」

⋯⋯⋯⋯⋯⋯⋯⋯⋯⋯⋯⋯⋯⋯⋯⋯⋯⋯⋯⋯

「嗯，我願為你推薦。」

桑名松平家與會津松平家同為德川一族中武名顯赫的家系。根據傳兵衛的說法，此藩因位居東海道之要衝，故對時勢極度敏感，萬一外國派兵來犯，必成為諸大名之楷模，率先起兵抵禦。全藩上下皆氣勢如虹，藩內也已暗中招攬武藝精進之士。

「你意下如何？」

想當然耳傳兵衛還以為龍馬會欣然接受。

此藩血統尊貴，龍馬一個籍籍無名的鄉士次男，若能投入旗下效忠，無異於憑空交上好運。

龍馬卻無此意。

他還年輕得很，完全無意讓自己侷限於桑名，就此落腳在偏遠之地。

「多謝前輩好意，不過懶散如我者無法與身分高貴之人交往，更無法適應嚴謹的工作。」

「無法？怎麼會！咱們今晚就針對此事來個徹夜長談吧。」

「啊！」
龍馬放下酒杯，突然想起一件不得了的事來。
他把水原播磨介留在旅館自顧自來此，這時突有不祥的預感而不安起來。
「怎麼啦？」
鹿田傳兵衛問道。龍馬不敢說是因為播磨介在旅館等自己，只說：
「沒什麼，只是突然想起有東西忘在旅館了。」
「是重要的東西嗎？」
「嗯，算是吧。」
「我有個主意。」
一旁的千勢道：
「不知您意下如何，就讓我去把那東西拿來吧？」
「喔，多謝妳的好意，不過恐怕得要我親自去才拿得動。」
「這麼重嗎？」

千勢瞪大眼睛詫異地說：
「那東西很重嗎？」
「恐怕有十五、六貫（編註：一貫約三・七五公斤）重哪。」
「那我就真的拿不動了，不過我會帶幾個小廝去，就叫他們抬吧。」
「不過……」
龍馬這下也慌了。
「那可是活生生的人呀。」
「喔，是『人』嗎？」
千勢頓時沉下臉來，心想應該是女人吧。
「你說什麼？」
鹿田傳兵衛聞言也是一愣。他想起自己當初到城下旅館去找這年輕人時，就感覺其舉止怪異。
「坂本君，是攸關男女之事吧？」
「也不是啦。」
「我真是看走眼了。你尚在修業中，可以這樣做嗎？」
「這麼重嗎？」

「這……」

「我還以為你是個罕見的好青年，還想把你推薦給我家主君，甚至打算如果你也有意，就把千勢許配給你的。沒想到……」

「啊？」

龍馬聞言驚得目瞪口呆。

鹿田傳兵衛個性還真急。其實這種人世上頗多，若對方不接受自己一廂情願的想法，就大為光火。這也算是一片好意吧，卻讓龍馬十分為難。

「總之我得回旅館一趟。」

「哎呀！沒關係啦！再喝再喝，那種人不管讓她等多久也不會少一塊肉或發臭。」

傳兵衛把酒杯遞給龍馬。

龍馬接過後，千勢隨即為他斟酒。千勢畢竟是好人家的閨女，方才的表情已消失不見，取而代之的是滿臉微笑。

「不過，把女人家單獨留在旅館，無論如何總是放心不下吧？」

「女人家？」

龍馬這才知自己遭誤解，心想借寢待藤兵衛一用是再適合不過的了。

「不是。那人是男人，還是個小偷。」

「小偷？原來你人脈這麼廣啊。」

「不，他是我的隨從。」

「你竟收小偷為隨從？」

傳兵衛已經醉了。

龍馬也頗有醉意。意識終於越來越模糊，終至不醒人事。

⋯⋯⋯⋯⋯⋯⋯⋯⋯⋯⋯⋯⋯⋯⋯⋯⋯⋯⋯⋯⋯⋯⋯⋯⋯⋯⋯

龍馬醒來時已豔陽高照。

「糟了！」

他趕緊掀開棉被彈跳起身。棉被散發著一股清新氣味，昨晚傳兵衛叫他睡在這裡的，這他還記得。

「播磨介兄想必慌得手足無措吧。」

他迫不及待想返回旅館，於是立刻整裝走出房間。在走廊上遇見千勢。千勢立即屈膝鄭重向他道早後，又說：

「要洗臉的話，請到井邊。已經為您準備好了。」

「我很少洗臉。」

「啊？那至少也梳梳頭吧？」

「不，如此鬆散的髮髻正合我意。」

龍馬的頭髮就像被強風吹過一般蓬亂。在家鄉時，姊姊乙女也對此沒輒。有時幫他梳頭，好不容易才梳服貼並結起髮髻，誰知道一梳好，龍馬就立即雙手在兩鬢一陣摩挲，刻意把頭髮弄鬆。那種扯著臉皮的緊繃感龍馬實在無法忍受。

「臉也不洗，頭也不梳，衣服髒兮兮也不在意……這人還真像宮本武藏。」

千勢心裡覺得好笑。

向傳兵衛打過招呼後，簡單用了早餐，龍馬便走出大門。

……

回到旅館就聽說水原播磨介和寢待藤兵衛已於一個時辰前上路。

旅館老闆娘以難懂的伊勢口音絮絮叨叨說著：

「大爺，您到底上哪兒去了呀。那兩位焦急不安地等了好久，然後說，看來您恐怕不會回來了，於是決定出發。不過有交代說，萬一您回來了，就要您隨後趕緊追上。」

「我了解了。」

龍馬立即上路。

後面有個可疑男人尾隨而來，看來是個不務正業的人。雖一身旅行裝扮，臉上卻無日曬痕跡。就算是真的旅人，也是剛打桑名出發的。

「究竟是什麼人呢？」

龍馬提防著。恐怕是上回刺客派來的密探。

到四日市已過午，便在茶館用午餐。

出了四日市，隨即進入赤堀。此處是全程一百二十五里路程之中，大小橋梁最多之處。陸續走過錢罐橋、落合橋、川家橋、長田橋、田畠橋，最後行經加太夫橋。

「大爺。」

那個看似遊手好閒之人突然叫住龍馬。他個子矮小，是個看來十分和藹可親的中年男子。

「有什麼事嗎？」

「請叫我赤藏。我在桑名開了家小間物屋（編註：賣日用品、化妝品等的仕女雜貨鋪），本業卻是藤兵衛的老搭檔。是藤兵衛吩咐我一路隨行的。」

（哦？這傢伙也是小偷嗎？）

龍馬誇張地抬高下巴點了點頭。

小間物屋老闆赤藏腳程很快，龍馬動作稍慢他就催道：

「大爺，快點！」

這人大概是受藤兵衛之命，特來督促龍馬早點趕上播磨介的吧。

到了石藥師，太陽已西傾，但餘暉仍照亮天際。龍馬有些倦了，便說：

「赤藏，今晚就在此歇腳吧。」

沒想到赤藏毫不容情答道：

「到龜山還有二里半的路程。眼前雖已入夜，但藤兵衛應已在該處一家名為大和屋平七的旅館等我們了，所以我們還是趕趕路吧。」

抵達龜山都已過了戌時（約晚間八時）。

小間物屋老闆赤藏叫龍馬在大和屋門口稍候，自己先行進入土間。他報出播磨介的假名問掌櫃是否有這號人物投宿在此，但回答卻是「沒有」。

「大爺。」

赤藏自行掌嘴道：

「他們恐怕發生不測了。」

「不會吧？」

「不，我看錯不了。」

像他這種從事地下職業的人對不測的直覺，應該超乎常人吧。

「龜山城下有個新町。我有個拜把兄弟在那裡開了間職業介紹所，請您多走一段路。」

龍馬便隨他前往。

果然是家名為水屋伊助的大店舖，規模看來不小。

龍馬被領至客廳。不久，一個據說是老闆的癡肥老人來打過招呼後，就直接退下了。

「赤藏，這家店實際上也是賊窟嗎？」

「沒這回事，人家做的可是正經生意啊！這位伊助年輕時也不怎麼正經，但如今藩方（龜山藩，祿高六萬石，石川家）官差很倚重他，缺人手時一概交給這位伊助處理。」

「原來如此。」

龍馬心想，旅行真能長知識，原來世事運作的結構方式五花八門。

「我請這位伊助動用手下到途中各驛站找找，所以請您在這房裡歇會，靜候消息吧。」

「有勞了。」

「別這麼客氣。我從前也給寢待藤兵衛添過許多麻煩。」

看來這藤兵衛還有他深藏不露的一面。

後來龍馬便枕著肘，昏睡了三、四個小時。

正當龍馬沉睡之際，水屋伊助手下的四、五十名年輕人想必也忙著沿途搜尋、打聽吧。

過了丑時，小間物屋老闆赤藏回到房裡搖醒龍馬。

「大爺，果真大事不好了！來此不遠途中，有條名為海善寺川的河流，他們在河床上找到屍體了。」

——據判斷，屍體應為播磨介。

龍馬抄起大刀，衝出門往東走了約十丁。

此處有座名為河合橋的土橋，流經橋下的就是海善寺川，不過河水已近乎乾涸，河床上雜草叢生。

「赤藏，屍體在哪裡？」

龍馬站在土橋上問道。

「就在這橋正下方。」

「我先下去，你拿提燈隨後跟來！」

龍馬踩著亂草下去一看，果真有具武士屍體。

龍馬以手指輕觸其太陽穴的動脈，但顯然已無脈動。

「死了嗎？」

兩人緣分不算深，但龍馬仍忍不住心痛，心想這才是男子漢。

龍馬少年時曾隨姊姊乙女朗讀漢籍，其中最令他印象深刻的就是以下這段。

志士不忘在溝壑，

勇士不忘喪其元。

意思是，有心拯救天下之志士應時常想像自己將來可能曝屍溝渠之內而無人收屍，勇士則應有隨時遭砍去頭顱（元）的覺悟，否則便無法成就天下大事。

「這位播磨介也是如此吧。」

龍馬現在再一次回想，他外表雖如婦人孺子般柔弱膽怯，但有一天在旅館時卻面不改色地說：

——我一回京都恐怕就要遭幕府官差逮捕了。

難道這就是所謂的志士嗎？龍馬不禁對這位京都武士刮目相看。

「真值得敬佩。」

這時手持提燈的小間物屋老闆赤藏也緩緩沿堤防走了過來。

「大爺，燈來了。」

「嗯，幫我打亮。」

龍馬上前仔細一看。

「……？」

確認後，龍馬強忍內心的驚訝，抬頭對赤藏說：

「喂，搞錯啦！這不是播磨介。」

「那這是什麼人？」

「是上回的彥根武士吧。」

這容貌有點眼熟，應該錯不了。這人曝屍在異鄉的河床上，他的家人應該對此毫不知情吧。他也堪稱「不忘喪其元」的勇士吧。

「啊，這是藤兵衛的短刀！」

龍馬拔出刺進屍體胸口的短刀。

彥根藩士的血淌至龍馬的手腕上。

龍馬將從屍體上拔出來的短刀在草上擦了擦。

「既然發生如此事件，藤兵衛應該不可能還在這附近流連，一定趕路去了吧。」

「赤藏，隨我來！」

龍馬如此吩咐之後，便率先衝上堤防，快步向前走去。

夜已漸明。

走下鈴鹿嶺後，繼續前往山中，即可發現有家茶館，店裡賣的是旅人之間頗負盛名的甜品名產。

寢待藤兵衛就在這裡。他好整以暇地捧著大大的茶杯，正邊吹邊喝著滾燙的飴湯（編註：把水飴溶進熱水再加入肉桂提味的甜飲）。他一見走在大道上的龍馬和小間物屋老闆赤藏，便立即站起身來。

藤兵衛走到路上，若無其事地走近龍馬身側。

「原來是你。」

龍馬從斗笠中望著他道。

「大爺，我找你找得好苦啊。」

「是我找你找得好苦吧？我還以為你死在那個彥根武士手下了呢。」

「大爺，請把短刀還我吧。」

「在海善寺河床殺死那個彥根武士的人是你吧？」

「是。」

藤兵衛面不改色地回答。他平常嘻皮笑臉的，但畢竟才剛有段不凡經歷，故讓人覺得有些毛骨悚然。

「我是故意把短刀留在屍體上的。因為水屋的年輕人遲早會發現屍體。只要發現，大爺您也不是笨蛋，見到短刀定能猜出這是藤兵衛幹的好事。那麼也一定能料到小的應該繼續前行。這一切都在我的推測之中呀。」

「那麼，播磨介人在哪裡呢？」

「他呀……」

藤兵衛突然沮喪起來。

「他好像變得很怕我。」

「我想也是。他逃走了嗎？」

龍馬放緩腳步。

根據藤兵衛的說法，桑名一過，彥根武士似乎就緊追在後。

——真煩人哪。

藤兵衛大概不耐煩了吧，就反過來主動出擊。趁彥根武士疏於戒備時，在行經庄野的旅館區後，利用太陽下山的好時機，伏身躲在河合橋，再出其不意一刀刺死對方。

播磨介見狀雖放下心中的石頭，但也發現這名來歷不明百姓的可怕之處。之後不管藤兵衛如何連哄帶騙，他都不聽。

「我要自己走！」

他如此堅持，藤兵衛只得在這家茶館與他分道揚鑣。播磨介繼續趕夜路，現在應已抵達鈴鹿山腳下的土山了。

「藤兵衛，不必置人於死地吧？」

龍馬也質疑道。

「可那人是刺客呀。我若沒殺他，現在播磨介應該就沒命了。」

「嗯，說的也對。」

武士死在盜賊之輩手下，龍馬總覺得情感上不太能接受。

當夜投宿在江州甲賀鄉水口的驛站。

就在此處發生了意外。

龍馬領著寢待藤兵衛及小間物屋老闆赤藏二人，

才剛走進江州水口的驛站，太陽已幾乎落盡。
此處乃戰國時期以甲賀忍術聞名的近江甲賀鄉之首府，目前是祿高二萬五千石加藤越中守之領地。
此驛站因旅館及茶館女人拉客的粗暴模樣，在東海道五十三處驛站中特別出名。各家旅館都雇有臂力不輸壯漢的女人守在旅館區入口伺機拉客。
龍馬一行人一踏進旅館區入口，十多個女人立刻蜂擁而上，緊抓著他們的衣袖和手臂道：
——這位大爺，請到菊屋來吧。
——不，不，松屋比較好啦。浴室才剛裝修好，棉被也整理過了喲。
——哎呀，都比不上菱屋啦。不僅庭院漂亮，陪宿的女人也都是京都出身的，必能徹底消除您旅途的疲勞呀。
她們七嘴八舌喊道。
「等等！」
龍馬制止她們之後，說明水原播磨介的長相，然後問她們這名武士是否住進此驛站。
——他就住在我旅館裡。
看來最老實的拉客女道。
「真的嗎？那我今晚就決定住在妳的旅館。」
——啊，好可惜啊。
在其他拉客女此起彼落的咒罵聲中，龍馬已走進旅館「枡屋市兵衛方」。他脫下草鞋後，在掌櫃的帶領下找到水原播磨介的房間。
播磨介喜出望外。
這位京都武士雖覺商人藤兵衛令人毛骨悚然，對龍馬仍十分信賴，故激動地上前擁抱龍馬。
「哎呀，我真是太高興了！我還以為你討厭我，打算在桑名棄我而去，害我萬分擔心。現在見到你，感覺就像在地獄見到佛祖啊。」
龍馬也了解他一路來對自己信賴有加，故對自己在桑名的任意妄為後悔不已。
傍晚吃的是泥鰍湯。

提到這村子的名產，工藝品首推煙斗及衣箱，食物則屬各家旅館都會提供的泥鰍湯。

龍馬要藤兵衛和赤藏住在鄰室，自己則與播磨守兩人慢慢喝酒。

「見你一切平安，真是太好了。此處距京都僅剩十二里二十五丁距離，簡直就像已回到京都。」

「不，京都已成為厲鬼巢穴。我在各處驛站聽到傳聞，志士已陸陸續續遭京都所司代的爪牙逮捕，包括若狹浪人梅田雲濱，水戶藩士則以鵜飼父子為首，幾乎每天都有志士遭幕府爪牙逮捕。我的任務是返京後向主君內大臣覆命，但此去也形同羊入虎口。」

他話聲甫落，旅館老闆就慌張地沿著走廊邊跑邊喊道：

「現在京都西町奉行所與力（編註：捕吏長）渡邊金三郎大人因公要來臨檢。請各位住客老實配合！」

說著又跑下樓梯。

「哇！」

水原播磨介雖不至於發出如此驚叫聲，表情卻已如實表露內心的倉皇。

「這……坂本君，我該怎麼辦？」

因為京都西町奉行所與力渡邊金三郎正是這回「安政大獄」中最勤於逮捕志士的「惡鬼與力」，不知有多少志士因他被關進京都地牢「六角獄」，甚至就此葬送性命（說來詭異，數年後渡邊就在江州水口驛站附近的石部，遭武市半平太指揮的尊王攘夷派刺客團暗殺）。

「渡邊特從京都來此臨檢，定是衝著我來的！坂本君，我究竟該如何是好？」

「快逃吧。接下來出我來哄騙他們即可。」

「可是，逃得了嗎？」

恐怕不可能吧？

既是與力親自出馬的逮捕行動，旅館附近甚至驛站的每個街口，一定都有大批捕吏嚴密看守。
鄰室的寢待藤兵衛及小間物屋老闆赤藏二人也緊張地先後走進龍馬房間。
「藤兵衛，赤藏。」
「在。」
「以你二人以往的職業，一定曾像這樣被討厭的官差包圍過吧？」
「是啊。」
「那你們兩個就護著播磨介，幫我帶他順利逃離此處吧。」
「大爺您要留在這裡嗎？」
「沒錯。」
住宿登記簿上清楚寫著「松平（山內）土佐守部下坂本龍馬」，龍馬若逃離此處反而顯得可疑，甚至可能拖累主君，這倒也是不爭的事實。
「那傢伙很危險。」
「無所謂。」
「坂本君。」
播磨介顫抖著雙手撕開自己的衣襟，從中掏出一封信。
「這是水戶家寫給三條家的重要密函。要是我有了萬一，請你將這密函送交內大臣手上。」
「了解。」
龍馬迅速脫個精光，將那封密函捲進六尺長的兜襠布中，然後大模大樣地盤腿坐下。
這時播磨介已在藤兵衛及赤藏的保護之下，鑽進旅館的地板下。
「播磨介兄，委屈您了。」
「不，是我給大家添麻煩了。」
他們不斷往前爬往倉庫後方。藤兵衛爬到圍牆上，讓赤藏守在圍牆下，打算兩人合力把播磨介又頂又拉地弄出牆外。
另一方面，龍馬房間的情況……
與力渡邊金三郎領著五名手下同心（編註：捕快）及水

口藩的偵察官，在驛站官差的帶領下，唰地拉開房間紙門。

「因公臨檢。」

話聲才落，一行人無不面露詫異之色。

房內是個身材魁梧的男人，正背對門坐著。右肘聳得老高，正飲著酒。

「大、大膽！」

與力渡邊金三郎喝道。幾乎一絲不掛的龍馬緩緩轉過身來。

「啊？」

說著以手掌圈在耳後，假裝自己聽不見。

渡邊報出水原播磨介的假名後，又道：

「此人即為播磨介，乃是幕府通緝在案的罪犯，因公得抓他回去問訊。他應是自傍晚時分開始，即與你共宿在此房間吧！」

——聽不見。

龍馬連忙揮手比劃，做出寫字的動作。意思是要對方拿紙筆來進行筆談。

「咦？耳朵聽不見嗎？」

渡邊無奈，只得吩咐驛站官差準備紙筆，迅速寫下問題。而龍馬也拿筆，一臉為難地寫下：

——說來慚愧，我識字不多，不懂漢字，請以假名書寫。

「這傢伙真麻煩啊！」

渡邊心裡嘀咕，但仍以假名寫道：

——你真是聾子嗎？

這問題理所當然。德川時代，無論武家或百姓，只要是盲人或聾子都不得繼承家督之位。即使生在武士之家也不讓他當武士，理應命其終生隱居，絕不可能像這樣出外旅行。

——並非如此。

這情形龍馬自然也知道。

反正只要盡量拖延時間，讓播磨介有充裕時間逃走即可。

——我是在桑名進行刀術比試時耳膜受傷，導致耳鳴。只能隱約聽見聲音，卻無法明辨詞句。

——有人目擊你和京都堂上三條內大臣部下水原播磨介一路同行。你究竟與他有何關係？

——毫無關係之人。

——何謂毫無關係之人？

——意思是非親非故。

龍馬企圖愚弄渡邊。

渡邊似乎已怒火中燒，他轉身對手下捕快道：

「這人很可疑，把他抓起來！」

三名捕快立即進房企圖抓住龍馬的雙臂。這時龍馬以迅雷不及掩耳的速度扭住對方手臂，並把他拋在地上，隨即以恢復自由的右手拿起筆大大寫下：

——這是做什麼！竟敢對土佐守部下無禮！

奉行所官差對諸藩藩士是不具司法權的。若有情況發生，奉行所必須先向藩交涉，故情況將會變得很複雜。

「到別處去搜吧。」

渡邊大概也發現自己是白費力氣吧。他留下兩名手下繼續監視，自己匆忙離去。

「咦！」

龍馬隨即有了不祥的預感。

因為遠處開始響起刺耳的鳴笛聲。

龍馬倏地站起身來，迅速穿上衣服。像平常一樣把短刀塞在下腹一帶，腰間的大刀則任它近乎筆直地往下長長垂落。

——你想去哪裡？

負責監視他的官差趕緊拿筆快書，拿給龍馬看。

——去看抓人。

龍馬寫道。

官差急了，又提筆寫道：

——請留在此處。不安分點的話，對你可沒好處。

已然起身的龍馬只瞥了一眼並未細看，便逕自往外走去。

「留、留步啊！」

官差拉住他衣袖。

這時兩名官差驚訝得幾乎說不出話來，因為龍馬突然轉身大喝：

「大膽！敢命令我嗎？」

難怪龍馬大怒。浪人和百姓的情況自然另當別論，但幕府官差一般是不能公然限制藩士行動的。

不過官差們實在太意外了。

「你、你、你耳朵不是聽不見嗎？」

「現在突然好了。」

龍馬自顧自地走下樓梯。

一走到路上，發現家家戶戶都因逮捕行動而門窗緊閉。

四周一片漆黑。

起風了。

兩名捕快拿著公務用提燈。

龍馬讓他們一前一後跟著自己，三人一起朝鳴笛聲處走去。

「坂本爺，老實說……」

方才一直保持沉默的那名捕快突然故作親切地攀起關係，近乎諂媚地說他在京都柳馬場的北辰一刀流學刀，早聽過江戶塾頭坂本龍馬的大名。

「真的呀，那咱們就是同門師兄弟了。」

「所以請手下留情，千萬別逃走啊。」

三人已行至足輕町。

對面街角突然竄出數盞提燈，且逐漸往這邊接近。

「啊，還是被抓了嗎？」

龍馬停下腳步。

不久，圍在六尺警棍中間的水原播磨介就從龍馬面前經過。他雖未被纏以繩索，但大小佩刀均已遭沒收。

播磨介瞥了龍馬一眼。

這時龍馬突然將手放在刀柄。他打算殺死這些捕吏，趁亂救出播磨介。

但播磨介這位個性溫和的京都武士卻不知哪來的氣魄，竟厲聲道：

「瘋子！」

他如此大喊。

「諸位官差，這人是瘋子，快抓住他！」

大概是不想害年輕的龍馬白白葬送前途。更重要的是，他怕託付龍馬的密函無法送抵三條家吧。

持棍的捕吏重新擺好陣勢，官差們也個個握住刀柄。

總指揮渡邊與力上前一步。他戴著笠形頭盔，手持鐵鞭，老神在在地凝視著龍馬，彷彿能透視黑暗似的。

「坂本嗎？」

他低聲問道。

「你果然和這個播磨介是同夥吧！」

「不是的。」

播磨介連忙否認。

「這人在旅途中偶然與我同行。他有些神經失常，但各位官差最好小心點，他武功相當了得。」

「咦？」

眾人聞言想必都是一驚。他們不約而同地拉開距離，只敢遠遠圍住龍馬。

此時代的幕府司法官毫無氣魄，其程度超乎我們的想像。若對方較弱勢或追捕人數眾多就仗勢欺人，但若情勢不妙就縮頭縮腦。

「撒灰！」

與力渡邊命令道。

龍馬緩步上前。

極緩……

極緩……

極緩地走近眾捕吏。

有人突然撒了一把灰。
卻沒撒中龍馬。
龍馬目中無人地繼續緩步前進。
捕吏隨之逐步後退，包圍圈越拉越大。
這時龍馬突然自腰間拔出一樣東西。不是長刀，而是隨身文具筒。
他取出一張紙凌亂地寫下：
——我要走了。
接著又補充一句。
——不得擋我去路。
寫完後迅速將紙往天空一撒。等紙落地時，他早已翩然轉身消失在黑暗中。
「真怪啊，這傢伙！」
捕吏一定覺得毛骨悚然吧，竟無人追上前去。
龍馬大踏步走著。
出了旅館區，又摸黑走了三里夜路，抵達石部驛站時，月已西沉。

「糟了，看不到路了。」
只得隨意盤坐在路旁，抱著大刀休息。
四周一片漆黑，伸手不見五指。
「真是個了不起的男人。」
他指的是播磨介。
即使一時沒判死刑，以他纖弱的身體，遲早必定死在牢裡。然而播磨介卻能處之泰然。男人要等到身陷危機才知道人生的真正價值何在。
這時，漆黑的近處突然傳來腳步聲。是寢待藤兵衛摸上前來了。龍馬早知一出水口驛站，他就一直暗中跟在身後。
「藤兵衛嗎？」
龍馬口氣十分不悅。

京都日記

龍馬進入京都。

京都正陰雨綿綿。

他立即到河原町的土佐藩邸提出暫留京都的申請，然後投宿在柳馬場御池的一家旅館。

此處已開始騷動不安，故幕府下令，各旅館若有諸藩滯留京都之藩士投宿，門前必須貼張「某藩某人」的紙條。

龍馬投宿的旅館也貼了這麼張紙條。

這旅館附近有家京都知名的心形刀流道場。該道場門人經過時見到那紙條，便說：

「咦？這不是千葉道場的坂本嗎？」

可見龍馬在刀客之間名氣之高。

有人甚至專程來訪。龍馬生性豪爽，卻難得不願接見。

自離開水口以來他就一直悶悶不樂。因自己的疏忽及無能，竟將水原播磨介拱手交給幕府捕吏，如此悔恨之心與時俱增。

寢待藤兵衛也認為自己應負起直接責任而沮喪不已。

「大爺，請原諒我吧。」

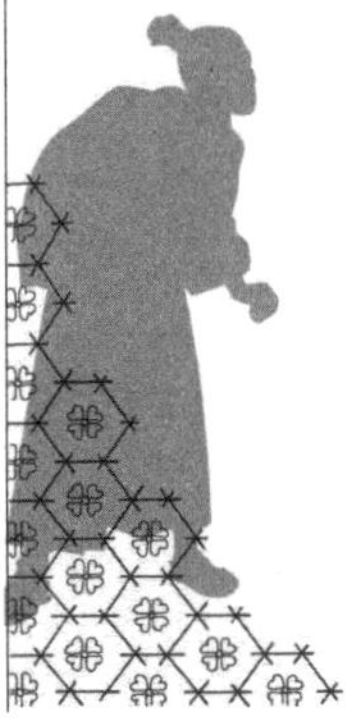

他每天都得幾度如此陪罪，龍馬每次都擠出笑容答道：

「啊，別放在心上。」

但隨即恢復鬱悶不悅的神情。

因雨在旅館內關了三天。

龍馬未曾放下手中的酒杯。

第三天傍晚時分，同樣聽著中庭導雨管傳來的雨聲，一言不發地喝著悶酒。

藤兵衛實在受不了了。

「我那天真的是盡力了，但實在無能為力啊。京都的官差得知播磨介爺抵達水口，所以早佈下天羅地網，根本無處可逃啊。」

「我沒怪你。」

「那就請大爺恢復原來的模樣吧。」

「你是叫我開朗一點嗎？」

「看您這麼彆扭，小的心裡難過呀。」

這三天以來的情形就是如此。

……

龍馬仍一副若有所思的模樣。

但他並非針對無法改變的事實一味後悔，其實他正傷腦筋該如何將播磨介託他送給三條卿的密函確實送抵。

「田鶴小姐就在三條家。」

只要把密函交給田鶴小姐即可，但以眼前情勢，要去見田鶴小姐實在難如登天。

進京之後就聽到傳聞，說過激派公卿三條實萬的身邊日夜都有幕府爪牙監視，不可能隨意進出。

播磨介同儕，即三條家之家臣富田織部（實萬之子實美的家庭教師，三條卿背後的理論建立者，伯耆人）已在梨木町自宅被捕並投入六角地牢。

「藤兵衛。」

龍馬終於露出笑容。

「我想借重你的偷盜技術，請你潛入仙洞御所以北的三條大人宅邸。」

說到潛入別人宅裡，寢待藤兵衛可是有三十年資歷的專業職人。

專業職人不同於門外漢，態度十分謹慎。

「這職業不是什麼正經買賣，但若能為天下貢獻一點力量，也算是種造化。這事就包在小的身上，不過，請再給我三天時間。」

「那就一切拜託你了。」

龍馬將此事全權委託給藤兵衛，自己只管繼續關在旅館內喝酒。

藤兵衛在京都的藥店採購一些買賣所需的藥品，翌日就開始行動了。

三條卿的宅邸位於仙洞御所之北，就在清和院御門附近。

這一帶東為寺町，北為石藥師御門，西鄰天皇所居之御所。此區中多達四十多戶櫛比鱗次的公卿宅邸。

藤兵衛假裝有事待辦，分別在白天及晚上快速經過一次。

不能巡得太頻繁，因不知幕府的眼線埋伏於何處。

清和院御門之前是高野少將的宅邸。

沿其宅邸外牆西角折向北方的小路名為梨木町。

轉進梨木町的轉角上是葉室卿的宅邸。此宅極小，牆壁也已傾圮。

其北鄰即為目標三條卿的宅邸。但藤兵衛每次經過，總見三條家對面宅邸有人進出，裡面似乎駐有所司代（幕府在京都的最高機構）的官差，無時不刻監視著三條家。

「這事還真難辦啊。」

就連專業的藤兵衛也甚覺棘手。

駐有幕府官差的那間宅邸是名為水木的諸大夫（較公卿低一級的御所下級官吏）家，此人亦屬支持幕府的佐幕派，因此才將自宅借給所司代。

並非所有公卿或皇宮的官差都是尊王攘夷的激進份子，像三條般的激進人士只佔不到全體的一成。

幕府仍屬強勢，且是代表日本的唯一政府，最重要的是擁有武力及金錢。多數公卿及諸大名一向得仰幕府鼻息才能過活，故有不少人甚至暗中與幕府密切來往。

「真棘手啊。」

但藤兵衛不愧是老手，第三天終於發現一處漏洞。就是三條家隔鄰的今城卿宅邸。各宅依序排列如下：

理性院殿（出家並擔任理性院住持之親王）故居

聖護院殿（出家並擔任聖護院住持之親王）故居

梅園卿宅邸

這些房子幾乎無人居住，外牆低而容易潛入。

「先摸進梅園家，接著往南直接翻過幾道內牆，就能抵達三條家的後牆了。」

這時藤兵衛身後突然有人喊道：

「喂，賣藥的！」

藤兵衛望著梅園宅裡的柿樹，樹上正好有兩、三顆熟透的柿子，映著夕陽十分美麗。

「您叫我？」

藤兵衛擠出善良的微笑，哈著腰轉過身來。所謂的變身就是如此吧。藤兵衛的臉上已換上極端怕事的商人表情。

「您有什麼事嗎？」

「你認得我的臉吧？」

「哎呀，敢問您是哪位大爺。」

「不認得嗎？」

對方亮了一下懷中捕吏專用的「十手」讓藤兵衛瞄一眼後，又道：

「我有事要問你，跟我到前面的町衙門走一趟吧。」

他是人稱「猴子文吉」的捕吏。

年紀約三十三、四歲，膚色黝黑，肥胖，顴骨突出，細小的眼睛看來十分猥瑣。

藤兵衛有所不知。這人作風殘忍，在京都，他的名字可以拿來喝止哭鬧不休的小孩。他專門負責對付思想犯及政治犯。

他原為京都北方御菩提池村的農民之子。年輕時曾加入幫派，還吃過一、兩回牢飯，但因有點小才幹而被提拔為捕吏。當時的捕吏或助手多半具如此來歷。

文吉有個女兒，是養女。

她名叫君香，在祇園當舞妓，卻獲佐幕派的九條關白家之家臣島田左近（後遭人稱「殺手新兵衛」的薩摩藩士田中新兵衛所殺）贖身，納之為妾。身為養父的文吉也跟著風光起來。

島田左近收了幕府（其實是井伊家的謀臣長野主膳）的好處，故全力配合密告京都尊王攘夷派的激進份子。目前正進行得如火如荼的「安政大獄」事件已害死許多志士，此人功勞不小。

猴子文吉即為其手下爪牙。

他天生直覺出奇敏銳，不管志士如何逃竄，他都能找出藏身之處。每次幕府的所司代都透過島田左近發獎金給他，他再拿這錢去滾高利貸，後來得以在二條新地開了家妓院，生活過得十分闊綽。因文吉而被處死或慘死獄中的志士不計其數。

大概是文吉的第六感偵測到藤兵衛有問題吧。

但藤兵衛也不是省油的燈。

「沒、沒這回事呀。不知大人您是懷疑小的哪一點，不過像小的這麼怯懦的小商人，光聽到『衙門』兩個字就魂飛魄散啦，請大人網開一面啊。」

「你是江戶人嗎？」

「是。」

「江戶的藥商為何在京都公卿宅邸區鬼鬼祟祟？」

「冤枉啊，其實是我上京途中遇見一位自稱京都公卿家臣的大爺。他跟我買了很多藥材，還說藥錢就到他京都府上收取，所以小的這才在此尋找那位大爺府上呀。」

「那位公卿是哪家大爺來著？」

「好像是什麼東五條大人……」

「白癡！」
京都的公卿之中並無此姓之人。
「啊？」
藤兵衛故作沮喪地彎下腰，並假意哭喪著臉。
「京都沒這位公卿大人嗎？」
但猴子文吉可沒被藤兵衛的演技瞞過，他狐疑地盯著藤兵衛道：
「你真會做戲，到底是不是真的？」
京坂方言由某些人口中說出來可能顯得優雅溫和，但出自這種可怕的男人之口反倒很嚇人。
「小、小的不是做戲，請大人發發慈悲吧。」
「好，我就饒你這一次。滾！」
「是！」
藤兵衛可憐兮兮地行了幾次禮後，才走出石藥師門。他快步轉過街角後，立即恢復原來天不怕地不怕的神情。

「哼！」
他仍身在公卿宅邸區內，藤兵衛知道自己身後有人跟蹤。
「瞞不過我的。」
這一定是文吉的安排。
文吉對藤兵衛的疑慮尚未消除，他打算先放走藤兵衛，再派手下跟蹤他。
「我才不會上當呢！」
順著石藥師御門前的大路往東走再往南折，就是寺町的主幹道。
把門開在此路上的公卿宅邸依次是：
六條殿
押小路殿
中園殿
武者小路殿
圍牆內就是皇宮高級女官的宿舍，故圍牆較低。
跟蹤者走到這裡時——

「咦？」

他停下腳步。

因為藤兵衛的背影已消失不見，彷彿突然自路上蒸發了。

——是這道小門嗎？

跟蹤者試著推門，不費吹灰之力就往內打開了。

跟蹤者悄悄閃身入內，萬一下級女官發現鬧起來，就嚇唬她們說：

——所司代執行公務！

如此就萬無一失了。

幕府長年以來的絕對權力目前仍在。薩長土數年後將冒出頭來，成為反幕勢力，此時卻仍處於半睡眠狀態。公卿之輩宛如窩囊廢之典範，故只要拿幕府權威嚇唬他們，就沒人敢吭聲了。

即便是地位如此卑微的小官差也如此傲慢，竟敢大搖大擺走進邸內。

不料才走了第三步，便聽到背後有人叫他。

「喂！」

說時遲那時快，這位跟蹤者的脖子已被藤兵衛勒住。

好痛苦啊。

「啊……」

他無聲地張開嘴。這時藤兵衛不慌不忙地把石見銀山（毒藥名）塞進他口中，隨即將癱軟的屍體踢進草叢中。

藤兵衛竟然面不改色。

寢待藤兵衛第二天早晨才返回柳馬場御池的旅館。龍馬在女侍的伺候下正扒著早餐，藤兵衛進房來也沒停下筷子。

「大爺，我辦完事回來了。」

藤兵衛說著卸下藥箱。

「我知道。」

龍馬露出如此表情，卻未出聲回答。果然不高興。

他從未持續這麼久心情低落，的確是因播磨介的事件而起，但他並不是怪藤兵衛辦事不力，而是心中已開始認真思考。

「天下」

自己難道只當一名刀客就心滿意足了嗎？

「喔，吃飯。」

龍馬扔了雙筷子給他。

「我當然要吃。」

「為什麼？」

「因為房錢是我出的呀。」

「說的也是。那你多吃點。」

「這用不著您操心。」

「藤兵衛，你生氣啦？」

「當然啊。」

藤兵衛叫女侍退下後，道：

「大爺，您不能再這樣懦弱下去了。播磨介爺雖因小的無能而遭官差逮捕，但那是因小的能力實在不足，您也該原諒小的了吧。」

「原諒？」

龍馬歪著頭疑惑地反問：

「我看起來真那麼不高興嗎？」

「是啊。」

「真的啊。我不高興的時候是什麼表情？看起來是不是比較俊美？」

「那怎麼可能。大爺的臉大體上是要心情很好才稱頭，這種臉型一旦不高興，看起來就跟山賊頭目沒兩樣啊。」

「我沒不高興啊。」

「明明就不高興。」

「你這種鼠輩是不會了解的，我是在思考自己人生的價值。」

「看起來倒像在休息。」

藤兵衛大笑道：

「人的一生靠的是機會。大爺您若不是生藤兵衛的氣，那小的就知道大爺在煩什麼了。您是不知該頂天立地為天下奮鬥，還是就此返回家鄉，畫地自限做個道場主人吧？」

「藤兵衛，你把密函送交田鶴小姐了嗎？」

龍馬岔開話題。

「是啊，我這有封回函。」

「拿來。」

龍馬迅速打開上有金漆彩繪的信封，從中抽出信來。

映入眼簾的是其家傳的端正筆跡。

看到這娟秀有勁的筆勢，彷彿見到田鶴小姐站在眼前似的。真是字如其人。

朝京都之櫻吟誦詩歌

而吉田山已明月高懸

有這麼一首歌謠，這是京都舊制第三高等學校學生宿舍舍歌的第一小節歌詞，其中的「吉田山」，就是田鶴小姐在信中指定龍馬赴約密會的場所。

以現在地形來看，應該是指京都市左京區吉田町京都大學本部，東側校園內的丘陵。

此山頂上有間名為「智福院」的禪寺。

此去數年後，此禪寺即成為討幕志士的密謀之地。明治時期後廢寺，現已不存。廢寺後，該處開了家名為「東洋花壇」的雞料理餐廳，目前不知情況如何，請恕筆者未詳細查證。

山麓有座吉田神社。

從神社沿赤松樹根滿地糾結的陡坡往上爬，即可抵達為山頂樹木所掩的智福院。

龍馬往上爬時已是黃昏，林間紅葉映著夕陽，更顯嫣紅似血，嬌豔欲滴。

禪寺不大。

但俯瞰京都市區的視野卻十分遼闊。龍馬站在方丈室前，感覺混著青苔芳香的清風自腳下陣陣揚起。

「敝姓坂本。」
龍馬只向小和尚報了姓氏。寺方面似乎已通盤了解，立即帶他前往茶室。
鍋裡的水已沸騰。
不久田鶴小姐出現了。她默默落座在爐火後方。
龍馬害臊地摸摸下巴。
田鶴小姐梳著高聳的島田髻，或許正因如此，看來比在高知時年輕。
最外層那件江戶紫的和式背心將田鶴小姐的膚色襯托得更加白皙，垂在胸前那串混有金絲的豔紅穗子不住晃動，美得幾乎讓龍馬不敢直視。
「龍馬少爺，好久不見。」
田鶴小姐刻意裝出大姊姊的口吻道。
「是啊。」
龍馬依然不懂寒暄客套。
「龍馬少爺五官變英挺了，刀術方面似乎也風評頗佳。」

「哪裡。倒是田鶴小姐越來越漂亮了。」
「龍馬少爺也學會誇獎女人了嗎？」
「因為我都二十四歲了呀。」
「談點正事吧。」
田鶴小姐一本正經說：
「一位名為藤兵衛，自稱是龍馬少爺的隨從送來播磨介爺轉交的信函，關於水口發生的事件，他也一五一十告訴我了。三條卿大人對龍馬忠於天皇之舉讚許有嘉，他希望您往後仍繼續效忠天朝。」
「是。」
大約就從這時開始，坂本龍馬即以尊王志士身分烙印在京都公卿的腦海裡。
「龍馬少爺。」
田鶴小姐又說。
松風聲陣陣傳來。
「京都寺町二條下有間名為『日蓮宗本山妙滿寺』

的寺院，您知道那是什麼樣的寺院嗎？」
「寺院嗎？」
龍馬歪著頭想了想。
「不知道。」
「完全不知道嗎？」
「這時節要上寺院拜拜，還嫌早吧？」
「不。」
田鶴小姐並不想和龍馬開玩笑。
「那寺裡有個魔王。」
「魔王？」
龍馬對天下情勢幾乎一無所知。
田鶴小姐所謂的魔王是指老中間部下總守詮勝。
他是祿高五萬石的越前鯖江城主，早年即被攬入幕閣，自此一路平步青雲。先後就任寺社奉行、大坂城代、京都所司代等職位，最後榮升為老中。曾一度辭職，但又於本年安政五年六月再度就任。這回就任是因大老井伊直弼的推薦。

他自然成為井伊的左右手，目前進行得如火如荼的安政大獄，實際指揮工作就是由間部詮勝擔任。
他因得進京現場坐鎮指揮，於是比龍馬早一個月，於九月三日即進京。下榻之處即為田鶴小姐方才提起的妙滿寺。
妙滿寺就是安政大獄的伏魔殿。
間部詮勝在妙滿寺的方丈室內焚香並掛上自畫像，以彰顯其非常之決心。
自畫像中的他正磨刀霍霍。他下定決心，凡是反對幕府政策的政論家、政客或謀略家，都誓以此刀送他們上西天。
井伊派駐京都的謀臣長野主膳幾乎天天都上大本營妙滿寺來說明京都的情勢，並詳細報告反幕派人士的一舉一動。而專為長野主膳製作搜查報告的手下爪牙，就是那天寢待藤兵衛在梨木町遇見的捕吏文吉。
長野主膳才離開，通常町奉行就立刻被叫進妙滿寺。
「這人。」
間部指出某人名。
町奉行所隨即出動大批人馬逮捕此人。
眼前的京都正處於如此騷亂的漩渦中。
田鶴小姐又道：
「龍馬少爺，如此情形，您還能袖手旁觀嗎？」
田鶴小姐說，朝廷公卿的家臣中鷹司家已有六人，青蓮院宮家有兩人，有栖川宮家一人，一條家兩人，久我家一人，西園寺家一人，而她所仕的三條家也有四人被抓。這些人全被關進六角監獄。不僅如此，梅田雲濱、橋本左內、賴三樹三郎等知名政論家也分別遭到逮捕。
「您有什麼看法？」
「……」
龍馬並不回答，看來似乎不太高興。他只有在專心思考事情的時候才會不高興。

「難道您不想用那把刀為天下貢獻一己之力嗎？」
龍馬二十四歲。
心中已逐漸產生前所未有的決心。
「就以這把孤劍撼動歷史吧！」
就是此一決心。
他不像武市半平太那樣，是從思想或學問切入，而是水原播磨介在東海道水口驛站被捕的從容態度仍深深映在他眼底。
「這才是男人！」
他衷心感佩。
龍馬可說就是因這份感動而投身尊王運動的。這對龍馬而言並非思想運動，而是一種事業。他本就具有旺盛的事業心及天分，只是與田鶴小姐重逢之前，尚未察覺自己這方面的才能。
只是隱約湧出一股欲望。
「究竟如何呢？」

田鶴小姐催促道。
龍馬卻只是微笑，顯得有些茫然。
田鶴小姐內心有些失望。
「難道我真看走眼了嗎？」
龍馬或許是上天賜給人間的不世出人才。最先有此想法的是其姊乙女，接下來就是自己了。田鶴小姐心裡不禁惋惜。
「真教我為難。」
龍馬不斷搔著脖子。
「有什麼好為難的？」
「教人害臊啊。」
「有什麼好害臊的？」
「就是忍不住害臊呀。」
「呵！」
田鶴小姐差點笑岔了氣，連忙壓住胸口。眼前的男人壯如池中蛟龍，卻蜷縮著身體莫名奇妙地害臊。真有意思。

「您真教人頭疼啊。」
「有那麼頭疼嗎？」
「男子漢大丈夫，有什麼好害臊的？」
「我口才不好。」
「口才不好？」
「若我的舌頭是油紙做的，那麼只要點個火即可熊熊燃燒起來。可惜我這舌頭是肉做的，就沒法這樣了。話說回來，要是我突然像個臨陣磨槍的志士那樣長篇大論起來，反而會嚇壞田鶴小姐吧？」
「哦，原來您是這樣的人。」
田鶴小姐臉色突然一亮，卻故意說些反話。
「其實即使您在我面前說得口沫橫飛，我也不會介意的。」
「不管怎麼說，我答應妳。」
「您答應了？」
「武士理當如此。我坂本龍馬總有一天會找到機會，恣意馳騁於天地之間，不過得請妳再等一段時間。」

龍馬返回柳馬場御池的旅館。

翌日，田鶴小姐再度派人親手交給他一封信。

——我想見您。

信上這麼寫著。指定的時間是晚上八點。

地點是清水產寧坂的「明保野」高級料亭。這場所實在引人遐思。

龍馬在約定的時辰前，沿清水產寧坂朝東山方向走去。

風很強，未飾家紋的提燈不停閃爍，差點就被吹熄。

成排的松樹樹影幢幢。

「啊——」

龍馬一邊爬著陡坡，偶爾仰望星空。身為男人的他心中有股奇妙的悸動，這份悸動是針對即將出現眼前的田鶴小姐。

「這就是愛情吧？」

龍馬摸摸自己的臉，順便捏捏臉頰，接著又扮了個凶惡的鬼臉。他試著逗樂自己，因若不如此恐怕無法逃出這令人難以喘息的甜蜜哀傷。

「愛情真折磨人啊。」

因為會使人心糾結。

「不過田鶴小姐實在太可愛了。」

龍馬開心地晃著提燈。他打從心裡欣賞田鶴小姐這種個性強、聰明伶俐又知分寸的女性。

「真可愛呀，對吧？」

他很想如此大喊。因為滿天的星星正俯瞰著龍馬。

龍馬終於走完這段陡坡。

陡坡之上就是東山的山峰之一（現在此處山頂屬祭祀維新志士的京都神社境內，四季草木扶疏。）

龍馬走到明保野料亭的玄關。

女侍出來應門，覺得龍馬有些可疑。

「您是哪位？」

「這個嘛……」

龍馬不知如何作答。田鶴小姐信上明明說不必告知姓名，只要站在玄關就有人會帶他進去。

「這位武士大爺，請問尊姓大名呀？」

「真教我為難啊。」

為難的其實是女侍。這種髒亂不堪的浪人，根本不該出現在如此高級的料亭。

說髒亂不堪恐怕有點語病。龍馬身上的衣服其實都很高級，只是因為久穿而完全走型了。裙褲的繫繩胡亂垂著，完全看不到該有的褶痕。不僅如此，他又習慣把鼻涕擦在印有家紋的和服衣袖上，故衣袖上竟閃著白色亮光。

「啊！」

女侍突然瞥見龍馬的家紋。

「是身上有桔梗家紋的大爺啊！」

「快請進！」女侍招呼道，同時轉身進屋領路。

女侍手捧蠟燭帶他穿過走廊，直抵位於中庭之南的獨立小屋。

田鶴小姐就在裡面等候。

這小屋就像京都男女用來幽會的廂房，座燈的形狀也是天皇行館風格，實在引人遐思。

女侍為兩人準備酒菜。

一準備完就立刻消失。田鶴小姐迫不及待似地拿起京燒的薄胎酒瓶道：

「請。」

龍馬拿湯碗的碗蓋接受斟酒，斟滿後一飲而盡。

「您酒量還是一樣好啊。」

田鶴小姐笑道。但龍馬覺得她這是在挖苦自己，言下之意，自己是個只會喝酒的男人吧。

「目前我最感興趣的就是刀術和酒了。」

「但龍馬少爺這麼了不起的武士，可別忘了國家大事呀。」

「又想對我說教嗎？田鶴小姐自從到京都與公卿、

浪人、儒者交往後，越來越會說教了。」
「哎唷，真的嗎？」
田鶴小姐彷彿被戳中要害，沉吟半晌後竟脹紅了臉。
「要是這樣……」
她突然變了個人似的。
「就糟了！」
「為什麼？」
龍馬故意裝傻。
「因為我是女人呀。」
「不過……」
龍馬假裝不懂田鶴小姐的意思，還一臉正經說：
「女人善於說教也無所謂。聽說知恩院的尼姑個個都這樣呢。」
「龍馬少爺真傻！」
「咦？」
「被拿來與尼師相提並論，沒有女子會開心的。」

…………………………………………………………

「可妳今昨兩天找我出來，不就是為了跟我說教嗎？」
「昨天的確是。」
「那今天呢？」
「今天……田鶴是以女人身分……」
田鶴小姐擔心接下來的話過於挑逗，一度欲言又止，但突然面露慍色。
「龍馬少爺真是個笨蛋！」
「又來了。」
這下龍馬也生氣了。
「笨蛋，笨蛋，我從小就聽膩這個詞了。被妳這麼接二連三地罵，心情怎好得起來！」
「因為您真的很笨嘛。」
「我真是笨蛋嗎？」
龍馬假裝認真思考。他這只是裝出來的，其實已經一肚子氣。田鶴小姐也太嘮叨了吧。
「我到底哪裡笨？」

「就那裡啊。」

田鶴小姐又忍俊不住。

「笨蛋！」

她望著龍馬的笑靨嬌媚已極，足使龍馬目眩神馳。

龍馬站起身來。

「讓妳瞧瞧我笨不笨！」

他一臉怒容。兩人這段傻氣的問答舒緩了田鶴小姐和龍馬那種男女之間幾乎令人窒息的曖昧氣氛。

田鶴小姐果然聰明伶俐。

龍馬突然一把抱起田鶴小姐。

田鶴小姐也不抗拒。

一個時辰後。

龍馬溜出漆黑的房間，坐在面對中庭的窗外窄廊上。

庭院裡有座石燈籠，是京都時下流行的織部燈籠。

天地之間似乎唯有這盞燈仍閃爍著。

…………

龍馬背後的房間傳出田鶴小姐悄悄整裝的聲響。

「這下終於變成真正的戀情了。」

但自己是鄉士之子，在藩士中簡直未被當人看待，而對方則是出身祿高二十四萬石之名門福岡家的小姐。如此世局，如此時代，兩人能有什麼結果呢？

一思及此，龍馬忍不住心情沉重，連頭都隱隱作痛。

說不定房內的田鶴小姐也是如此心境。不，田鶴小姐身為女人，想必更加煎熬吧？

「我真的是笨蛋，竟做出這種注定不會有結果的事來。」

龍馬望著織部燈籠的燈火，失神地跌坐在窗外窄廊上。

就在此時。

庭院的樹叢微微一動。

龍馬迅速抽出短佩刀。

「是密探嗎？」

龍馬如此直覺。

他立即回到漆黑的房間，低聲對大吃一驚的田鶴小姐道：

「庭院外面有可疑人物潛入，我看八成是密探。以眼前的時勢，田鶴小姐猜得出是何方人士嗎？」

「你確定嗎？」

田鶴小姐坐在黑暗中。

「不過我心裡有譜。」

京都所司代的官差早就虎視眈眈，緊迫盯人地監視著田鶴小姐所仕的三條家。

田鶴小姐生性謹慎，出門時必定特別用心，但即使如此也可能被密探跟蹤了。

「何況……」

田鶴小姐又說：

「負責監視三條家的是個名叫文吉的捕吏，最近他有個手下在三條家附近被殺了。」

就是藤兵衛幹的那件好事。

但藤兵衛守口如瓶，故龍馬並不知情。

「所以最近監視得格外嚴格。」

「哦？」

龍馬飛快地盤算。自己就算了，萬一被密探知道田鶴小姐在這裡就糟了。

「一切交給我吧。」

龍馬立即喚來料亭女侍，從所剩無幾的荷包中掏出幾枚小錢。

「今晚妳就與我為伴吧。妳會唱歌嗎？」

「唱得不好就是了。」

「我來彈三味線，怎麼著？我彈得可好的呢！」

躲在庭院樹叢中的人，正如田鶴小姐所料，就是捕吏文吉的手下。

但這名手下既不是衝著田鶴小姐而來，也不是特地來抓龍馬的。京都的幕府捕吏已經查出，位於清水產寧坂的明保野料亭早被尊王攘夷份子當成密會場所，故經常到此巡邏。這人就是例行到此巡邏的。
這時小屋突然亮起燈來。
「哇！」
這名文吉手下不禁大吃一驚。
接著傳出扣人心絃的三味線彈奏聲，此外還有活潑的女聲隨之唱和。彈三味線的是龍馬，唱歌的則是明保野料亭的女侍。
「這客人真愛熱鬧。」
龍馬彈著三味線，同時低聲示意田鶴小姐：
「趁現在從後門離開，料亭的老闆娘應為妳備好轎子了。」
「就我一個人走？」
田鶴小姐滿臉不服氣，彷彿是說：「我才不一個人走呢！」
「無武士隨行就不會引人起疑，何況幕府捕吏再怎麼蠻橫，也不敢為難獨行婦女。」
「哪裡！聽說近衛大人家的女官津崎村岡也被盯上了呢（翌年即遭逮捕）。」
「不會的，田鶴小姐不會有事的。」
龍馬並不擔心，因他已洞悉京都的情勢。這回佈下的檢查網，主要是針對將軍繼承人問題的反動份子以及策動天皇降下攘夷密旨的激進份子。田鶴小姐雖裝成大姊樣，說得好像自己有多了不起，但並未參與如此深入的密謀活動，故幕府爪牙也不至於對她不利，頂多就是想藉著跟蹤田鶴小姐查出其他主謀份子的動靜吧。
「好了，動作快！」
「不要！」
她故意鬧彆扭。
意思是龍馬不一起走的話，她也不走。但若兩人一起離開，龍馬的計謀就白費了。
「田鶴小姐，快走吧！」
「我就要待在這裡！」
田鶴小姐賴在地上不走。龍馬搞不懂女人微妙的心理，還以為：
「原來不是只有我笨哪。」
「那妳就待在這裡吧。不過為了讓躲在庭院的密探放心，妳也來一起彈三味線玩樂，直到天明吧。」
截至目前為止情況還算好。
誰知道這時寢待藤兵衛正逐漸接近明保野料亭，龍馬終究得背負奇妙的命運。
藤兵衛見龍馬遲遲不歸，想必擔心不已吧，由此可見他對龍馬的忠心。然而藤兵衛背後卻跟著捕吏文吉的手下。
文吉懷疑上回手下遇害是藤兵衛幹的好事，已徹查過柳馬場的旅館。藤兵衛口中的「大爺」，即土佐藩士坂本龍馬的名字也已登記在案。
這天夜裡，捕吏文吉因公在祇園的町會所值夜。月出東山時分，一名手下突然拉開紙門稟報：
「老大，上回那個江戶賣藥的出現了。」

那名手下低聲道。
「賣藥的？」
「正是。老大的眼光果然正確無誤，這人舉止確實可疑。他剛離開柳馬場的旅館，他雖是個江戶人，對京都城區的路況也實在太清楚了。」
「這話怎麼說？」
文吉露出冷峻目光。
「喔，小的認為他知道太多巷弄了。」
京都有許多巷弄。
哪條是死巷、哪條巷弄可以通到哪區，藤兵衛似乎瞭若指掌。那名手下說，他現在正靈巧地穿梭著，且專挑無警備柵欄的巷弄，據說直朝東山方向走去。不走有警備柵欄的路線嗎？還真有鬼。
「這傢伙肯定不是尋常百姓。」
文吉如此推測。
「派人好好跟蹤了嗎？沒被他跑了吧？」
「是。銀藏和芳次正小心翼翼尾隨在後。」

「這賣藥的傢伙到底想上哪裡去呢？」

「這小的就不知道了。」

「對了，那傢伙跟上回那個武士同行嗎？」

「不，那個武士天剛黑就出門了，到現在還沒回旅館。」

「不管怎麼說……」

文吉拿十手敲敲門框。

「一有情況立即回報，我就在這裡等消息。」

約過了四半刻（三十分鐘）就傳來：「那個賣藥的正在清水產寧坂的明保野料亭附近探頭探腦。」

「這樣嗎？是明保野料亭的話，阿政那傢伙正在那邊監視，就視情形出手逮捕吧。」

文吉也出動了。

這時明保野料亭中的龍馬突然起身問道：

——什麼事？

女侍來通知說：「您的隨從來找。」龍馬趕緊到大門查看，果見寢待藤兵衛等在大門入口的土間。

「什麼啊，原來是你啊？」

「是。」

藤兵衛惶恐回道：

「見到您我就放心了。」

「發生什麼事了？」

「也沒什麼特別的情況，只是從傍晚開始小的就有股不祥預感，於是就來這裡找您。見您平安，我就放心了。」

「——？」

龍馬往門外張望，感覺似乎有人影晃動。

「藤兵衛，快進來！」

他立刻把藤兵衛拉進一間空房。

「你身後有人跟蹤，你知道是什麼人嗎？」

「有人跟蹤？」

藤兵衛頓時嚇得面無血色，便決定將之前殺死那個小嘍囉的事一五一十告訴龍馬。

「借個耳朵。」

說著膝行上前。

「殺死了嗎？」

龍馬沉下臉來不說話。

房裡沒點燈，只有淡淡月光從紙門照射進來，無法看清龍馬臉上的表情，但他顯然極不高興。這點藤兵衛心知肚明。

「大爺……」

藤兵衛進一步將身體前傾並雙手支在榻榻米上。

「我當時也是情非得已呀，若不殺死對方，大爺下榻之處就曝光了呀。」

「只因這點理由就殺人嗎？不知愛護生命的人，實不可取啊！」

「可大爺自己不也是懂得殺人之術的刀客嗎？」

「武士之刀自然另當別論。武士之刀背後有著千年來對刀透徹規範的思想為背景，此即以義、理、法為基礎的武士道。你要知道，光是這點已堪稱獨步世界的精神巨嶽。武士乃是基於此道殺人，有時也自裁，這與盜賊殺人越貨豈可相提並論！」

「真是專斷呀。」

藤兵衛開始鬧彆扭。

「我本就覺得武士專斷，沒想到大爺您也如此。小的也有言在先，我殺人也是有其道理根據的。」

「那是什麼原因？」

「在回答之前，我想先確認一點，大爺您是支持尊王攘夷的吧？」

「嗯，沒錯。」

田鶴小姐還要自己繼續為此努力。

「這麼說來，那個幕吏的爪牙不就是敵方派來的？換句話說就是朝廷公敵。我就是基於此因才殺他的！」

「哎，算了。」

眼前的最大問題在於如何逃離此地。捕吏想必已團團包圍產寧坂上的這家料亭。藤兵衛無心的殺人之舉，已將龍馬推入尊王攘夷的時代激流，不管龍馬是否有意都已騎虎難下。

「要放手一搏嗎？」

起身時，龍馬已熱血沸騰。今晚說不定得大開殺戒，砍死一、兩個人。

「藤兵衛，我們兵分二路。你盡可能明目張膽地逃開，你既是那道上的箇中高手，再怎麼倒楣也不至於被抓吧？就順著陡坡往上逃，最後躲進東山山裡，甩掉追兵後翻過山，往山科一路下山走到伏見就成了。我們就在伏見的船宿『寺田屋』會合。」

「遵命，那大爺您呢？」

「我就從後門離開。」

龍馬一把藤兵衛放出玄關，就立即拉著田鶴小姐的手從後門出去，因為他要護送田鶴小姐回三條家。藤兵衛把對方引到山上自然有所助益，但龍馬卻不得不進入市區，如此一來就危險重重了。

經過八坂塔再順著往下走就是地藏堂。

此時突然竄出一條人影，從背後冷冷叫住龍馬。

「坂本大爺！」

是捕吏文吉。田鶴小姐認出後，忍不住握緊龍馬的手。

田鶴小姐迅速在龍馬耳邊低聲道：

「這人就是名叫文吉的惡人，他是個捕吏。」

龍馬毫不驚慌。

不僅如此，還大步走向文吉道：

「你是文吉嗎？」

文吉聞言一愣，因為龍馬的嗓門太大了。這一帶人家多，聲音恐怕已透過遮雨窗把人吵醒了吧。

「正是。」

文吉低聲回答，氣勢上顯然已被龍馬鎮住。

「我是土佐藩士坂本龍馬，你方才的稱呼無誤。這邊這位是三條夫人信受院的貼身女侍，在土佐是我家主君家之人，不得對她無禮，否則饒不了你！」

「是。」

文吉微微低頭表示服從，但隨即目中無人地抬起頭來。

「您方才是在明保野料亭吧？」

「你對我行蹤倒是清楚得很。我離開江戶正要返鄉，路過京都便順路拜訪這位主君家人。文吉……」

「是。」

「你手邊有提燈嗎？」

「有。」

「把燈點亮，領我們到三條宅邸。」

「只是……」

文吉也不願忍氣吞聲。

「小的自然樂於領路，但有些事得先請教大爺您。」

「先把燈點亮，一切路上說吧。」

文吉無奈只得依言點亮提燈。這時龍馬已率先邁開步子，文吉隨即跟上走在龍馬左後方。這是為了提防龍馬臨時拔刀砍來。

「大爺，您的隨從呢？」

「隨從？」

「就是與您同宿於柳馬場的那位。」

「哦？你是說那個藥商嗎？」

「那人恐怕不是單純的藥商吧？」

這才是文吉想問的正題。

「他就是個藥商啊。」

「大爺若替他掩飾身分恐將惹禍上身。依小的看，那人要不是沿途扒竊的盜賊，就是……」

「真不愧是幹這行的，你眼力真好。我上京途中一直與那人同行，發現他的確手腳不太乾淨。就是因為這樣，我方才已經打發他走了。」

「您讓他逃往何處去了？」

「是他自己逃走的。」

「大爺……」

文吉惡狠狠地正想一步步逼上前來，龍馬突然拉起刀鞘尾端作勢拔刀，他趕緊往後跳開。

「您別亂開玩笑啊！」

「那人也和你一樣，我正想宰了他時他就立即逃得不見人影。事情就是這樣，懂了吧？文吉。腳下太暗，看不見路啦！別抖成那樣，把提燈往前拿一點！」

「事情就只是如此嗎？」

「是啊，差點就宰了他。」

「哎唷……」

「真是膽小如鼠啊。」

就這樣，龍馬命文吉把町閘門一一打開，光明正大地將田鶴小姐送返三條宅邸。

風雲前夕

龍馬在大坂與寢待藤兵衛分道揚鑣，獨自返回土佐。

藤兵衛之所以未隨龍馬返鄉乃是出自一番深思熟慮。

——好不容易衣錦榮歸，有我這種隨從跟在旁邊豈不成了污點。

如此正經話竟出自他口中。原因之一是，只要他跟在龍馬身邊，不知為何總是狀況百出。自己簡直就是龍馬的拖油瓶，所以他打算暫時迴避。這或許是他的真心話吧。

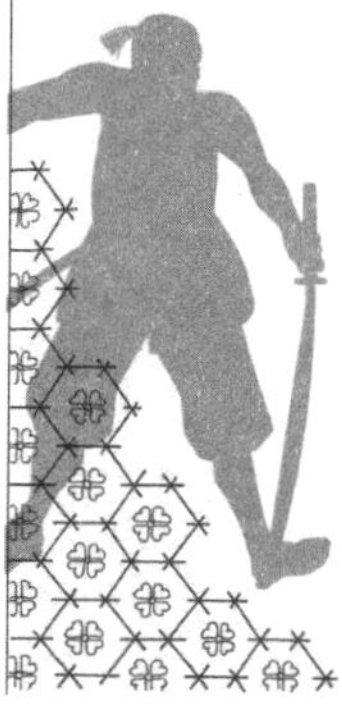

這是龍馬離鄉遠赴江戶以來第二次返家。

這回還是獲得有「當代第一流劍道師門」之稱的北辰一刀流千葉門「免許皆傳」資格才返鄉的，在狹小的城下自然立時大受景仰。

「不管怎麼說……」

大哥權平極為驕傲。

「獲得江戶大道場『免許皆傳』資格的，目前為止也只有武市家的半平太。如今龍馬可真是光耀門楣，我今後在城下的大街小巷，走路都有風呢！」

他口中的武市半平太已先龍馬一步返鄉，目前在城下教鄉士及徒士等下級武士刀術及學問。他主持的「瑞山塾」在土佐已是最受推崇的私立學校。「瑞山」是武市的雅號，正如西鄉吉之助（隆盛）的雅號是南洲，桂小五郎（木戶孝允）之雅號為松菊。不過龍馬卻終身未取雅號。

「龍馬。」

龍馬一回家，大哥權平就告訴他：

「你也別輸給半平太，開間刀術塾當個劍道師傅吧。我在城下買片顯眼的地，幫你蓋間氣派的道場。」

「不用了。半平太是半平太，我另有打算，暫時還想無所事事一陣子。」

「無所事事？」

權平不高興了。

「你還真不知好歹。大哥給你建道場，對次男而言可是分外的恩惠呀，高興點吧！」

「不……」

龍馬陷入沉思。

「我還無法教人。」

「你可是千葉門的塾頭呀！穩重個什麼勁，稍微驕傲一點無妨。」

「不，大哥。」

「什麼事？」

「我想再多充實一點學問。」

「充、充實學問？」

權平聞言忍不住大笑。

「龍馬，你想充實什麼鬼學問？」

「我終於了解學問是必要的修養，我不僅要讀古今經典，也想讀些西洋書籍。讀了之後，我就要設法以雙手拯救這腐敗不堪的天下。」

「拯救天下？你還真會說大話！」

權平再度忍俊不住，但又突然斂起笑容道：

「你已經二十四歲，是該討老婆的年紀了。這把年紀讀書已嫌遲了，何況有誰願意教你呀？」

「我要自修。」

龍馬毅然決然地說。他對教育家已失去信心，因為他小時候已有過前車之鑑。他們只會給別人打分數、羞辱人，甚至心存惡意地灌輸自卑感。龍馬為了消除自幼被強行植入的自卑感，不知傷透多少腦筋。

返鄉後第三天，龍馬走過播磨屋橋繼續東行，直走到新町田淵町。此區之名是由兩個町名組合而成。

武市半平太的瑞山塾就位於此處。

武市老家本在城外五台山附近一個名為吹井的村子。住在村裡諸事不便，幸好妻子娘家在城下，便將其宅改建為私塾。

龍馬進門發現裡面到處是學生模樣的年輕人，顯然人氣鼎盛。很多人為了上武市的學堂，分別從土佐七郡遠道而來，或通學或租屋住下。

「長下巴（這是龍馬給武市取的綽號）在嗎？」

馬龍問一名塾生。

「長下巴？」

「就是半平太啊。」

「您是？」

學生瞪視著這個無禮的不速之客。

「告訴他說吹牛大王（武市給龍馬取的綽號）找他就成了。」

「啊，原來是坂本師傅！」

學生往旁一閃衝進玄關，立刻去通報武市。

武市正好在講《日本外史》，但他立刻闔上書本道：

「諸君，我朋友來找。容我先去迎接他再回來繼續講課。請諸君稍候。」

說著站起身來。

由此可見武市多麼古板。即便是不速之客且又親如龍馬，他也要依禮至玄關迎接。

「哇，你回來了！」

龍馬已自行進屋並逐步往屋裡走，武市訝異地阻止他：

「龍馬，現在是上課中呀。」

「何時結束？」

「大概還差小半刻（三十分鐘）。」

「那我等你。」

「對，請你稍候。我已吩咐富子準備酒菜了。」

「誰是富子？」

「我老婆啊。」

武市沒好氣道。

龍馬的確聽武市提起娶親的事，但這還是第一次見到他老婆。

武市把富子叫進客間，為兩人引見。

「就是她。」

富子身材嬌小，即使在高知城下也很難找到如此標緻的美人。夫妻感情之好，連在學生之中也傳為佳話。

「您好，我是富子。」

她低頭致意後，抬眼望向龍馬。龍馬趕緊用力點頭回禮。

過了一會兒終於下課了。武市進房後，兩人開始聊起江戶的種種回憶，以及高知城下最近的消息。

「對了，龍馬，你來找我到底有什麼事？」

「我想充實學問，你知道有什麼好書？」

「哦？龍馬想讀書？」

一般人應該都會附和「那很好啊」，武市卻不這麼回答，因他生性謹慎。他撫著他那偏長的下巴道：

「龍馬要讀書啊？」

說著還一本正經地盯著龍馬。

「你有意見嗎？」

「不，不，當然不是。這把年紀還有心充實學問，我打從心底佩服。不過還是要適可而止。」

「為什麼？」

「你寶貴的天賦恐將因學問而消失殆盡啊。」
「這是什麼道理？」
龍馬一頭霧水。
針對龍馬讀書一事，日後龍馬的同志、土佐藩首屈一指的年輕學者平井收二郎（號隈山）曾在信上對其妹加尾如此敘述：
——（前略）龍馬固然是獨霸一方的人物，卻因不讀書，故難免偶有失誤，必須多加留意。
言下之意是龍馬的思想及行動過具獨創性，偶爾會有偏離常規的危險，故千萬別受其煽動。
另有一肥後藩出身、學識豐富聞名天下的橫井小楠，日後認識龍馬後，雖對其天生器量由衷佩服，但也提醒龍馬：
——坂本君，你一失足就有成為亂臣賊子之虞。千萬要小心。
言下之意是提醒龍馬才氣和行動過具獨創性吧。
當時所謂的「學問」與現代人認為的在意義上是截然不同。換句話說，並不是人文科學或自然科學之類的學問，而是指「哲學」，甚至更近於倫理及宗教。簡而言之，就是指「儒教」。教養的重心在於探究為人之道，並嚴守此道。該教以孔子為教祖，並學習中國及日本先哲所流傳之名言，不只學習還要身體力行。
以圍棋或日本將棋而言，就是指棋譜。奉棋譜為至高無上之物，努力學習。若有偏離即為「亂臣賊子」，「必偶有失誤」。故當時的學問是以培養具有共同倫理道德觀之人為最高理想。因為若出了「亂臣賊子」，整個封建體系勢必崩壞。幕府及諸藩之所以致力推行如此「學問」，也是基於此因。
武市半平太刀術一流，而學問方面能出其右的也只有土佐藩參政吉田東洋一人而已。
不過半平太的過人之處在於他能洞悉學問之害。他看得出來，龍馬是個天生不肯墨守成規的罕見奇才，若因那些陳腐的學問而淪為凡夫俗子，那就太可惜了。

「我就是這意思。」

武市如此說明之後又道：

「你想充實學問也好，但應適可而止。」

這道理龍馬也懂。但若不充實學問，要與人辯論或思考時，勢必因辭窮而發窘。學問畢竟有此功能。

「我了解。你說的我都了解了，所以我不會太投入，不過總有些書是必讀的吧？請武市兄指點。」

「學問可是包羅萬象呀……」

武市一時之間也不知從何推薦，考慮了半晌才說：

「還是先讀歷史吧。」

根據武市的想法，歷史才是教養的基礎。他認為歷史是人類智與不智的累積，若將歷史熬煮後使之發酵，即可釀出美酒。

「史書嗎？原來如此。不過《日本外史》和《史記》之類的史書，乙女姊幫我上課時我就讀到怕了。」

「那就讀《資治通鑑》吧。」

「那是什麼書？」

「就是《資治通鑑》呀。」

這是中國的史書。

記載古代周威烈王以來一千三百年間的中國歷史，作者是宋朝學者司馬光。他為了編纂此書，耗費十九年的光陰，終於完成總數二百九十四卷的巨作。

中國史書的編寫方式有二：以人物傳記為主軸的「紀傳體」及忠於時間順序的「編年體」，而《資治通鑑》有「編年體最偉大傑作」之稱。

「好，我就讀讀這本《資治通鑑》。」

「你看得懂嗎？總要老師為你翻譯、解說吧？」

「老師？」

龍馬詫異地反問：

「還要有老師啊？」

「當然要啊，就讓我來吧。」

「半平太親自教我嗎？」

龍馬道：

「我才不要。給你教不就變得跟你一樣了嗎？」

「不然怎麼辦？」

「我自己讀就好了。」

龍馬勉強笑道：

「我學刀要拜師，但讀書就免了吧。反正又不打算當學者。」

「你這傢伙，根本不知道學問的可怕。」

「知道還得了。」

龍馬忍不住大笑。

「要是知道，不就成了凡事小心翼翼的迂儒了嗎？」

龍馬起身告辭。

出了門隨即在武市家牆邊小便。

當然不是基於報復之類的原因，只是單純有了尿意。對龍馬而言，似乎沒有上廁所小便這條規矩。

這成了龍馬的壞習慣。每次上武市家，回家時總要在這牆邊方便一下。武市生性耿直且凡事一板一眼，其妻富子也特別愛乾淨。

那處圍牆實在太臭了。

有一天富子受不了而向半平太抱怨：

「坂本少爺人很好，我也很歡迎他來，不過能不能請他別這樣呢？」

「不。」

武市道：

「就讓他凡事全憑個人的規矩做吧。將來不知他會成為什麼了不起的男子漢呢。」

——龍馬在讀書。

沒多久，如此傳聞便在城下的年輕武士間傳了開來。

當地人愛看熱鬧。城下本就沒什麼娛樂，所以凡是熟人的傳聞都是下酒好菜，故大家都成了劇中人物。

不僅如此，甚至還加上伴奏。依土佐風情，將這些即時傳聞巧妙地編進歌謠中。只要有兩、三個年輕武士聚在一起，就故意到當事人家門口唱：

坂本龍馬聽了武市教訓，
　倒拿《論語》拚命讀。

「真瞧不起人。」

龍馬聽了門前傳來的歌聲，忍不住失笑。但仍每天足不出戶在家研讀《資治通鑑》，況且讀的還是白文（編註：不加句讀及假名注音的漢文）。

既無假名注音，也無任何標點，以龍馬的能力而言實在頗為勉強。但他真的是天才。

他大致能了解其中意思。龍馬認為只要懂意思即可。

「咱們找一天去參觀龍馬讀書吧。」

年輕武士湊在一起道。

日後加入土佐勤王黨而大顯身手的大石彌太郎等三人，一同來到本町筋一丁目的坂本宅並走進龍馬房間。

他還真的認真在看書咧。

「龍馬，讀讀看吧。」

「我是在讀啊。」

龍馬不慌不忙地說。

「讀出聲來聽聽嘛。」

「嗯。」

龍馬於是朗聲讀了起來。三人因憋笑而脹紅了臉。龍馬一路讀下去。

全然不顧文法或什麼的，一味隨自己高興，毫無意義地讀，簡直就像和尚唱誦〈阿呆陀羅經〉似的。

三人終於忍不住捧腹大笑。

「笑什麼？真沒禮貌！」

龍馬也忍不住笑了。

「可是，龍馬……」

三人全笑得在榻榻米上滾。

「哪忍得住呀！」

「哪忍得住呀！」
他們以土佐方言如此呻吟。
「龍馬，你這樣讀一定不懂意思吧？」
「意思我倒是懂，不信你聽這段。」
龍馬說著便為他們解說漢高祖劉邦如何自沛縣的鄉下無業遊民之中崛起，進而消滅秦國的段落。這一說竟說了兩個鐘頭。
因他所說的完全無誤，大石等人這才對他肅然起敬。
「龍馬，夠了。可你連朗讀都不會，究竟是如何弄懂其中意思的呢？」
「我也不知道，但我只要盯著文字，腦海裡就會自動浮現如畫般栩栩如生的情景。我方才只是透過嘴巴說明罷了。」
真是不可思議的天才。
這段期間還有如下逸事。

「洋學也非學不可。」
龍馬突發如此宏願。
「洋學……」
武市半平太也大吃一驚。武市對日本國學及漢學的造詣頗深，但也未習得洋學。最主要是因他不喜歡洋人，光想都感到不潔，他們根本與野獸無異，武市如此斷言。這就是青年才俊武市的盲點。
但武市待人親切，便與龍馬商量：
「這非得老師教才行。正好你姊夫（岡上新輔）曾在長崎學過蘭學，你就拜他為師吧。」
「我才不幹。」
姊夫岡上新輔是醫生，自然是值得尊敬的學者。但龍馬想知道的事他畢竟教不來。
龍馬想了解整個世界。「西洋」竟能派遣黑船突破萬里波濤直抵這極東的日本列島，實在太不可思議了。
這是出自孩子般天真無邪的好奇心。正因具有如此好奇心，才不至於變成像武市半平太那樣死心眼的人。

——尊崇天皇而討厭洋鬼子。

「那你想拜誰為師？整個城下可沒任何蘭學者喔。」

「有一個啊，就是蓮池町的河田小龍老人。」

「小龍？喂，他不是畫師嗎？」

「對，對，沒錯。」

「跟著畫師能學到什麼？」

武市很少言明自己對人的好惡，卻特別厭惡這位河田小龍老人。甚至放話說他們前不潔而堅持不路過，有事非到那一帶去也刻意繞道。

河田小龍是狩野派畫家，是領藩方津貼的畫師，享有武士般的待遇。其宅邸也兼做私塾，但門徒不多。

小龍有些怪。

他是個警世論者，經常調侃攘夷論者，主張日本應開國並逐步引進外國文明。這一點自然與激進的勤王派格格不入，武市討厭他也基於此。

小龍這人，一看便知學識頗豐。

因為這老人寫了部巨作《漂巽紀略》。「巽」是指東南方，美國就位於日本的東南方，因此書名的意思就是「美國漂流記」。

小龍沒去過美國，漂流的人是土佐的漁夫萬次郎。他在美國流浪了十一年才返回日本。

小龍聽這位萬次郎口述而寫成的作品就是《漂巽紀略》，龍馬等土佐人就是因為此書才得以對美國有了朦朧的概念。

不僅如此。

小龍曾奉藩命，與砲奉行池田觀之助及砲術指導田所左右次等人一同到當時諸藩中唯一先進的薩摩藩去，參觀鹿兒島城下新設的反射爐、玻璃工廠、車床等工作機械，以及大砲工廠、造船廠等。這些都是全新的知識。

龍馬去見畫師河田小龍。

蓮池町的河田邸是棟窄小的房子，裡面通常擠著五、六名學畫的學生。

其中一人出來應門。

「啊，這不是坂本少爺嗎？」

說著還張了張他那大大的饅頭鼻鼻翼。土佐人多塌鼻子，很少像這年輕人鼻子這麼大的。這人住在水道町二丁目，名叫長次郎，是包餡饅頭店老闆的兒子，就連鼻子都長得酷似家裡賣的饅頭。他十分有才幹，沒多久藩裡就特准他佩刀。日後他將脫藩投在龍馬手下，成為海援隊一員，姓名也改為上杉宋次郎，後來又改為近藤長次郎。不過這都是數年後的事。

「哎呀，這不是饅頭店兒子嗎？」

龍馬也知道這年輕人在小龍門下學畫。

「怎麼了？有何貴幹嗎？」

「我也想拜師，請幫我帶話給老師。」

「您想拜師？」

饅頭店兒子大吃一驚，但仍依言進屋傳話。

畫師小龍是個脾氣陰晴不定的人。他剛攤開絹布，拿起筆正要作畫。

「你說什麼？」

說著停下筆來。

「你是說本町筋一丁目那個耍刀的想當畫師？那種危險的傢伙，我才不教他作畫。把他趕走！」

這時龍馬已擅自闖進玄關，貿然拉開畫室的紙門。

「我不是要您教我作畫，我是想聽您說說美國方面的情況及薩摩的西洋機械。」

「你、你這傢伙！」

小龍氣得丟下畫筆。

「竟把別人家當成馬路！你為什麼不拒絕他？饅頭，把這個耍刀的趕出去！」

「是，可是……」

饅頭為難地瞥了龍馬一眼道：

「我趕不走他呀。」

「這……」

龍馬也頗覺尷尬。他還以為小龍這人應該不拘小節才敢擅自進來的，沒想到小龍卻如此生氣。

「饅頭，今天不是好日子。」

龍馬說著搔搔頭。

「我改天再來，就先好好為我美言幾句吧。」

說著轉身離開。才走到玄關，饅頭便從後面追了上來。

「坂本少爺，老師為人就是這樣，請別介意。對了，我聽人家說坂本少爺想學蘭學？」

「嗯，也算是吧。」

「那麼，我可以為您介紹好老師。明天我去帶您。」

「好，那就麻煩你了。」

翌日饅頭來找龍馬，帶他去同樣住在蓮池町、從長崎返鄉的醫生。這位是他的老師。饅頭生性好學，武藝之外，似乎還雜七雜八學了不少東西。

這位蘭學者有張神似老鼠的臉。

可惜這位蓮池町的蘭學者姓名並未流傳下來。

他靠教荷蘭語糊口。

人品似乎不怎麼樣。

龍馬似乎未特別尊他為師。

——老鼠，老鼠。

龍馬老是直接以綽號稱呼他。世上最悲慘的，莫過於不具人師尊嚴的老師了。

上課日，整個客間總是被學生擠得水洩不通，多半是立志當醫師的年輕人。

龍馬總是盤腿坐在最後頭，背倚紙門，聽著對他來說就像鳥啼的荷蘭語。

有時靠得太用力，還把紙門弄倒。

這種時候，老鼠就會面露不悅之色。

「你這沒用的刀客！」

老師心裡一定是這麼嘀咕的吧。

龍馬對老鼠唯一滿意的是，他教荷蘭語並不以醫學書為教本，他拿的是法律概論的書。

老鼠只是教荷蘭語，所以應該不是別有意圖才以此為教本的，或許只是偶然取得法律概論的書吧。

只有老師擁有那唯一的教本，而饅頭等用功學生用的是自己親手抄寫的手抄本。

龍馬並不打算成為語學家或翻譯員，故不會如此費事抄寫。他只是半閉著眼聽課，彷彿打著盹似的。

老鼠的翻譯十分有趣。

荷蘭沒有將軍、大名或武士，但他們有名為「議會」的機構。

還有名為「憲法」的東西。這是從龍馬當時上溯十年，亦即一八四八年時頒布的。自由主義色彩相當濃厚。

令龍馬大感詫異的是，這部憲法居然是國家最高法規，即便身為國王也不得不服從。而議會則是國政的最高權威機構，可制定法律、選舉內閣閣員。最不可思議的是，這個議會竟然是透過人民選舉形成的。

不僅如此。

政治的方針是謀求人民的幸福。這實在太讓龍馬驚訝了。

在日本，政治完全配合德川家或諸大名的情況，為的是求其繁榮。此事上自將軍、下至百姓都深信不疑。

即便是推崇天皇的武市半平太和倒幕論者桂小五郎，也絕不是為百姓而揭竿起義。

「真令人吃驚呀。」

龍馬幾乎要揉揉眼睛才敢相信。

其他學生拚命記住單字的拼法，或像鸚鵡般反覆練習發音。只有坐在最後面的龍馬，邊拔鼻毛邊對那制度由衷佩服。

龍馬這時心中的感動竟至撼動了日本歷史。

龍馬身為此蘭學塾最不用功的學生，這段期間曾發生以下插曲。

一天，老鼠老師正逐條翻譯一篇有關荷蘭政體論的文章。

譯完後，和平常一樣老是抱著膝蓋好像在打瞌睡的龍馬卻突然抬起頭來道：

「剛才的翻譯有誤。」

學生全都當場愣住。那個連一句荷蘭語都不想記的刀客竟突如其來地指出老師的錯誤。

老鼠老師激動得脹紅了臉，反問：

「哪裡錯了？」

龍馬憐憫地望著他說：

「錯了就是錯了。雖然我不知道哪裡錯了，但一直是錯的。」

「你的話我聽不懂。」

「你不可能聽不懂。」

「你這是在愚弄老師嗎？」

「哪裡。」

龍馬一臉為難。

「請再仔細讀一次原文。」

他要求道。

他在私塾聽老鼠把荷蘭文譯成日文，聽多後竟也了解了西洋的議會制度。龍馬讀《資治通鑑》時似乎也是一樣情況，總能大致抓住精神，而進一步推究出其本質。

方才老鼠的翻譯已偏離龍馬直覺領悟到的民主政治本義，他就是據此提出誤譯疑問的。

「哎呀，別生氣嘛。請你把那段橫寫的文字仔細再讀一遍。」

「哼！」

老鼠氣得手指不住顫抖，但仍依言重新審視自己的翻譯。

老鼠的臉色越來越蒼白。

正如龍馬所言，是個明顯的誤譯。老鼠倏地抬起頭來道：

「諸君，抱歉，譯錯了。」

耍刀的贏了。

後來畫師河田小龍主動要饅頭長次郎去找龍馬。

「老師想見你。」

使者饅頭苦笑道：

「城下正盛傳你是個蘭學通。河田小龍老師說，既然你是這麼了不得的學者，那他倒想見見你。老師最討厭刀客又不喜見生客，如今他主動說要見你，真是了不起。」

「真的嗎？浪得之虛名有時也挺管用的嘛。」

「這回請遵守禮節。」

「好，我就穿最上等仙台平布料做的、上面印有五處家紋的正式禮服去。」

翌日龍馬就去見小龍。

小龍簡直變了個人，竟滿臉笑容地請他進屋。大概看出龍馬是個了不起的人物了吧。

這場與河田小龍的對談究竟是何時的事呢？

季節是炎夏。高知一向日照強烈，城下的人都趁天未亮即開始工作，下午則睡個午覺補眠。

龍馬等不及天亮就與來本町筋一丁目家中接他的饅頭長次郎一同出了門。

手上提著乳母小矢部婆婆為他做的午餐便當，他打算聽小龍聊上一整天。事實上這可謂龍馬人生中最重要的一天，而龍馬的直覺似乎也隱約有所感。

「饅頭，小矢部特地做了拌飯，你也有份喔。」

他這話聽起來似乎有些稚氣未脫。饅頭暗覺好笑。

「聽說坂本少爺從小就喜歡吃拌飯。」

「這樣省事多了。」

「省事？」

「飯菜分開吃麻煩呀。」

「原來如此。」

他竟比傳聞中的還懶。饅頭長次郎是個萬事通，他曾聽說西洋也有和拌飯異曲同工的食物。那是英國貴族三明治伯爵（十八世紀的政治家。曾先後擔任外交官及各部會首長，擔任海軍大臣的期間尤其長。在英國政治家列傳中被評為無能，聲譽極差又嗜賭如命，唯恐吃飯浪費時間而發明名為「三明治」的奇妙食物。他流傳後世的就只有這樣了）發明的。據說到長崎來的洋人經常吃這東西。

「有以上一說。」

「你果真一如傳聞，是個了不起的學者呀。」

龍馬打從心底佩服。不僅佩服他，還暗想要是把這個萬事通收為部下，做起事來必然方便。

與小龍正式見面。

彼此聊的當然不是繪畫方面的話題，而是天下國家的前途。

小龍擁有許多海外新知（當然是聽來的），令龍馬十分驚訝。

小龍甚至舉出實例，說明西洋驚人的機械文明。這些話題龍馬都是頭一回聽到，他興奮不已。

「原來西洋這麼進步呀！」

武市熱中呼籲的「攘夷」現在根本不是時候，若貿然採取攘夷行動，日本武士恐將全軍覆沒吧！

「土佐藩與日本不能再這樣懵懂下去了。以目前德川幕府及土佐藩的做法，日本一定會滅亡的！」

龍馬不知不覺握緊拳頭。

「小龍老師，咱們一起幹吧！」

「可我只是一介畫師。」

「何來畫師不畫師之分！」

「不，我不過是知道得比較多一點罷了。真要幹的話，還是得要你這種吹牛大王。」

「啊？」

這話真不知是褒是貶。

「喏，龍馬君，對抗西洋的當務之急在於振興產業及商業，而最重要的就是物資的搬運。因此黑船是絕不可或缺的。」

「好，那我就想辦法弄到黑船。」

「你？弄到黑船？」

小龍老師狐疑道：

「你是說你能弄到黑船？」

「是啊！」

小龍老師大失所望。枉費自己方才還那麼認真與他對談。這個刀客果真一如幼時的評價，腦筋有些不對勁。

「當然弄得到，要幾艘都沒問題。利用蒸氣來推動船隻，再放上幾門大砲。真希望能這樣環遊世界。」

「這樣嗎？你……」

小龍的聲音越來越小。其實他真正想說的是：「你一介鄉士之子，還敢如此大放厥詞！」

說來，自從培里率黑船艦隊抵達浦賀，日本人才認識何謂近代軍艦，而此事距今也不過六、七年。

不過，插句題外話，日本列島的人民有種優秀的特別能力是其他民族所無。

幕府雖對浦賀的美國艦隊唯唯諾諾，但翌年安政元年（一八五四），即指派浦賀奉行與力中島三郎助為造艦主任，命他模仿英國船，由日人獨力打造西式帆船「鳳凰丸」。

再翌年安政二年，薩摩藩也造出「昇平丸」、「鳳瑞丸」及「大元丸」三艘船，並獻給幕府。日本唯一擁有近代工業設施的薩摩藩自此名震天下。

不僅如此，被推為尊王攘夷總本山的水戶德川藩自然也不會只賣弄嘴上功夫。藩主齊昭也於安政三年在江戶石川島（後來的石川島造船所）造了「旭日丸」並獻給幕府。不過這艘船卻完全無法航行，因而淪為世人的笑柄。

總之，見過外國軍艦後的數年間就造出五艘類似船隻。日本人的毅力及能力真可謂世界史上的奇蹟。

但龍馬的情形就得另當別論了。

他身為鄉士，在藩內毫無發言權。他有的只是北辰一刀流的刀術及腰間的佩刀，而他竟大言不慚說要造艦隊。

「這個吹牛大王！」

小龍老師十分不悅。

但接下來的半年，龍馬只要有空就到小龍家玩，聊聊自己那個夢想。

小龍後來也不知不覺被龍馬的夢想吸引，竟認真與他談起成立艦隊的事來。

可惜苦無實現的方法。總而言之就是吹牛。

「吹牛又不花錢。」

龍馬滿不在乎地說。因此若提起——

「坂本的吹牛船」

在城下可謂無人不知無人不曉。

「我是在等時機成熟，你們等著瞧吧！」

龍馬心想。時機成熟前就只能吹吹牛，任世人嘲笑了。

後來龍馬身邊就未再因吹牛船而譁然了。

不僅他身邊，土佐藩的政情及天下情勢也越來越充滿血腥味。龍馬已步入此漩渦之中。

這天三月四日。

正是女兒節。

依土佐藩的風俗，慶祝女兒節是在三月四日，而不是三月三日。

這天，依照慣例，藩裡的上士應悉數登城拜見主君，接受主君賜酒。

「啊，對喔，今天是女兒節。」

龍馬早上看見帶著隨從的上士陸續經過坂本家門前才發現。

龍馬當然不必登城。不僅龍馬，城下及鄉間的鄉士等下級武士根本沒資格出席任何城內的慶祝活動。即便同為藩士，上士總不把他們這些階級當人對待。

當天夜裡。

約莫晚上八點，城下發生一起驚天動地的傷害事件。

上士中人稱「鬼山田」的一刀流刀客，名叫山田廣衛。

城裡的酒宴約在晚上七點半結束。鬼山田開開心心地下城，這時他已頗有醉意。

傘帆（編註：高知特有的小釣船，以傘取代船帆）迎風轉，

船頭已見春呀，花飛如雪。

他邊走邊唱歌。出了城門沒多久，突然有個身材矮小的男人挨了上來。

是城內的侍茶僧，名叫松井繁齋。他單憑一張嘴就能走遍天下，故藩裡的人都稱他為：

「馬屁精繁齋」

他家在城下的西郊，與住在西孕的鬼山田正好同路。

事情就是在此時發生的。

導致日後土佐藩下級武士掀起大規模勤王運動的這起事件，就是當鬼山田等人走過北奉行公人町及小高坂橋後，行經永福寺門前那座土橋時發生的。

天上繁星點點。

但路上僅勉強可辨。

漆黑的前方突然竄出一名武士，偏巧不巧撞上鬼山田。

「哪個冒失鬼呀！」

鬼山田怒斥道。

那黑影道：

「抱歉，不小心。」

說著就想一走了之，這時鬼山田喝住他。

「還不報上姓名嗎？我是鬼山田。你撞到上士還不報上姓名，真是無禮！」

對方仍一言不發。鬼山田盯著他凝視半晌後道：

「你是下級武士吧？」

語氣中滿是輕視之意。他已經醉了。更何況下級武士若無禮，上士雖同為武士，仍可格殺勿論。如此不公平待遇他藩皆無，為土佐藩獨有。

鬼山田以指微推刀鍔。

撞上鬼山田的下級武士（鄉士），龍馬對他的事也相當清楚。

他叫中平忠一郎，是個年輕鄉士。這人愚不可及，沉迷於男色，愛上一個名叫宇賀某的美少年。

這天夜裡他也和宇賀某手牽手在堤防上散步。因為是女兒節的晚上，即使漆黑一片仍饒富風情，兩人大概正在約會吧，因此盡可能不洩露自己姓名，當然更不想把事情鬧大。但對方卻輕蔑地罵道：

「下級武士！」

中平這下也火大了。土佐武士中就屬下級武士最有骨氣，況且又是當著美少男的面。

這位有斷袖之癖的下級武士倏地往後跳開。

「山、山田，你當面辱罵武士，還想這樣就算了嗎？」

「好大的口氣啊！你這個下級武士！」

鬼山田咄咄逼人地連步逼近。論刀術，他在上士中算是屈指可數的高手，此外還有他抹不去的階級優越感。

他利落地拔刀，擺出「上段」構式。

好男色的那位只得採「下段」構式。下段多屬防禦構式，若刀術上無絕對自信是很難轉守為攻的。這位好男色者卻對此一無所知。

鬼山田漸逼漸進，他刻意稍稍頂出腹部，穩穩地脅迫而至。

好男色者逐步退後。

鬼山田見時機已到，當即發出懾人的吶喊聲：

「呀——！」

好男色者連忙將刀鍔上舉護住臉部，但這麼一來身軀就大露破綻。

鬼山田一刀往他身體橫劈過去。

好男色者發出來自地獄般的慘叫聲後，隨即倒地不起。

鬼山田緩緩朝他咽喉補上一刀，再手探鼻息，確定他已斷氣。

「繁齋、繁齋。」

他連聲召喚同行的繁齋。

「擺平了。別怕，出來吧。」

「是、是。」

繁齋仍站在遠處，渾身不住顫抖。

「我要看看這傢伙長什麼德性，你到那寺裡去借盞提燈過來。快去！」

「是！」

繁齋立即飛奔而去。

鬼山田就在原處等候。

這期間——

那位美少男已緊急衝進好男色者家通報。他有個親生大哥，名叫池田寅之進。

此人刀術高強，與龍馬是從前日根野道場的同門師兄弟。

寅之進拿出長二尺七寸、略寬而偏厚的鋼刀「胴田貫」。拔出刀後，直接把刀鞘扔在家門口便衝往事發現場。

這時鬼山田已從橋邊走下河堤，正在河邊洗手。

他捧起河水正要喝的時候，池田寅之進就殺過來了。

「看刀——！」

他使勁朝鬼山田的背上砍落。

鬼山田挨了一刀，卻未驚慌失措，他迅速抓著草爬上堤防，並趁隙在途中拔出刀來。但或許是因方才挨了那一刀，腳步有些踉蹌。

寅之進緊迫盯人，不讓鬼山田有機會反擊。

真刀較量時，最初一擊可謂攸關勝負。儘管鬼山田刀術巧妙，他的生命仍無可避免自背上的傷口一點一點散失。

鬼山田一動，傷口便噴出血來。他使盡渾身最後力氣大喊：

「你這個下級武士——」

同時將高舉的刀猛力往下揮。這時原本採「中段」構式的池田寅之進連忙揚刀砍向他手部，接著刀又高舉過頭並上前一大步，然後使勁砍向鬼山田臉部。

「看刀！」

他如此高喊，同時再度上前一步。鬼山田頓成一具死屍。

就在這時，毫不知情的馬屁精繁齋正好借了提燈趕回來。

「山田大爺，我借到提燈了……」

他拿燈上前一照，發現站在眼前的並不是鬼山田。

「啊——」

他轉身想逃，但池田寅之進已殺紅了眼。

「繁齋，你也是共犯！」

他如此大喊，同時單手揮刀砍去。繁齋纖細的脖子應聲而斷，身體維持提燈的姿勢走了幾步才仆倒在地。胴田貫砍起人來真利落——事後寅之進顫抖著對友人如此道。

翌日三月五日。

城下掀起一陣大騷動。

早上消息一傳進城下，城下的下級武士就激動地聚集在坂本龍馬家。

插句題外話，土佐藩數百名下級武士早已暗推坂本龍馬及武市半平太二人為自己階級的頭目。他們一路擁護龍馬及半平太，成為維新運動的原動力，後來甚至有近百人在此風雲中犧牲性命。幾個稍具小聰明的無能之人僥倖活了下來，而成為維新政府的高官（土佐藩雖與薩摩、長州並稱「薩長土」，同持勤王倒幕立場，但其實不然。藩主、家老及上級武士等上層階級皆為佐幕死硬派，支持倒幕論的全是這些下級武士。下級武士要想一伸天下之志，還得先對抗藩內的上層階級，故幕末的土佐藩注定悲劇連連。）

龍馬坐在客間一一聽取諸下級武士的意見。

「嗯，嗯。」

他聽了只是敷衍地點點頭，並未對永福寺門前事件多做評論。

然而過了中午，卻突然衝進數名上氣不接下氣的年輕下級武士。

「坂本，該出戰啦！」

他們如此大喊。

「怎麼回事？」

「上士們全集結在死去的鬼山田家，準備殺進池田寅之進家啦！你快到池田家來。你身為總大將還坐在那裡傻笑，咱們下級武士怎麼團結得起來呀！」

「我立刻過去。」

龍馬迅速起身。

龍馬走出本町筋一丁目的家門後，還特地先到永福寺門前的事發現場察看。

「就是這裡呀——」

鬼山田、好男色者及馬屁精繁齋的屍體都已妥善收拾，不在現場。但從土橋一直到路上仍沿路留有大量血跡。

這段土地一個小時內連續吸進了三人的血液。連野草也血跡斑斑。

龍馬走進池田寅之進家，屋裡已擠滿鄉士、地下浪人等下級武士。

他們爭先恐後地迎向龍馬。

「你一定要當咱們總大將！」

「嗯，先冷靜一下。」

「哪忍得住呀！」

他們之中有人忙著檢查刀上的卯釘，有人是立即抄起短矛衝來，有人則已買妥鎖甲背心，幾乎人人都已進入備戰狀態。

這也難怪。

此處往西不過三個街口就是「敵軍大本營」。殺死池田之弟（好男色者）又隨即當場被殺的鬼山田家也和此處一樣擠滿上士。

下級武士派附近百姓前往偵查，據說上士那邊群情激憤。

——屋裡擠了約三十人，長刃矛、短矛、飛鏢、救火裝束等一應俱全，隨時可能攻過來。

聽說敵方情況如此。

「啊哈哈！」

龍馬身旁數人突然瘋狂大笑起來。

「大家冷靜一點，別亂來！」

龍馬如此大吼，但根本沒人聽他的。

「這樣下去，咱們土佐藩就要一分為二啦！」

他們似乎更興奮了。

「一分為二！」

「一分為二！」

「哇哈哈！一分為二！」

他們如此大叫。上級武士和下級武士分為兩陣營對抗，打起藩士之間的大戰。這對下級武士而言實在太刺激了。三百諸侯國中再無其他藩有這種情況了。

「哪忍得住呀！哪忍得住呀！」

他們以土佐方言如此大喊，同時跳到庭院中。有人開始操起長槍練習刺擊或刺向空中，還有人「鏘」地拔刀。

「看！我一定要替祖先一雪關原之恨！這把是我十代前的祖先追隨亡主長曾我部參戰時所使的刀！」

關原之戰時，現任藩主山內家屬東軍德川方。鄉士祖先的主君，亦即土佐國長曾我部盛親則屬西軍，他親率土佐四千兵參戰。

西軍慘敗。

長曾我部家就此滅亡。

其遺臣雖遭山內家欺壓、輕視，仍於土佐七郡的山林野外苟延殘喘。其後代就是龍馬這些土佐鄉士。

他們備受壓抑的情緒，終於藉這回永福寺門前事件爆發了。

上士們聽說龍馬被推為下級武士的首領，也開始尋求武功高強者。

上士方終於也推選出足堪和龍馬匹敵的刀客——無外流「免許」資格的戶梶源藏。下級武士聽說上士方將以他為先鋒殺過來。

「龍馬，聽說情況如此。」

較年長的下級武士池田藏太道。

「原來如此。」

龍馬已經出到土間，開始穿起鞋子。眾人見狀大驚。

「你要上哪兒去？要殺過去的話，也用不著你親身出馬呀！」

「不，我只是出去撒泡尿。」

說著出了門。天色已暗。

龍馬到認識的民宅借了盞提燈，然後迅速沿水溝走去。迎面襲來的晚風已有暖意。

鬼山田家就在水溝旁，門外高掛印有家紋的燈籠，不時有上士或其隨從進出。

龍馬在門口撒過尿後才進門。

「什麼人？」

背後有人問道，但這時龍馬都已經站在玄關前了。旁邊有棵樟樹，萬一動起手來，以這樹為盾交手應該不錯。龍馬心裡如此盤算。

他雖已身入敵陣，卻未特別深思熟慮。

「我到底是來做什麼？」

他是打算視敵方的上士採取何種態度，再決定下一步行動。這就是龍馬一貫的做事方法。

「城下本町筋一丁目的鄉士坂本權平之弟龍馬，百忙之中打擾深感抱歉。請問有人在嗎？」

「什麼？是龍馬！」

大門玄關庭院各處的上士全都提著大刀直衝過來。

「點亮提燈、火把！」

有人如此大喊。

「所有提燈全集中到玄關這邊來！本町的龍馬單槍

匹馬殺進來啦！」

「別亂喊哪！」

龍馬連忙交代，但他的聲音當然被此起彼落的喊叫聲淹沒了。以上士的角度來看，這實在太恐怖了。龍馬巨大的人影在他們眼裡必然就像惡鬼降臨般可怕。

其中二、三人驚恐之餘竟拔出刀來。

然而卻無人敢貿然接近。

「喂！」

一個聲音沙啞的人上前一步道。只有這人還算冷靜。

「你這個下級武士！」

那人道：

「竟不知分寸，未等通報就強行進入上士家，實在大膽！難不成你是明知故犯？」

「就是明知故犯。」

龍馬若如此回答，那麼依藩法規定，上士即可將他格殺勿論。可見這人是故意這麼問的，他早就有殺龍馬之意。

「你是哪位？」

「戶梶源藏。」

語氣聽來十分鎮定，不愧是與已逝的鬼山田並列上士中屬一屬二的高手。

「哦，原來是你，原來是鼎鼎有名的戶梶源藏。」

龍馬近視看不清楚，故傾身向前極目凝視，同時道：

「看來你是真有意大幹一場囉。」

「你說什麼？」

「真沉不住氣。」

龍馬道：

「我要是死在這裡，土佐國中三百名鄉士及地下浪人都將舉刀殺來。藩士彼此浴血對戰，山內家二十四萬石的俸祿勢必遭沒收，這就是唯一的好處。」

說到這裡又更激動地說：

「難道不是這樣嗎？掛川眾！」

掛川眾的稱呼是因這些上士祖先乃是隨藩祖山內一豐遠從掛川移居土佐的。若他們是掛川眾，龍馬等人就是長曾我部眾了。此外，上士還有山內武士的稱呼，而鄉士又稱土佐武士。

「竟、竟敢無禮！」

「這哪有什麼無禮？這是理所當然的說法，並無任何不妥。如今天下……」

龍馬突然扭身拔出刀來。

眾人一驚，不約而同地退後。

「如今天下情勢正如此……」

龍馬將拔出的刀在空中晃了晃，又說：

「動盪不安！」

龍馬說著收刀入鞘。

「如此情況下，咱們土佐藩還要分上士、下士，彼此互鬥。萬一美國船湧入桂濱，咱們該怎麼辦？難道自己人還要起內鬨嗎？」

「自己人？」

其中一人嗤之以鼻說：

「下級武士還敢硬與我們攀關係！說什麼『自己人』？真是太無禮了！若我們出於同情主動這麼說就算了，但下級武士竟提出如此說法，實在太放肆了。真是枉顧藩法。違背上下秩序嚴明的藩法就是造反，不如現在就把這名叛徒就地正法吧！」

這可不是鬧著玩的。

龍馬竟當場成了叛徒。

這就是土佐藩的藩風。下級武士只要稱上士為「自己人」就是不守分際，就是造反。基於如此荒謬的理論，上士即使當場將對方殺死也不會遭任何懲罰。土佐即為如此國度。

「這藩真不合情理呀。」

龍馬到過江戶、京都及大坂等大地方，在他看來，自己故鄉實在愚不可及，國情更是冷酷無情。真教人心寒！

但並非土佐本身就如此冷酷無情，而是因三百年來駐在高知城下的山內武士心存愚蠢的佔領意識，下級武士才有如此感覺的。

較龍馬稍年輕的田中光顯（日後受封伯爵，昭和十四年〔一九三九〕以九十七歲高齡過世）日後也脫藩投入維新運動，如影子般不出鋒頭輾轉奔走，他晚年曾回憶道：

「我們對土佐藩的感情十分複雜。雖稱之為故鄉，但總覺得它過於冷酷無情。我們脫藩後，遭新選組等幕府捕吏追捕而命在旦夕時，庇護我們的並不是母藩土佐，而是長州藩。故我的故鄉可說是長州。」

言歸正傳。

戶梶源藏擺出「下段」構式。

將龍馬圍在玄關前的十二、三名上士見源藏拔刀，也紛紛跟著拔出刀來。

「掛川眾！」

……

龍馬悄悄把肩靠在樟樹樹幹上，又說：

「別急著出手呀！聽我提出幾個問題，再決定要殺人還是被殺吧。」

「廢話少說！」

戶梶源藏往後跳開同時把刀甩至頭頂，然後突然在半空中鬆開右手，再將刀用力迴旋，直朝龍馬左側臉砍下。

龍馬迅速躲到樟樹後。

源藏的刀牢牢嵌進樹幹。

「他逃了！」

其中一人突然如此大叫。

「我哪會逃呀！」

龍馬再度從樹幹左邊現身，並趁機迅速砍向戶梶源藏的右手。雖是以刀背攻擊，但這下也叫他痛徹骨髓。戶梶源藏手上的刀應聲掉落。

這時龍馬早已向後跳至門邊，兩人身手可謂有著天壤之別。

「再多唇舌也是白費工夫嗎……」

龍馬說著收刀入鞘，就此大手一揮走出大門。沒有人追出來。龍馬背上的桔梗家紋近乎刺眼地映在每個人眼裡。

他才剛踏進下級武士大本營，亦即池田寅之進家，就發現眾人正亂成一團。

「龍馬，剛才池田寅之進切腹自殺了。」

「笨蛋！」

龍馬忍不住咆哮：

「為什麼不阻止他！」

「來不及啊，他突然就拿短刀刺進肚子了。」

龍馬衝進裡間，果然看見池田寅之進弓著背，彷彿抱著短刀似地倒在地上。他一定很痛苦吧。

「求求幫我介錯（編註：為切腹者斷頭之行為或行為者）！」

池田寅之進奄奄一息道。

但大家似乎都被這突發狀況驚呆了，全亂成一團，而無人當他的介錯。

不僅如此，還有人跑去請醫生，大家都希望保住他性命。池內藏太等人事到如今還抱住池田道：

「你根本不必自殺呀！」

說著還想奪下他的短刀。

這也難怪。

池田寅之進為自己弟弟當場報了仇，是位勇者。若在他藩，還將因堪為「武士楷模」而獲褒賞，當然無罪。

但在土佐藩，殺死上士等於破壞藩內秩序，是觸犯大罪。

不僅如此。

上士聚集在一處，向下級武士提出交出池田的要求，企圖施以私刑。如此行徑，藩內大目付之類的監察機關卻視若無睹。

池田寅之進怕自己私人行為害下級武士惹上麻煩，這才突然拿刀刺進自己小腹。

龍馬完全了解。

「內藏太，你退下。」
龍馬冷靜道。
「我來幫你介錯。」
龍馬道。
「龍馬，你……」
池內藏太抬起滿是淚痕的臉。
「這般勇士就讓他白白死掉嗎？要是在其他藩，他可是了不起的復仇英雄，足堪媲美荒木又右衛門及堀部安兵衛等人哪！」
「內藏太，別搞錯了。這裡可是土佐呀！」
「不……」
內藏太雙手摀住池田寅之進的傷口，同時大哭失聲。
「內藏太，難道你毫無武士之情嗎？難道你忍心讓如此勇士繼續痛苦嗎！」
「我知道了。」
內藏太終於站起身來，他拔出刀來，彎身道：
「池田，就由我池內藏太為你介錯吧！」
「多謝。」
池田寅之進痛苦道。但內藏太又說：
「你當場為弟弟報仇，成功保全了武士的名譽。若非生在土佐藩，你就是世代流傳的武士楷模了。你對上士的怨恨，就由我來為你昭雪！你儘管歡喜成佛去吧！」
「嗯，本該如此。」
「對不住了！」
池田的首級往前掉落。
內藏太依禮法將首級轉向龍馬。
「正確無誤。」
龍馬說完後，解下佩刀的繫繩並將之浸在鮮血中。
「池田，我不會忘記你的。」
龍馬此舉就是這意思。眾人似乎也立即會意，紛紛解下佩刀繫繩。

充分讓繫繩染足池田的鮮血，浸著浸著，池內藏太忍不住又放聲大哭。
「池田！」
內藏太的臉上沾滿淚水和鮮血，活脫脫就是傳說中的赤鬼。
「我已經死心了。咱們土佐藩的鄉士根本沒有母藩可言，如此腐敗的藩還不如不要！萬一天下有難，咱們也不為藩效力，也不為幕府效力，只願聚集在京都天子的腳下！」
池內藏太是武市半平太勤王論的忠實擁護者。不止他，在場的所有鄉士都在心裡如此發誓。
龍馬走出大門。
頭頂上滿天星斗。
「土佐終將出頭天。」
雙腿不由自主往武市家走去。這種時候總想找武市談談，這已成了龍馬的習慣。
但他突然想到，武市以刀術研討之名目到藩外去了，這陣子不在城下。
此時龍馬二十五歲，安政六年。
這年發生了許多事故。但龍馬只是鎮日讀書。
過了年，是為萬延元年（一八六〇），龍馬也二十六歲了。
對龍馬而言，日日都平淡無奇。
但他討厭無聊的日子，故書讀膩了就去找武市半平太，或教城下武士刀術，要不就是突然幾天不見人影。
「大概又到山裡散心了吧。」
大哥權平也不加理會。果然幾天後龍馬回來時，手上就抱著十條漂亮的野山藥。
龍馬知道乳母小矢部最喜歡野山藥。
他給了小矢部幾條，小天部開心地抱住龍馬道：
「哎呀，少爺，我真開心呀。」
源老爹也喜歡野山藥，所以龍馬也放了一條外加一壺酒在老爹住的小屋裡。

老爹會把這切成細絲拌醋，加大蒜一起嚼，配點燒酒。酒味想必將大不相同吧。

通常龍馬會將剩下的兩、三條當成伴手禮，走上半天的鄉下小路，送到乙女姊夫家去。

這天也是如此。

偏不巧乙女姊心情不好。

龍馬未等下人通報就進屋，並直接走到廚房。後院也找過了，偌大的宅子裡竟空蕩蕩的沒人在。

最後打開佛堂。

果然在這裡。

但乙女姊只瞥了龍馬一眼，便又陷入沉思。

她是個出了名的大塊頭女人，但在弟弟龍馬眼中，整齊疊在膝上的那雙手真是美得令人驚豔。

「怎麼啦？鬧什麼脾氣呢？」

龍馬縮著頭又道：

「姊要是生我的氣，我也沒辦法。只是妳可以把不滿的地方說出來嘛。」

「我不是生你的氣。」

「那是生誰的氣？」

「小孩子不懂啦。」

「我都二十六歲了。」

「你又沒娶老婆，跟你說你也不會懂的啦。」

「哇，難道是因吃醋而夫妻吵架嗎？」

龍馬立刻會意。但沒想到乙女姊竟也會發生如此情況，真教人驚訝。

「一定是因為姊沒生孩子，老是少不更事。是因為這樣吵架的吧？」

「你說的誰不懂啊。就是因為生了孩子，我才鬧的呀。」

「那不好嗎？」

「你說什麼？孩子又不是我生的！」

「那是誰生的？」

「新輔那人外表看不出來，其實是個好色鬼，竟勾引女僕！」

龍馬開始朝紙門邊後退，他對這類話題最感棘手。

「龍馬，你做什麼？」

「我要開溜了。」

偏巧一家之主岡上新輔正一臉慘白地從走廊那邊走來。

姊夫岡上新輔一看到龍馬就高興地笑皺了臉，一副見到救星的表情。

「龍馬呀！」

他把龍馬叫到走廊上。

「你聽說了嗎？聽說了嗎？」

他小聲地問。他明明很當一回事，但不知為何就是有點滑稽。

「我老婆大人氣得抓狂啦。你是她最鍾愛的弟弟，求求你去幫我安撫一下吧。」

「姊夫，那娃兒是男的嗎？」

「真不巧，是男孩。」

「有多重？」

「喔，真不巧，有將近一貫重。」

「五官像誰？」

「喔，真不巧，和他娘一模一樣，白白胖胖的好可愛呀！真傷腦筋。」

「哎呀，真的呀。既然如此，事情就簡單了。」

龍馬提高音量，以乙女也聽得見的聲音道：

「勝負已分，乙女姊敗給那女人了。孩子是老天爺生的，並不是姊夫想生的。」

「嗯，不是刻意生的，只不過喜歡女人才睡的。」

「既然如此，姊夫只需要因為喜歡女人而挨乙女姊一頓好揍。接下來我就不管了。」

龍馬正準備從走廊上逃走，乙女突然拉開紙門，狠狠地瞪著新輔。

「你這個老色鬼！」

乙女最討厭好色的男人。

「我不是說你不乾淨，不准進屋了嗎？怎麼還敢回來？」
「仁王，請妳饒了我吧。」
「休想！」
乙女抓住新輔的衣領，使勁甩到庭院那邊去了。依然力大無窮，可惜卻生為女人。
「這樣也難怪新輔姊夫要另找女人呀！」
龍馬心想，同時拉住乙女。
「哎呀，龍馬，讓開！」
「我不讓開。方才那一摔就算原諒他了吧。」
「龍馬，你敢不聽我的話嗎？不聽的話，我連你也不放過！」
「姊夫剛剛拜託過我。那好，我就和乙女姊比賽相撲，一局決勝負，要是我勝了妳就原諒他吧。」
「這有什麼難的？」
乙女姊渾身抖擻了起來，不管三七二十一，準備就在走廊上較量。

龍馬也將走廊邊緣視為相撲場界，站穩腳步，並抓住重達十八貫的乙女姊腰部，靜靜將她舉起。
乙女不停蹬著雙腿。
「龍馬，龍馬！」
乙女忍不住大叫。
這時突然傳來一陣馬蹄聲，且似乎就停在門口，隨即看見一位身著旅裝的武士衝進庭院來。
「龍馬，發生大事啦！」
那名武士竟是武市半平太。
他高壯的身上披著斗篷，穿著馬褲。白皙的臉上看得出泛青的鬍渣子，還帶著一抹微笑。
——發生大事啦！
他嘴裡雖這麼說，笑容卻顯得神清氣爽。
「怎麼啦？你為何穿著旅裝？」
「這個嗎？」
武市以皮鞭拍拍馬褲。

「我要上江戶去。」
「哦？怎麼這麼突然？」
「因為有好消息。關心天下情勢者想必都振奮不已吧。」
「真難得。」
「什麼難得？」
「難得你也這麼亢奮。」
「啊哈哈，這樣你就開心了嗎？」
武市說完後，終於看清這屋裡的異常景象。其實他從剛才就一直制止自己「絕對不能看」。
他看見乙女了。
她被龍馬從走廊丟下庭院，跌了個四腳朝天，好不容易才扯緊裙裾站起身來。
被乙女丟出去的新輔也好不容易掙扎起身。
「哎呀，賢伉儷還真是充滿活力啊。」
半太平一本正經地寒暄。
乙女羞得滿臉通紅。乙女和半平太年齡相仿，以前似乎暗戀過他。這個祕密龍馬曾聽乳母小矢部說過。
「你……」
乙女只說了這麼一個字，也沒好好打招呼就跳上走廊躲進紙門後了。
龍馬心裡覺得好笑，終於忍俊不住。
「害羞了。」
不過龍馬也了解，乙女心目中的理想男性若是半平太這種身材魁梧的壯漢，那岡上新輔自然無法滿足她了。
這麼一想，乙女方才的模樣雖然可笑，其實也很可憐。
岡上新輔也一副心神不寧的模樣。他交替望望龍馬和半平太後，就不知上哪兒去了。
大概是上那女人家去了吧。
「來，坐一會兒吧。」
龍馬說著自己先起身，然後隨意坐到面庭院的走廊上。

「究竟發生什麼大事了？」

「大老井伊直弼在江戶櫻田門外被水戶及薩摩的憂國志士暗殺了。」

「啊？」

怎麼會發生這種事！

德川幕府乃日本史上最大的強權政府，而井伊身為幕府大老、又是祿高三十五萬石之大名，應有相稱的排場陣仗才對，怎可能當眾在千代田城（江戶城）的櫻田門外被殺？

「這下世局定將大變！」

龍馬感覺氣血上衝，甚至有些暈眩。這輩子還不曾有過如此熱血澎湃的經驗。

「這、這是真的嗎？」

龍馬緊緊握住半平太的手問道。

「我從不撒謊。你看我的牙齒。」

半平太張開嘴巴，只見他口腔破皮，牙齒都滲血了。

「我來此途中，想到這事就心情激動，在馬上死命咬著牙。」

「這下真要天翻地覆了。」

幕府的首要官員竟然死在籍籍無名的浪人手中。龍馬已看出這將成為趨勢，今後只知提出媚俗而軟弱言論的幕府官員及諸藩重要官員，都將陸續遭到暗殺。

「龍馬，草莽英雄凜然之正氣已然出頭。水戶及薩摩志士以劍匡正了天下，咱們土佐武士也不能再茫然度日了。」

「嗯。」

「主君想必也會感到欣慰吧。」

應該吧。

藩主山內豐信因替幕府著想，而設法自水戶德川家推舉將軍繼承人選，沒想到因此惹火一向討厭水戶的井伊而奉命退隱，如今改名容堂，對藩政已不聞不問。他也算是受到安政大獄波及。

「想當然耳。」

在城下素有「天皇迷」綽號的武市臉色一正。

「京都方面應該很很高興吧。」

武市如此道。

但隨即壓低聲音，又說自己將以刀術研討之名目上江戶。

「為何要到江戶去？」

「薩摩、長州、水戶的錚錚好漢都集結在江戶，我得查探一下他們的動靜，才知道咱土佐武士今後該怎麼做。我正考慮說不定……」

「嗯？」

「聯合西國三藩，成立『薩長土聯盟』，擁立京都天皇，壓制幕府。日本正遭外患之憂，除此之外再無其他方法可拯救日本。」

「所言甚是！」

龍馬用力點頭表示贊同。話雖如此，武市和龍馬心中都不甚踏實，不知如此春秋大夢是否真能實現。畢竟在如此強大幕府體制下的今日，或許終將是場夢。

「所以我才來找你的。我不在時，武市塾那邊的年輕人就麻煩你多關照了。」

「了解。」

「還有一件事。土佐七郡山林中，有三百名鄉士及地下浪人，我想將他們集結成黨。」

「啊？」

「上士們代代領乾薪，遭逢大事卻不足以與之商討。往後能冒時代之腥風血雨、不惜犧牲性命勇往直前的，就只有咱們這些『一領具足』（編註：原意為一套鎧甲。特指長曾我部手下兵農不分的下級武士）』的子孫了。」

兩人接著閒聊了一會兒，武市見太陽已偏便急急起身，交代一聲：

「一切就拜託你了！」

說完即翻身上馬疾馳而去。

武市不在時，本町筋一丁目的坂本家便成了土佐七郡年輕人的集會場所。

自從上回池田寅之進事件以來，這些下級武士即串聯起來，同志間的聯繫更形堅強。

他們豪氣干雲。

「得教訓教訓那些上士！」

三百年來一直受到壓制，但如今心中之火似乎漸燒漸旺。

此外，江戶櫻田門外發生的井伊大老暗殺事件，也帶給土佐七郡的鄉士某些微妙的影響。

——瞧，原來幕府不過如此啊！

他們對幕府產生如此的輕視心態，這可由他們的對話用語發現。以往提到幕府總要恭敬地稱之為「大公儀」，但如今只是簡單稱「幕府」，言詞之間已洩漏其心態。某種足以破除三百年舊習之物已然誕生。此外，以往提到幕府閣揆時，總是敬稱為「御老中」，但自櫻田門外之變以來就僅稱「老中」。而對將軍也不再尊稱「大樹」，只簡稱「將軍」。

不僅土佐，薩摩、長州等西國大藩的藩士在櫻田門外之變發生後，或許本身並未察覺，但內心的確已逐漸有了微妙的變化。以往幕府帶給他們的恐懼感及壓迫感也漸行轉淡。

——沒想到就像戲台上的佈景而已呀！

甚至有了如此感覺。

三年後，長州的高杉晉作在京都參觀將軍一行的行列時，不僅將手揣在懷中，甚至還公然大喊：

——喲！征夷大將軍！

就像看戲時高喊台上演員之名似的。

據說護在將軍身邊的旗本親衛軍聽見了也不敢回嘴，只是無奈地暗中拭淚。

明治維新可說肇始於櫻田門外之變。若無此事件，維新運動不知得再拖上幾年才能啟動，也說不定將完全變成另一種形式。

但即使受到同一影響，土佐藩與薩摩、長州武士之間的反應仍有差異。土佐藩的藩主、家老及上士絲毫未受任何影響，下級武士則是反應過度。

那些下級武士在瞧不起幕府的同時，也開始瞧不起藩本身。

之前曾一再提及，積極從事倒幕維新運動的薩長土三藩，皆為三百年前關原之戰的戰敗國，對幕府自然懷恨在心。但土佐藩的情況又有所不同，舊主長曾我部家遺臣之子孫、亦即下級武士，才是戰敗者，但藩主及上士卻是戰勝者，自然不得不支持幕府。

櫻花季節甫過，地處土佐、伊予兩國交界處的山間及立川口突然來了兩名引人側目的武士。

土佐排外性不如薩摩嚴重，但他國之人入境時也頗嚴格。

「敢問……」

村長手下小吏提出質問。此處無公設關卡，村長有責監督往來行人。

「二位武士大爺打何處來，欲往何處去？」

「我是水戶藩士住谷寅之介，這位大胡聿藏和我一樣。我們打算從此處下山，到高知城下去。」

「有通行證嗎？」

「沒有。」

小吏不禁打了個哆嗦。這兩人外表看來就像土匪。

「真的沒有嗎？」

「沒有。」

「那就不能放二位通行了。」

人手已經聚集過來了。除了村人，附近的鄉士及地下浪人都來了，情勢一觸即發。

以住谷及大胡的實力看來，要硬闖下山其實易如反掌，只是如此一來他們來土佐的本意就無法達成了。

這山村鄉人有所不知，住谷寅之介其實已是名震天下的尊攘運動家。

他任職水戶藩的馬迴役（編註：將軍騎馬時一旁護衛的騎馬武士），祿高二百石，更重要的是，他是繼藤田東湖死後最知名的水戶意識鼓吹者。

安政大獄事件發生後，水戶藩之政壇及政論勢力大幅下滑。住谷慨歎之餘，便展開諸國遊說之旅。

當時水戶藩是所謂尊王攘夷思想的大本營，不僅薩長土三藩的武士，甚至他國所有武士都以水戶為精神依歸。

而住谷寅之介這回就是以大本營傳教士身分前來土佐的。

「哎，算了。」

住谷對小吏道：

「我不入土佐國了，但我有兩項請求，還請成全。」

「什麼事呢？」

「一是今天讓我們住在村長家。」

「另一件呢？」

「請問土佐國中是否有憂國憂時且值得對談之士？」

「啊？」

周遭的鄉士和地下浪人針對這謎樣的問題交頭接耳、議論紛紛。

終於提出兩個人名。

坂本龍馬及武市半平太。

但武市目前人在江戶，不在國內。

「因此，依我看，就只有城下本町筋一丁目的鄉士家那個名叫坂本龍馬的人較符合您的需求了。」

「那就幫我請那位坂本爺過來吧。」

一早就下起小雨。

從龍馬房間看出去，庭院那棵楊梅樹的濃蔭更顯綠意盎然。

「咦？住谷寅之介？」

立川口村長派來傳話的人離開後，龍馬仍一臉狐疑。

因為他也是第一次聽到這名字。

「既要約我見面，那就不能不去了。真傷腦筋呀。」

他試著召喚同志。

立即有五、六人聚集過來。

個個看起來都是皮膚黝黑、土里土氣的鄉下武士。

「我問你們，聽過名震天下的水戶藩志士住谷寅之介這號人物嗎？」

「沒聽過。」

眾人面面相覷。

「這麼有名嗎？」

「沒錯。他被稱為東湖（藤田）死後之東湖，是位名震天下的豪傑。」

「龍馬，你聽過嗎？」

「不，這些都是聽村長派來傳話的人說的。」

「連跑腿的也聽說過呀？」

「不是啦，跑腿的是聽他本人說的。」

「不會是假冒的吧？」

「別胡說。」

龍馬覺得自己這些鄉下同志很可笑，連本尊的名字都沒聽過，怎可能還有人刻意假冒。

「總之那人究竟是何方神聖，我得去探探虛實。你，還有你，跟我一起去。」

龍馬挑的是年輕武士中最逗趣和最會唱歌的。

逗趣的那位是甲藤馬太郎。

會唱歌的是川久保家的小為，即為之介。

「走吧。」

三人戴上斗笠，穿上蓑衣，冒著雨自城下出發。

逗趣的馬太郎據說酒量有三升（編註：一升約一．八公升），這回他揹了裝有五升酒的酒樽，小為也揹了五升。

城下至立川口的山中有十二里的路程。

一般人都會在途中歇一晚，但這三人腿力強如駿馬。

幸好日落之前雨就停了。三人腳下雖一路打滑，但仍勉力爬上泥濘的山坡。

「喏，坂本兄，那位水戶來的住谷老師，酒量不知怎麼樣喔。」

逗趣王馬太郎等人以鄉下人的無知與天真，一心只想灌對方酒。

另一方面，住谷寅之介鑑於水戶勤王派因安政大獄事件幾乎已等同滅亡，便想促進全國性的時機成熟，尤其有意與西國大藩志士合作，共同掀起強烈的批判運動以譴責幕府的做法。

他已成功說服越前松平藩、安藝廣島藩、長州毛利藩等大藩的錚錚有志之士，如今輪到土佐藩了。

住谷充滿期待。

不知即將出現在自己眼前的論客有多大能耐。

龍馬、逗趣王馬太郎、歌唱能手為之介三人抵達立川口村長家時，已是三更半夜。

馬太郎朝大門一陣亂拍，才將小厮吵醒。接著村長也被叫醒了。

「坂本龍馬率甲藤馬太郎、川久保為之介特從高知趕到，請代通報水戶的住谷老師。」

時值深夜。

實在不太恰當。

熟睡中的住谷寅之介被叫醒，第一印象自然不好。

「真是鄉下人哪！」

他心裡如此嘀咕。睡在一旁的大胡聿藏也心不甘情不願地起床了。

「現在什麼時間？」

「這個嘛，還這麼冷，看來應該接近丑時（約凌晨二時）吧。」

「丑時？怎不明早再來呀？」

這時說話聲從走廊那端漸傳漸近，最後進入鄰室。看來應該是那些鄉下武士。

住谷和大胡漱了口後走出房門。

逗趣王馬太郎一見便驚訝地大叫：

「哎呀呀！」

因為寅之介是個將近六尺的彪形大漢。

「在下是水戶藩的住谷寅之介，這位是同藩的大胡聿藏。」

「抱歉，耽擱了。」

土佐藩這邊也各自報上姓名。

報完姓名後，逗趣王馬太郎便喚來屋裡的僕人。

「快快快，好好準備。」

交代完後就滿房間跑來跑去，忙著張羅。歌唱能手為之介也站了起來，不停進進出出。

根本沒法好好交談。

「坂本君……」

住谷是個神經質的人，他滿臉不悅地說：

「土佐人真愛熱鬧喔。」

「是呀。」

龍馬撫著下巴道。

一會兒酒宴便已備妥。

「來，喝一杯。」

逗趣王馬太郎拿著酒壺挨上前來。住谷不善喝酒。

「我不會喝酒。」

他婉拒道。但馬太郎和為之介可不會因如此委婉的拒絕就打退堂鼓。

他們硬把酒杯塞進住谷手裡。說到這酒杯，是個大得誇張的容器，看來足以裝進五勺（編註：一勺為百分之一升）酒。

「這、這麼大的酒杯！」

這下連稍具酒量的大胡聿藏也傻眼了。

「大胡老師酒量應該不錯吧。」

「少少（編註：義近中文的『稍稍』）。」

「哇！您是說兩升嗎？」

「不，我是說『少少』啊！」

「『升升（編註：日文音同「少少」）』，那就是兩升啊！」

這是土佐的不良風氣，非要把遠來之客灌醉，看他們幾乎要嘔出血來才甘心。

——今晚的招待總算順利。

偏偏馬太郎和為之介就是如此待客之道的瘋狂信徒。

「來、來，喝一杯、喝一杯。」

小馬和小為如此招呼著，並忙著倒酒。

今晚的酒是土佐佐川鄉釀製的「司牡丹」，是土佐人喜愛的辛辣口味，得喝一升半後，口中才會略生甜味，適合酒量好的人喝。

馬太郎及為之介二人殷勤勸酒，並不斷為客人斟滿。差不多喝有一升酒時，又提議道：

「來來來，現在就由我來唱首歌助興吧。」

「不必了，好意心領。」

住谷寅之介滿臉不悅地說：

「我們不是來喝酒、更不是來聽歌的，而是來商談國事。趁彼此還沒醉倒，還是趕緊開始吧。」

「別那麼正經八百啦！」

逗趣王馬太郎已完全醉了。

「為之介呀，還不快唱！住谷老師會那麼說，表示場子還不夠熱呀！」

「包在我身上！」

為之介拍著手，開始以和他外表完全不相襯的優美歌聲唱起歌來。

馬太郎拿起筷子，配合節奏敲著飯碗打拍子。

「真傷腦筋哪！」

住谷寅之介是在江戶長大的，不知如何應付這些鄉下人獨特的待客方式。

唱完後，土佐方又進行另一餘興節目，兩人開始猜起筷拳來了。

「嘿！」

如此大喊，同時伸出拳頭，互猜對方拳頭中藏有幾支筷子。輸的人就要罰酒。

「猜中了吧！」

「嘿！」

「猜中了吧！」

「嘿！」

整個房間亂烘烘的。

住谷和大胡都驚呆了。

「坂本君，酒也喝夠了，餘興節目也玩夠了吧？」

「小馬、小為，停止吧。」

龍馬也苦笑著制止他們。老實說，龍馬對夥伴想炒熱場面的熱誠也開始覺得累了。

但他仍得為小馬和小為稍作辯解。

「因為名震天下的住谷、大胡二位老師來訪，他們才冒雨揹著酒樽一路爬山上來的。這就是土佐的禮貌，還請包涵。」

「接下來就談談正事吧。」

住谷寅之介將身子挪近，開始鉅細靡遺地聊起幕閣的內幕及諸藩的內情。他說起話來明快而流暢。

龍馬一直微笑著點頭。

但當住谷問起「這點您認為如何」或「貴藩情況如何」，小為、小馬二人自然不用指望，但就連「土佐有坂本」之美名的龍馬也無法給出像樣的答案。因即使他有意回答，也可惜對幕閣情勢一無所知。

「沒想到竟來到這麼個不可思議的窮鄉僻壤。」

住谷寅之介清秀的臉龐難掩失望之色。

當時龍馬等三名土佐武士在住谷寅之介眼裡似乎十分土氣。

現存於水戶的《志士住谷寅之介日記》中有如下的嚴厲評語：

「其他二人對國家大事一無所知。」

所謂「其他二人」指的自然是逗趣王馬太郎和歌唱能手為之介。小馬、小為二人在土佐國內好歹也稱得上「勤王之士」，但從天下一流志士住谷寅之介的角度看來，卻不過是鄉下年輕人，難怪他會批評他們「對國家大事一無所知」。但小馬、小為二人莫名奇妙遭如此嚴厲批評也實在冤枉，畢竟為了招待名震天下的水戶志士，這兩個老實的鄉下人可是揹著酒樽連夜趕了十二里山路呀。

日記中又說：

「龍馬也連官員（幕府的老中、若年寄、外國奉行等）的姓名都不知道。」

住谷在席間曾慷慨激昂地指出：

「幕閣的某某守是如此想法，而某某守又是如此人物。如此情況下自然別妄想擊退洋夷，只是徒遭對方侮辱，最後將難逃痛失神州的悲慘命運呀！」

沒想到理應與他同感憤慨的龍馬卻連某某守及某某守的姓名都沒聽過，這種情形就彷彿對牛彈琴，更別奢望呼籲土佐有志之士揭竿而起了。

「白費時間，深感遺憾。」

他如此寫道。字裡行間滿是嘲笑自己白費工夫大老遠跑到土佐的愚蠢。

龍馬想必也表現得有點傻氣吧。

關於龍馬，日記中只寫著：

「頗有人緣。」

在住谷眼裡，龍馬不像個志士，卻是個人見人愛的人物。即便閱人無數的住谷也無法看穿這位「人見人愛的人物」日後將發揮異常的力量撼動天下。

這也要怪龍馬。

告別時，他對自己無法成為住谷暢談的對象十分過意不去而一再說道：

「這回要是武市半平太在場就好了。」

「武市這名字我聽過，但不知他是否真具高見。」

「沒錯。」

「咦？」

「喔，我方才說的是土佐方言。沒錯。他在城下是擁立天皇的代表人物，跟您一定很談得來。」

龍馬如此表現，也難怪住谷只為他寫下「人見人愛」的評語了。

後來水戶藩主德川慶篤上京後，住谷在其京都宅邸擔任「大番組軍用掛」代理，接著又擔任水戶藩的京都隊長「京師警衛指揮」，與過激公卿往來又經常猛烈抨擊時務，但終究未能成就大事業。就在慶應三年（一八六七）六月十三日祇園祭的晚上，途經京都鴨川松原河原時，遭劫財的武士所殺。

櫻田門外之變後，天下情勢益形混亂。武市半平太為與諸藩志士商討天下情勢而親赴江戶會合，當他返回土佐時，已是文久元年（一八六一）八月了。

武市從大坂經海路到四國，一路欣賞阿波國的奇景「大步危」，同時翻越四國山脈，再走下土佐領內的穴內川溪谷，終於抵達高知平原。此時心中真有一股說不出的激動。

「幹吧！」

心中已有打算。

西方天空下，可見高知城的天守閣昂然矗立。

武市往領石山下走時，還默默行注目禮。

真是嚴謹耿直。

武市與龍馬等土佐七郡鄉士，氣質上最大的不同在於他重視藩，尊重藩主。當然這也因武市生性嚴謹耿直。

但其實還有另一個原因。

武市家雖代代皆為原長曾我部黨的鄉士，但祖父半八那代因有點錢且有點勢力，而以鄉士身分獲破例提拔。

家格一下子升為「白札」。所謂白札是土佐特有階級，為上士中最下級的階層。

但即使如此，仍不是貨真價實的「上士」，而是一種莫名奇妙的曖昧階級。以舊陸海軍的階級來說，大概近於享有下士官待遇的准士官（以陸軍來說就是舊特務曹長，海軍就是舊兵曹長）吧。

「這『白札』真是個莫名奇妙的階級。」

武市曾對同時代的土佐藩士佐佐木高行（明治後受封為侯爵）如此道。

「位於鄉士之上，與上士相同，旅行時隨從可持槍，但又被上士直接呼名喚姓。此外若為上士，包括家眷，晴天皆可撐洋傘，但白札則僅限於本人。妻子的待遇與鄉士相同，不得持洋傘。」

真是莫名奇妙的身分。

但白札又享有與一般鄉士不同的恩典。他們與上士相同，可直接晉見主君。

這一點雖同為武士，但白札與鄉士就有天壤之別了。就某種意義而言，龍馬等土佐七郡的舊長曾我部遺臣，自關原之戰後三百年間可說受到藩方施予的俘虜待遇。

武市雖為鄉士，卻與其他同類相異，對藩主多了份親近之心。

正因如此，他行經領石時才會向遠處的高知城行注目禮。而武市如此立場及心情也同時微妙地左右他日後的政治立場。

但這些目前仍是題外話。

眼前該關心的，應是武市心中那把熊熊燃燒、日本有史以來首見的奇妙火焰。

這火燄即將延燒至全日本，或許將燒盡幕府與諸藩。但目前全日本卻無任何人了解其嚴重性，除了武市在江戶密會的幾位志士：薩摩的樺山三圓及長州的桂小五郎、久坂玄瑞、高杉晉作等人。

武市並未立即進入高知城下。他先到老父隱居所在的吹井家報告自己返鄉。

這一帶是從五台山延續過來的丘陵，山谷美得猶如盆景一般。武市半平太出生的鄉士宅就位於丘陵的半山腰，大門周圍繞著高築的石牆，帶有濃重的山砦色彩。

這山砦色彩的構造還保留著戰國小豪族的威儀，顯示他們從昔日戰火不斷的戰國時代就一直定居在此。

（此屋仍殘存至今，昭和三十八年（一九六三）早春筆者造訪時，主屋正在維修中，似乎已明訂為該縣之文化財。所有權已轉移，門牌顯示屋主姓坂本，但似乎與龍馬的坂本家無關，純屬偶然同姓。）

武市在江戶與薩長的數名志士密會並商定顛覆天下的密謀。但他並未向家人透露，只是把江戶買回來的風景圖片等禮物分送大家，然後獨自坐在外廊上眺望初秋的晴空。

「明天就能見到妻子了。」

他心中想的是這種平凡事。

從這麼斯文的男人身上，實在感覺不出他會如此熱血澎湃，甚至還能想出驚天動地的大陰謀。

武市在江戶為妻子買了支珊瑚髮簪做為禮物，現藏在行李底部。妻子開心的笑容彷彿浮現眼前。武市一思及此，心頭不由得湧上一股暖暖愛意。

事實上，在現任參政吉田東洋就任之前，土佐藩一直實施徹底的節約令，連髮簪也有規定，嚴禁販售或使用金、銀、珊瑚製品。武市二十歲時發生的「阿馬・純信戀愛事件」也正如歌謠描述的情結，純信和尚的確在播磨屋橋買了髮簪送給阿馬，不過那東西實際上只是塗有紅色染料的馬骨製品，是刻意做出類似珊瑚感覺的粗糙仿製品。

拜講究排場的參政吉田東洋之賜，節約令也稍微放鬆了。奇怪的是，吉田東洋的政策卻不是出自政策上的經濟動機。

他的動機十分可笑。

「上士得體面，穿發皺的棉製衣服必遭鄉士或百姓瞧不起。上士應稍微奢侈一點，以維持威嚴。」

據說就是這樣。不過節約令放鬆的主要對象僅限於上士及其家人，對鄉士依然嚴格，這可謂標準的土佐藩階級政策。

武市的身分是白札階級，雖屬最末位之上士，但又在鄉士之上，故妻子應可使用珊瑚髮簪。

翌日武市即返回城下新町田淵町的家。

「我不在的時候，妳身子還好吧？」

這是武市問妻子富子的第一句話。

不過夫妻倆根本無暇多談體己話，朋友、門人陸續登門造訪，富子為了接待而忙得不可開交。

武市半平太疼老婆在城下是出了名的。

不幸的是兩人膝下無子。

有一次門人聚在一起，偶然聊起武市家中無子的話題。

此事在當時武家可是重大事件。因若無子嗣（除非收養養子），將遭到「改易」，換句話說從此滅家，並沒收家產及俸祿。

但這並非唯一原因。另外也因當時的人認為無後嗣祭祀祖先是道德上的最大缺失。這是理所當然的。武士家是靠祖先立下功名，後代子孫才得以續領俸祿，而祭祀就是報恩的儀式。因此未生子嗣繼續祭祀，就是對父祖不孝。

——無子之婦當休。

這項蔑視女性的不成文規定就是由此發展出來的。

——妒婦當休。

這項不成文規定也是因此而起。換句話說，妻子若無法生育，諸侯以下的武家就有絕佳的實際理由納妾。這是世人公開認可的，而妻子絕不能心存嫉妒。

因此，一個以淘氣出名的門生吉村寅太郎（日後成為天誅組主謀而於大和被殺身亡）提出一計，他去見半平太之妻富子，悄悄對她說：

「這事瑞山老師（指半平太）並不知情，但依老師那種個性絕不可能納妾。因此……」

吉村的辦法是要富子裝病到海邊親戚家易地療養。這段期間，就安排一名下女住在家中。武市老師再耿直，與年輕女人共同生活長達一個月，想必也沒法克制自己吧。這就是他的陰謀。

「這計畫不錯呀。」

富子聽到這淘氣的陰謀，也一同笑倒，點頭同意。

但老實說，富子聽到時究竟是何心情，恐怕只有她自己心裡明白了。
總之富子依照計畫離家養病了。
取代富子照顧武市隨身起居的是吉村寅太郎從老家找來的女孩，他老家在高岡郡津野山鄉北川村。這女孩自然是在山村出生的，卻生得瓜子臉，十分可愛。
吉村偶爾會上武市家探探消息，他每次都問那女孩：
「情況如何？」
可惜武市根本無意出手。
一個月就這麼平安無事地過去了，吉村的惡作劇也成了泡影。當富子終於從親戚家回來時，據說半平太開心不已的模樣曾讓富子感動得紅了眼眶。
武市半平太回來那夜，龍馬照例好整以暇地來訪。
「龍馬，我一直在等你呀。」
武市刻意支開富子。他這麼疼老婆還將她支開，肯定事關重大吧。

龍馬乖乖坐下。
「其實我在江戶的情形是這樣的……」
武市半平太開始道。
薩長土三藩志士密會的場所是在麻布的長州藩邸。此藩邸內有一空屋，之前諸藩志士也常利用此屋集會。
龍馬在江戶時也曾與桂小五郎在那裡痛飲一、兩回，因此能夠想像該處的情景。
「那從前是間髒兮兮的空屋呀。」
「現在還是很髒。不過我在那裡第一次見到櫻田門十八烈士（十七名水戶人、一名薩摩人）所寫的長篇斬奸狀，當場感到渾身熱血沸騰。眾人話題重心自然放在絕不可讓他們鮮血白流的論點上。說著說著，群情越來越激動，最後大家一致認為應打倒幕府。你認為如何？」
「不錯啊。」

龍馬道，還邊忙著揪鼻毛。

「龍馬，你怎麼在揪鼻毛？太不正經了吧！」

「是喔。」

龍馬縮回手。

「倒幕由薩長土三藩聯手進行。可惜三藩雖為代表西國的大藩，各藩卻都被俗論所支配。」

「哦？」

正如武市所言。

各藩重臣背負著三百年來的傳統包袱，只知維持主君家傳之業，對幕府畏懼有加，要他們顛覆幕府真是談何容易。

聚集在麻布藩邸空屋中的三藩志士並非政權掌握者，故一切皆為紙上談兵，純屬書生之論。

「總之，」

武市雙頰泛起紅潮。

「倒幕計畫預定明年實施。待時機一成熟，三藩兵士便同步集結至京都，高揭勤王的義軍旗幟，公開擁戴天皇。為此我們必須先各自返回所在之藩，說服重臣及藩主，將藩論導向勤王倒幕之軌。」

「勤王倒幕」

這個詞在歷史上首度當成實際運動的政治用語，就是眾志士在麻布空屋密會時提出的。以往的語彙都是「尊王攘夷」，而使用「倒幕」這種極具衝擊性的語詞應肇始於此時。

「只是，可能成功嗎？」

這簡直是癡人說夢。

薩、長二藩的政情也好不到哪兒去。不過土佐藩中，舉凡藩主、參政、上士，全是些頑固的親幕派，以武市的能耐，要顛覆他們的想法簡直比把五台山翻過來還難。

「因此我希望集結眾人之力。」

「眾人之力？」

「就是將原本住在土佐七郡山野各處之鄉士集結起來，組成勤王黨。龍馬，就由你來擔任首領。」

「半平太，你自己當吧。」

龍馬拒絕並無特別理由，只是覺得如此集眾人之力，像一揆（編註：農民武裝暴動）般發起暴動，似乎與自己的興趣不合。龍馬認為另有適合自己的道路。

「好吧，那就由我來當首領。不過，龍馬，你要是不幫我，我就麻煩了。」

「我當然會幫你啊。」

「龍馬，來，擊刀起誓！」

武市將南海太郎所鑄的大刀橫放膝上，握住刀柄，這是自古以來武士起誓之法，使刀鍔發出「鏘」的響聲，即表示「一言既出，駟馬難追」。

但龍馬只是笑著說：

「擊刀起什麼誓啊？」

這下武市也傻眼了。不是才剛說明過嗎？

「龍馬，就是這樣。咱倆一起行動，生死與共，彼此聯手促使藩論統一，組織倒幕之義軍。就是這樣。」

「我才不跟你以刀起誓。」

「為什麼？」

「半平太，你也知道，我這個人啊，不知什麼時候會改變心意。就算跟我以刀起誓，你也沒法就此放心吧？」

「我真不敢相信！」

「不過我發誓一定要推翻幕府。只要我坂本龍馬活著，一定要推翻幕府。不過是以我自己的方式。」

「什麼方式？」

「這我還沒找到。」

「你真是個怪人。」

武市忍不住大笑。

龍馬卻沒有笑。

「在找到自己的方式之前，我會協助你的壯舉。」

「你真怪。」

「我哪裡怪？世上還有人隨隨便便就擊刀起誓，那些人才怪吧？」
「龍馬。」
武市一本正經道：
「你跟我是好朋友。雖然是好朋友，個性卻有天壤之別。不僅個性不同，想法也不同，分道揚鑣之時遲早會到來。不過目前仍希望你協助我組織土佐的勤王黨。」
「我願以刀起誓。」
龍馬說著擊響自己佩刀的刀鍔。
武市也重新抽開自己的大刀，再用力插回，使其發出響亮的撞擊聲。
「龍馬——」
武市說著握住龍馬的手。他的手掌很大，龍馬比他更大，兩人彼此緊握時，內心都如漲潮般激動不已，感覺天下之計似乎已成功了一半。
——天下英雄，唯君與我。
兩人都有如此感慨。認為他們是誇大妄想狂的人，請儘管笑吧。但龍馬難得眉頭深鎖，滿臉正經，而武市也一臉嚴肅。不一會兒，武市眼中竟流下兩行眼淚。
「龍馬，武士之生命無論何時結束都果斷不戀棧。而我們這一生，從今日起就注定走上戰場了。」
「半平太，冷靜冷靜。」
龍馬大聲道。
隨即笑出聲來。過了一會兒，龍馬也熱淚盈眶，終於忍不住潰堤而下。
翌日開始，龍馬幾乎每天都不在本町筋一丁目的家。
他每天都到半平太家討論武市在京都決定的密謀事宜。
此時天氣酷熱。
過了大約十天。
走在路上的龍馬拉開衣領，讓風灌進衣服裡。他這天也是朝東走。高知的城下區是沿潮江川（鏡川）東西綿延的長形市街。龍馬家位於此市街之西，而武市家的新町田淵町則位於東端，中間相隔十七、八丁。

一路上遇見八、九名熟識的鄉士。

大家看到龍馬都露出意味深長的微笑，打聲招呼便錯身而過。

「呵呵，大家看來都心照不宣嘛。」

是密謀一事。自武市回來，武市和龍馬已將此密謀暗中告訴幾個帶頭的年輕鄉士，大家都興奮得幾乎跳起來。

消息自然立刻在朋友間傳開了，恐怕連住在土佐七郡最深山的鄉士都聽說了。

因此，當龍馬朝錯身而過的鄉士招呼道：

「天氣真熱呀。」

眾人都露出欲言又止的表情並湊上前來低聲說：

「坂本，拜託你囉。」

有些人甚至沉不住氣地說：

「龍馬，我沒啥用處，不過我不怕死。萬一需要有人犧牲性命時，請指派我。」

這天與龍馬錯身而過的鄉士中，又有幾人能倖存至維新運動之後呢？

那須信吾

安岡金馬

大利鼎吉

個個都在風雲之中犧牲了。

地熱逐漸竄升，土佐七郡的草木也悄悄起了騷動。遲早有一天，地鳴將招來七彩雲朵，引發地震而形成驚天動地的光景吧。

不過龍馬遇見的還不止這些夥伴。他行經播磨屋橋走到菜園場（專種藩主食用蔬菜的園藝場）時，突然碰到一個怪漢。

這人眼神銳利，硬將下巴往上頂，刻意把嘴角擠得向下彎，並使勁板著臉。

「坂本！」

這名壯漢喊道。原來是上回那個安藝郡井口村的地下浪人岩崎彌太郎。

彌太郎自然已經出獄。他後來離開村子，浪居於城下西南的鴨田村，還開了間兒童私塾。現任參政吉田東洋之前曾一時獲罪而被流放至長濱村，彌太郎承蒙東洋賞識，東洋復職後便提拔他為「下橫目」。（編註：低階職務，相當於現在的刑警）

不用說，這只是個卑賤的職位，任務是暗中偵查鄉士的動靜與不軌行為。

「那時多虧你關照。」

岩崎道，卻是一副絕不掉以輕心的眼神。

「這下遇到麻煩人物了。」

龍馬心裡嘀咕。他一定是聽到密謀的風聲，特地到這一帶來偵查的。

「那時多虧你關照。」

岩崎彌太郎又說了一次。

但他眼裡毫無感激之意，反而提高警覺地注意龍馬表情的變化及動作。

龍馬訕笑道：

「彌太郎，你眼神好可怕呀。」

「你現在的職位是下橫目吧？」

「沒錯。」

彌太郎笑也不笑地點點頭。他與龍馬屬同階級出身，卻成了上士的走狗。

「真了不起啊，彌太郎，你長相本就嚇人，現在更像帶屋町閻魔堂裡供奉的閻魔王本尊了。」

「我也是無可奈何，這是承蒙恩公吉田東洋老師推薦而來的工作。我也覺得下橫目這工作不太妥當，但既然當上了，就得鐵面無私克盡職責。龍馬，恩情歸恩情，工作歸工作，你現在打算上哪兒去？」

當然是上武市家去啊，下橫目彌太郎是明知故問。非但如此，土佐鄉士密謀結黨的消息想必也已傳進彌太郎耳裡，因此他這幾天才會四處巡邏打探消息。

「你倒是回答呀，龍馬。」

「彌太郎呀……」

龍馬把手放在懷中，邁開腳步往前走。彌太郎只得與他並肩同行，卻故意稍往左退，以防龍馬突然拔刀攻擊。

「我說彌太郎呀……」

有隻紅蜻蜓在龍馬頭上飛舞，龍馬跳起來試圖抓住牠。

「喂，快說呀。」

「我現在是要上武市半平太家去。你身為下橫目，一定很想知道我們在那裡討論些什麼吧，要不要我告訴你？」

龍馬終於抓住紅蜻蜓了。

彌太郎頓覺毛骨悚然。這個龍馬真難對付。彌太郎一向自負，認為自己是萬中選一的傑出人才，又有學問。若要他寫文章，也能寫出連參政吉田東洋都為之驚豔的佳文。有氣概，又精力充沛。雖當了下橫目，但他已看破下級武士別想有出息，早另有打算，只等時機一到，就要拋開腰間佩刀從商去了。他就是如此自負。

但偏不知如何對付龍馬。這人學問不如自己，但思考方式顯然異於常人。他在想什麼，會說出什麼話來，連彌太郎如此人才也猜不透。

眼前就是如此情況。

「彌太郎，我考慮謀反。」

「啊？」

這人真難纏啊，彌太郎心想。

「是顛覆天下的大謀反哪。你不必驚訝，一個嶄新的日本，即將從土佐這窮鄉僻壤誕生。」

「少吹牛了！」

「我這可不是吹牛。彌太郎，你現在所站之處，亦即土佐高知的菜園場前這塊土地……」

龍馬蹲下身子敲了敲地上，又接著說：
「即將成為轉動世界的主軸。」
吹牛吹得這麼離譜，身為下橫目也無從取締。
已有十人聚集在新町田淵町的武市半平太家。
「龍馬，怎麼這麼晚才到？」
半平太問道。
「喔，因為路上遇到岩崎。」
「什麼？你是說下橫目岩崎嗎？」
自恃刀術高強的島村衛吉說著就想起身衝出去。
河野萬壽彌（後改名敏鎌，維新後陸續擔任內務、文部、農商務、司法大臣等職位，後受封子爵）等人已衝出房間，他們打算抓住岩崎。
「別衝動，他也是任務在身嘛。」
龍馬扔下佩刀一屁股坐下。
半平太唰地展開一張紙卷。
「龍馬，歃血為盟的誓文已經擬好草稿了。」

說著揚了揚他的大下巴。
「哦？寫好了嗎？」
文筆真好。
這篇文章由大石彌太郎起草，他是城下國學專家鹿持雅澄的高足。
大石頗有國學素養，因此寫的是和漢交錯的佳文，內容卻十分激進。
——堂堂神州遭夷狄之辱，自古相傳的大和魂（日本精神）如今已蕩然無存。
文章以此起頭，全文共四百餘字。句句齜牙咧嘴，吐出烈火般的氣息。
——喚起你心中的大和魂，與異姓兄弟團結起來！（中略）揚起錦旗，團結一致，共蹈水火！
「如何？這可是大石耗費三天三夜、絞盡腦汁寫出來的。」
「不錯。」
龍馬雖這麼說，但其實以他的個性，根本不喜歡這種「佳文」。他天生討厭裝模作樣，但他也明白，「佳文」有時會有意想不到的功用，就像酒一樣。尤其這種情況，這篇四百餘字、如詩般美妙的激勵文章，應足以灌醉七郡眾志士吧。

「那好，龍馬，簽名吧。」

半平太把硯台堆過來。

龍馬毫不猶豫地拿起筆，大大寫下「坂本龍馬直陰（後改為直柔）」，然後拔出短刀，小指抵在刀尖用力一刺，擠出足夠的血再摁到紙上。此即血印。

後來歃血為盟的人逐漸增加，最後竟多達一百九十二名。

此外，因故未能參與簽名、押血印，卻以同志自居者約百人。

合計共二百數十人。

其中多數死於幕末風雲。維新後仍倖存的少數人中，則有田中光顯、佐佐木高行、土方久元、河野敏鎌、岩村通俊、清岡公張、南部甕男、尾崎忠治、野村維章、岡內重俊、中島信行、小幡美稻、片岡盛馬、石田英吉、岩村高俊、岩神昂、古澤滋、大江卓、安岡良亮、齋藤利行、西山志澄等人成為維新政府的顯要官員，而躋身華族之列。

連署者中也有數名上士，應是在武市巧妙的勸誘之下加入的。

這二百多名年輕人一般稱為「土佐勤王黨」。既然人數如此眾多，藩方面自然也不敢輕易對他們下手。

「龍馬，你聽那是什麼？」

武市半平太豎起耳朵。

門外傳來激烈的叫罵聲，似乎吵起架來了。

「吵得挺凶的，聽起來好像是島村跟河野的聲音。」

「好，我去看看。」

龍馬站起身來。他已猜到大致情形了，一定是島村衛吉和河野萬壽彌逮住藩的下橫目岩崎彌太郎了。

「彌太郎真笨，剛剛要是直接回去就沒事了，他一定是跑來偷偷查看了。」
龍馬到門外一看，果然如他所料。
島村衛吉揪住岩崎胸口，而河野則繞到他背後。
「岩崎，還不老實說！你剛剛在做什麼？」
「放開我！」
岩崎道。
他雖被揪住胸口，仍十分沉著。
「你眼睛放亮點，敢對官差無禮，一定要你吃不完兜著走！」
「哦？你還挺自傲的嘛。要是連你這種臭官差都怕，還能談什麼國家大事啊！」
島村談起天下國家大事就不禁豪氣干雲起來，區區藩官差似乎也不足為懼了。
龍馬看了覺得好笑。
「河野、島村，放開他！」
「不，即使坂本你代為求饒，也不能放開他！岩崎這鼠輩竟敢偷窺百姓家！」
「我知道了。」
龍馬扭開島村揪住岩崎胸口的手，又道：
「喏，岩崎，念你也是公務在身，你大概真的偷窺了吧。換成我是官差，我也會這麼做的。所以，不如你也一起來吧。」
「去哪裡？」
岩崎嘔氣地說。
「到屋裡去。」
「咦？」
「聚集在這屋裡的人正俯仰無愧地商議大事。你乾脆把情況寫下來，直接呈報給藩廳吧。」
「坂本！」
河野萬壽彌聞言大驚。
「這傢伙可是下橫目呀！」
「我知道。不過岩崎彌太郎也是條漢子，你們看他的臉。」
岩崎不悅地擠出可怕的表情。他的臉就像岩石刻出來的一樣冷峻，實在教人不敢恭維。

「這就是好漢的相貌。河野，島村，你們倆若也是好漢，就該當他是好漢，否則怎能平定天下呢？」

「是這樣嗎？」

河野與島村都是龍馬的崇拜者，立刻就聽話了。可岩崎彌太郎卻偏不聽話。

「坂本，我不會領你的情。」

說著便朝菜園場方向揚長而去。

「真是個硬脾氣的傢伙。」

有趣的是，對龍馬而言，與聚集在武市家中的志士相較之下，岩崎反而更具男子漢魅力。

龍馬與半平太長談直至天黑，起身告辭時已是戌時將盡。

源老爹特地從本町拿著提燈來接他。

老爹為龍馬照路時心情似乎很好，大概是他在等龍馬的時候，武市夫人拿酒款待他了吧。

…………

「武市老師的夫人，人真好啊。」

老爹真現實啊。

「人的確很好。」

「少爺，您也該早點娶親啦。」

「不娶不行嗎？」

「當然不行啊。還是說您早就有心上人了？要是這樣的話，一定要告訴我老源喔。」

源老爹似乎永遠都把龍馬當成小孩子。

「我會替你去向權平大爺說。難不成少爺愛上的是無法結親的對象？」

「你說誰啊？」

「福岡大人家的田鶴小姐啊。」

「胡說八道。」

龍馬踢開路旁一顆石頭。田鶴小姐注定與他無緣，一個家老的妹妹和一個鄉士家的次男是不可能結為夫妻的。

「少爺呀……」

源老爹擔心地說：

「想了也是白想，卻又老是牽掛著的話，男人終究會頹廢喪志，甚至會變成窩囊廢喔。」

「我看起來像窩囊廢嗎？」

「這個嘛……」

看起來似乎有點像。

在源老爹的眼裡，龍馬好不容易獲江戶首屈一指之劍道道場頒發「免許皆傳」資格，沒想到返鄉後既不開道場也不娶親，鎮日不務正業，實在是太不正常了。

「看來我對少爺您是看走眼了。」

他嚴厲地說。

仔細想想，當龍馬還是個尿床的笨孩子就看出他將會有出息，且還「不，不，少爺將來一定有出息的」一再向龍馬亡父及其兄權平如此擔保的，除乙女之外，就只有這個源老爹了。

「快娶房好媳婦分家吧，我老源會跟去伺候您的。」

「我真會有這一天嗎？」

龍馬抹了一下臉，又道：

「老爹，土佐恐怕關不住我喔。」

這是土佐方言的說法，意思是自己不適合在狹小的土佐發展。

龍馬有此直覺。他雖十分贊成土佐的勤王黨，但實在不適合與島村、河野之類的單純志士同聲吶喊。

「不過也只能暫時和他們一起幹了。」

龍馬又踢飛一顆石子。

頭上滿天星斗。

龍馬突然想問星星，到底什麼才是適合自己的天命？

夜風更強了。

待宵月

當時高知城下有四戶富商。

城下的孩童把他們編進皮球歌，唱遍街頭巷尾。

淺井錢多多，
川崎地多多，
上才谷屋古董多多，
下才谷屋女兒多多。

有錢人家也是好景不常。西鄉隆盛曾說：「不為兒孫買良田。」因為財富是不可能永存的。筆者最近到過高知市查訪，發現其中三戶早在數代之前就沒落了。

四戶之中，在高知市內仍維持隆盛家業的只剩川崎一家。正如兒歌唱的一般，川崎家是山林地主，幾代之前開始關心教育事業，並挪出一部分財產經營私立土佐高中，因而廣獲市民尊敬。

言歸正傳，回到龍馬的時代。

上才谷屋雖為商家，卻又是武家，同時也是龍馬出生之坂本家的本家。家業是當鋪，因此兒歌中才會形容為「古董多多」。

之前提過龍馬出生的坂本家與才谷屋家同樣位在本町筋二丁目，各有各的大門，但後門其實是相通的。

一方是武家。

另一方則是町人（編註：工商業者）。

雖屬同族卻宛如兩頭蛇般微妙。龍馬的思考方式與武市半平太等人截然不同，甚至雜有自由闊達的商人氣質，想必和如此罕見的成長背景有關吧。

接著介紹下才谷屋。

此家與龍馬並非同族，是數年前上才谷屋的掌櫃獲老東家批准，以同名另起爐灶後才產生的家系，也是城下屈指可數的富商。雖是商人，對龍馬出生的坂本家總是待之以主家之禮。

下才谷屋有個不可思議的現象，那就是代代出美女。

這一代生了四個，全是女兒，且個個貌美如花。

「下才谷屋花園。」

城下百姓如此稱道。

長女招贅，中間兩人已出嫁，如今只剩么女待字閨中。

她名為美以。

十七歲。

龍馬從小就特別疼愛美以。到城下賞梅或賞櫻，總是抱著她一起去。

美以和龍馬之兄權平的女兒春豬同年，感情親如姊妹。

兩人個性卻顯然大不相同。

龍馬的姪女春豬生性活潑，總是滿屋子衝來衝去，整天開心度日。大概是遺傳到坂本家開朗的個性吧。

美以卻很文靜，不僅如此還幾乎足不出戶，每次都是春豬主動到下才谷屋找她。

一天，春豬從下才谷屋回來。

「龍馬叔。」

她一見到龍馬，就笑得滾倒在地。

「怎麼？」

春豬朝他擠擠眼，似乎有什麼重大消息。

「龍馬叔，你明天有空嗎？」

春豬開心笑著問道。

春豬臉頰上有些坑洞，真可惜，否則她也算是個美人胚子。

她膚色白皙且臉形圓潤。

龍馬老是叫她：

——河豚，河豚。

一向對這個姪女疼愛有加。

插句題外話，日後龍馬在長崎活躍時，曾多次購買法國製香水和白粉寄給春豬。

當時寫給春豬的信至今仍在。

這回見到外國的「白粉」。

寄給妳，很快就到了。好好塗吧。

稍安勿躁。謹上。

給小麻臉春豬小姐

龍

收信人有時寫成「小麻臉春豬」或作「河豚臉春豬」。

而如今這個可愛的春豬正問他：

——有空嗎？

「嗯，有空啊。」

龍馬答道。其實他哪有空，自結成土佐勤王黨以來，這陣子每天都在武市家待到深夜，忙著接待那些從安藝郡、香我美郡、長岡郡、土佐郡、吾川郡、高岡郡、幡多郡等腰間插著刀鞘殼斑駁的祖傳佩刀遠道來訪的年輕鄉士，根本毫無空閒。

「真的閒得要死嗎？」

「嗯，閒得要死。」

「那太好了。」

聰明的春豬早知龍馬叔與新町田淵町的武市老師正忙著重要大事，根本不可能有空。她這是明知故問。

「既然有空，春豬想求您一件事。」

「什麼事？」

「明天帶我去五台山賞月。」

「啊，已經到了賞月的季節嗎？」

最近實在太忙了，完全沒注意農曆九月的明月正逐漸變圓。明天就是十四日的待宵月，後天就是十五的滿月了。只是，春豬為什麼想看十四晚的待宵月呢？

「因為人比較少啊。」

她若無其事地說。

「人少有什麼好處嗎？」

「嗯。」

春豬似乎心中另有計謀。

「好，明天下午我就要源老爹先帶妳到五台山下的桃木茶館，我隨後就到。」

「隨後就到？」

「嗯，白天我還有點事。」

龍馬若無其事地說，但其實是有要務在身。他打算再出門旅行一趟，明天要上藩廳申請，旅行的表面理由寫的是「因刀術研究，需赴讚州丸龜」。其實他是想四處遊說諸藩之士，呼籲他們共同奮起。勤王運動畢竟不能光靠土佐一藩。

翌日十四日。

龍馬先上家老福岡家遞申請書，太陽西傾時才前往五台山下的桃木茶館。

到茶館時天色已微暗。

但春豬想看的待宵月大約還要半個時辰才會升上天空。茶館主人是龍馬幼時玩伴茂兵衛，他特到玄關來迎接。龍馬問道：

「我家春豬來了嗎?」

「是，早就來等您了。」

茶館主人說完後，又湊上前來。

「不過真沒想到，原來未見過廬山真面目的那位小姐，本人竟比傳聞中還美哪！」

（他是說春豬嗎?）

茶館主人如此客套，龍馬十分驚訝。姪女春豬長得雖然可愛，但也不像他說的那麼誇張，還傳說中遠近馳名的美女呀。

「你過獎了。」

「哪兒的話，我老婆和所有婢女都說眼珠子差點掉下來。」

「看見春豬就傻眼了嗎?這我就不知道了。因為我跟她住在同一屋簷下，一向沒感覺。不過城下果真盛傳春豬長得漂亮嗎?」

「不、不……」

茶館主人茂兵衛換上尷尬的表情道：

「城下盛傳的是她帶來的那位小姐。」

「她帶來的……?」

春豬還帶了人來嗎?

「她帶的是誰?」

「是下才谷屋家排行最小的美以小姐。」

「美以也來了啦?」

龍馬笑了出來。

「她當然美囉。不過我也五年沒見了，真出落得那麼美嗎?」

「是呀。」

「不過，老闆，你可害我家春豬丟臉了。剛才那些話要是讓春豬聽見，她一定會氣得捶胸頓足的。」

「這……」

茶館主人也生氣了。

「都怪坂本少爺會錯意才造成如此誤會的。春豬小姐也算得上漂亮啦。」

「『算得上』?唉，真可憐啊！」

龍馬進了玄關即大步走進走廊，婢女只得捧著燭火緊追在後。

「美以真出落得一如傳聞般漂亮嗎？」

龍馬也為之心花怒放。自己抱著美以在五台山賞梅，彷彿只是不久前發生的事。

龍馬一把拉開紙門。

這房間面東，可惜看不見河川入海的風景，但再過一會兒，應該就能欣賞到月出山巔松林的如畫風光了。

房裡瀰漫著焚香的香氣。

春豬心裡有個不能老實告訴龍馬叔的計謀。重要的是這計謀已成功了九成。

不管怎麼說，現在她不是已經把龍馬叔叫到這五台山下的桃木茶館了嗎？

聽到龍馬從遠遠的玄關那頭穿過走廊一路走來，春豬就大叫：

——喔！

還動作誇大地對美以說：

「來了，總算來了！」

美以抬起頭來不知所措地望了春豬一眼，隨即低下頭去。她不知該如何是好。

「高興吧？」

春豬對這齣戲似乎樂在其中。

「美以，妳可不能再沉默下去了，一定要老實說出來喔！」

「嗯。」

她點了點頭，但動作並不明顯。

十歲時，龍馬曾帶自己去賞梅，這光景還清清楚楚烙印在美以的腦海裡。當時龍馬因江戶的首期刀術課程告一段落而暫時返鄉，他一路牽著美以的小手，要跳過窪地時，還會把她抱起來。

因為他比自己大上十一歲，在當時年僅十歲的美以眼裡，龍馬已是個體面的大人。

即使只是個十歲的小女孩，似乎也不能掉以輕心。美以自己也嚇了一跳，她當時就清楚知道自己喜歡龍馬。

「我喜歡他。」

如此心情與大人的思春之情並無二致。她當時還是小孩，和現在的黃花大閨女不同，自然勇於即時付諸行動。那天回家之後就對母親阿紅說：

「我將來要嫁給龍馬叔！」

把母親嚇壞了。

女兒雖才十歲，但阿紅心想，女孩子家，這種事絕不能隨便敷衍。

「不行。」

阿紅對美以道：

「坂本少爺是武家出身，又算是咱們（下才谷家）的主君家，所以妳不能嫁他。美以是要嫁給商人才對啊。」

美以雖還是個孩子卻也十分悲傷，那天夜裡連睡夢中都在哭泣。

後來就再沒見過龍馬。

不過春豬幾乎每隔十天就會來找她一次，因此龍馬的消息她瞭如指掌。

幾天前。

春豬正手舞足蹈地轉述龍馬叔的不是及他的壞習慣，卻突然露出難得一見的正經表情。

「怎麼啦？」

美以問道。

「妳不會喜歡上我龍馬叔了吧？」

春豬開門見山問道。美以只好老實招認自己的單相思。

龍馬一進房就大喊：

「哇！妳真的是美以嗎？」

接著就不說話只是一個勁猛笑。

一旁的春豬打抱不平道：

「龍馬叔，這樣對美以太無禮了吧？」

「為什麼？」

「多年沒見，也不好好問候，就自顧自地笑。」

「也對喔。」

龍馬似乎也頗後悔，不過這會兒卻又像看到怪物似地緊盯著美以。

「還好，美以，妳果然是真人啊。」

他似乎鬆了一口氣。

「這就是大自然的奧妙，昔日的小孩終於長大成人了。」

「這不是廢話嗎？」

春豬忿忿不平地拍打著榻榻米。

「長大成人有什麼好奇怪的。」

「沒錯，是沒什麼好奇怪的。不過……」

「還有不過？」

「多虧美以的身體，我終於了解，不管我龍馬再怎麼渾渾噩噩過日，天理仍運行不休。」

「真討厭啊。」

春豬也拿他沒辦法。這個叔叔真的沒救了。好不容易給你安排這麼齣風流劇，你這可不是硬生生把這英俊小生的角色徹底搞砸了嗎？

酒菜終於送上。

「不管了，我就專心吃我的東西吧。」

春豬如此下定決心。

「美以，喝酒吧。」

「好。」

龍馬為她斟酒。美以雖舉止文靜，但畢竟是土佐姑娘，她若無其事地拿大木碗接受龍馬斟酒，然後一飲而盡。

「好厲害啊。」

美以這才笑了開來。

房間越來越亮，因為月已升起。美以的臉龐映著淡淡的月光，更是美得如夢似幻。

「妳真的很美。」

龍馬假裝現在才發現。

月光越來越亮，龍馬已頗有醉意。

「春豬，美以，妳們到那邊排排坐。」

「咦？」

「我要沐浴在月光下。」

「像這樣嗎？」

兩個女孩依言將膝蓋靠在一起。

「再排緊密一點。」

「這樣呢？」

「就是這樣。妳們倆小時候我都帶過，現在妳們大了，該妳們把膝蓋借我睡一下了。」

龍馬倒頭便睡在兩人的膝蓋中間。不一會兒便陷入熟睡，甚至發出鼾聲。

「美以。」

春豬望著膝蓋上龍馬的臉說：

「妳有什麼感覺？」

「嗯……」

美以也正苦惱。

讓她苦惱的是龍馬的體溫。龍馬肩膀附近很熱，美以全身的血液似乎都集中到膝蓋部位了。

「嗯，美以……」

「嗯？」

「男人的身體好熱喔。」

春豬天真地說。

美以只是低聲回答：「對啊。」

她們倆一直以膝蓋承受著龍馬的重量。

月已高掛天空。

龍馬終於張開眼睛。

「現在是什麼時辰？」

他抬頭望著美以雪白的下巴道。

「嗯……」

美以忍不住心頭小鹿亂撞。

「應該快戌時（約晚上八點）了吧。」

「糟了！」

龍馬彈起身來並抄起佩刀。

兩個女孩連驚叫都來不及，龍馬便已走出房間。

「大概是酒醒了，一時害臊吧。」

只有春豬了解年輕叔叔的心思，暗自覺得好笑。

但美以的心情恐怕不一樣吧。

龍馬衝出玄關。

源老爹立即衝上前來。

「小姐們呢？」

「她們馬上就出來，老爹你幫我請轎子送她們回去吧。」

「那太殘忍了。」

源老爹就愛管閒事。

「少爺怎不送送她們？」

龍馬露出難得一見的嚴肅表情，瞪著源老爹道：

「你告訴春豬，別把真人女孩當玩具耍。」

「玩具？」

「就這樣告訴她。我突然想到一件急事，不從這裡趕下山去會來不及。」

事實上，武市家有人正等著他。這人叫那須信吾，是高岡郡檮原的鄉士。要是有事必須到高知城下，他只要花上一個晝夜就能從人煙罕至的深山裡趕下來，是個鬼怪般的壯漢。他似乎有話要對龍馬說，他約龍馬在深夜見面，由此可見定是難以啟齒之事。

「那麼，少爺您好歹帶著提燈吧。」

「不用了。」

今晚明月當空，路上這麼亮，連龍馬這種大近視也不怕。

他衝下山路，有兩、三隻狐子自他腳邊飛快逃走。

下了山還得往西走上一里多才能到城下。

走下山路，草鞋就濕透了。這裡是濕地。

眼前是一大片芒草。

龍馬像游泳似地把芒草往兩旁撥開。

這時眼前的芒草原突然自動一分為二。

龍馬反射性地打了個滾。三把白刃隨即追了上來。是狐妖吧?是牠們在惡作劇吧?龍馬邊打滾邊尋思。

龍馬在芒草原中不斷打滾,竟滾進了濕地,從右肩到臉上全沾滿爛泥。

龍馬費勁地站起身來大喝:

「你們是狐妖吧!」

「不是。」

人影之一道。

「那就是認錯人了,我是本町筋一丁目的坂本龍馬。」

「知道。」

語氣聽來不是鄉士口音,而是上士。

人影共有三條。

對方既是上士,應該是為永福寺門前事件來尋仇的吧。

要不就是背後有大人物指使。龍馬早知上士個個態度保守,他們對鄉士結成土佐勤王黨一事抱持強烈的反感。

「乾脆殺掉坂本和武市!」

據說血氣方剛的上士中甚至有人撂下如此狠話。

「是那幫人嗎?」

龍馬背對濕地,無奈地拔出佩刀。

「龍馬,你還記得吧?你搶了我的『稚兒』。」

「你是說稚兒嗎?」

這話讓龍馬十分驚訝。

男色之道中的愛人,在土佐稱為稚兒。土佐、薩摩等南國武士還殘存此戰國惡風,年輕武士之間的男色行為可謂家常便飯,要是稚兒被奪,多半會演變成流血事件。

有一首關於土佐年輕武士的歌。

要摸俺的童僕就儘管摸呀,

俺腰間的朱鞘可不是插好看的唷！

這根本就是野蠻風氣，但此惡習一直到二、三十年前仍殘存於土佐。據說這首歌還曾在高知的海南學校（舊制國中）當成校歌般傳誦。

不過龍馬根本不好男色，此事城下的年輕武士眾人皆知。既是如此，好男色者又怎會來尋仇呢？

「其中必有緣故。」

龍馬改採「下段」構式，又問：

「你說的稚兒是誰？」

「是弁之助。」

弁之助是五台山竹林寺的小沙彌。他是個美少年，擁有女人也罕見的美貌，不僅寺裡的僧人，就連城下的年輕武士也為之瘋狂。其實這位弁之助本為龍馬坂本家領地內的農民之子，是龍馬大哥權平將他送進五台山竹林寺的，因此弁之助每到城下，都要順道至坂本家拜訪。

「那種人我可沒興趣啊。」

龍馬大笑。

但他並未掉以輕心。反正對方只是以此為藉口夜襲龍馬，其實應另有原因。

「現在想想，傍晚要來這裡時曾在城下的帶屋町遇見那些下橫目，岩崎彌太郎也在其中。一定是那些人向這些白癡上士告密的吧。」

其中一人繞至龍馬左側。

月亮又自雲間露臉。

起風了。

芒草的花穗彷彿噴灑著銀粉似地迎風搖曳。

「……？」

龍馬想看清對方的長相，偏偏是個大近視，根本看不清楚。

只知其中一人已繞至自己左側。那人緩緩將大刀舉至頭頂，並沉腰前進三尺。從架勢看來，似乎是與藩主容堂一樣的無外流（上士刀法多屬此流派）。
那人猛然揮刀進擊。
「──」
龍馬迅速退後，同時砍向對方刀身。「啪」地一聲，火花四濺。若繼續翻刀砍過去，必能取對方性命，但龍馬卻抽回自己的刀。
「收手吧。」
雙方功夫實在過於懸殊，殺死弱小也毫無光榮可言。龍馬左足已濕透。背後已是濕地，水深二、三寸的水塘綿延數町步（編註：六尺為一間，六十間正方之地為一町步），簡直就是沼澤了。
十四夜的月亮映在沼澤中。龍馬劃開水面的月亮，往沼澤中退後了幾步。
「你們那麼憎恨鄉士嗎？」
對方並未往前踏進沼澤。
「既是男子漢就報上姓名吧，難不成你們無名無姓？」
龍馬故意用激將法。
「……」
「既然無名無姓，我也不必手下留情了，這就將你們一一送上西天吧！」
其中一人大概是被激怒了，他衝動地走進沼澤。龍馬也同時踩著水，上前三步。
對方的刀迎頭砍來。
但龍馬早一步砍中對方右拳，隨即迅速退後。
對方慘叫一聲，手上的刀應聲掉落。他的拇指被斬斷了。砍對方拇指是北辰一刀流的祕招之一，是千葉周作年輕時特為真刀對決鑽研出來的。
真刀對決時，與其用力擊打對方的「面」、「胴」或「籠手」，不如斬斷對方手指來得實際。這道理龍馬也知道。切斷對方手指後再進擊，就像斬靜物般易如反掌了。但龍馬卻未乘勝追擊。
他將刀放回「下段」。
「勝負已顯而易見。」

龍馬道，同時繼續後退。

「再繼續纏鬥下去也是白費工夫。」

他迅速轉身，更往沼澤中央走去。

「膽小鬼！」

另一人踩著水追上來。

「不用追，不用追。咱們土佐鄉士可不像代代飽食高祿的各位，我們還有更重要的事情要操心呢。我坂本龍馬雖渺小，但也不希望在此處被笨蛋砍死，更不希望殺死任何笨蛋。」

龍馬月光下的身影越來越小。

上士們茫然不知所措。

「輸了。」

其中一人道。他目光銳利，但卻有張貴公子的容貌。他名叫乾退助，即後來的板垣退助。

龍馬直奔新町田淵町的武市半平太家。

敲門後，大門立即打開。

龍馬從庭院走向書房，只見紙門後燈火通明。如此深夜，整個高知城下恐怕只有武市的書房還亮著燈吧。

「我是龍馬。」

紙門後方人影一閃。

龍馬走進書房。房內坐著身材魁梧的武市半平太。他面前還有個目光炯炯、雙頰泛紅的壯漢蹲坐著。他就是檮原的鄉士那須信吾，比龍馬年長五、六歲，那模樣彷彿是從武士畫像走出來的人似的，一見就知是個豪傑。

信吾的刀是跟龍馬最初的劍道師父日根野弁治學的，長槍則師從岩崎甚左衛門。功夫絕非泛泛，但最強的當屬他天生超強的臂力。

他的姪兒田中光顯的回憶錄中有如下記載：

> 那須信吾是我祖父濱田宅左衛門之三子，生於文政十二年己丑十一月十一日，幼名虎吉。六歲

時死了父親，由我父親金治代為教育。長大後協助家塾指導習字，孜孜不倦。

他最異於常人之處是腳力，據說跑得比馬還快。從檮原深山到高知城下的險路，以一般腳力而言得花上兩天。但據說信吾卻曾每天佩著大刀，腰間掛著便當，肩上扛著長槍，槍上掛著劍道護具，如此還能飛也似地疾衝下山。

身長六尺，一見到他只想到「彪形大漢」這個詞。臂力較一般人強，又是健腳。塞滿強力火藥的十文目（編註：一文目為三．七五公克，指子彈重量）火繩槍，他只要站著就能發射，且百發百中。不僅如此，姿勢也穩如泰山。

田中光顯在《維新夜話》中如此回憶道。

信吾起初被迫學醫，甚至依醫學生的入門規矩硬是被剃了光頭。但他完全不用功學醫，只知練習武術。

鄉人責怪他，甚至口出惡言，他卻豪氣干雲地回答：

「我要醫治的對象是國家，才不當那種一包藥收三分錢的小醫生！」

當時對醫生的謝禮是一包藥付三分錢。

後來，檮原鄉士同時也是槍術家的那須俊平對他十分賞識，便招他為養婿。其妻名叫為代。

婚後相繼生了兩個兒子。

信吾認為如此即已盡了養子義務，於是不顧養父阻止堅持脫藩，奔走於諸國志士之間。後成為天誅組的首謀之一，戰死於大和。

養父俊平得到消息，震驚之餘曾吟鄉下風格之詩以自慰，詩曰：

以所遺之二孫為力量，

竟也忘卻此身已老呀！

但他自己後來也脫藩。元治元年（一八六四）七月的蛤御門之戰中，與越前藩士堤五一郎以長槍決戰時不幸陣亡。

以上均為後話。

「龍馬，有件重要大事非告訴你不可！」

武市半平太道。剛強如武市竟也一臉蒼白。

那須信吾也湊近身子，但方才臉上的紅潤之色已消失。此事顯然事關重大。

「接下來告訴你的事，千萬不可洩漏。」

「且慢。」

龍馬站起身來。

「你要上哪兒去？」

「井邊。」

「做什麼？」

「我口渴。」

龍馬自顧自走了出去。龍馬本就受不了那種沉重的氣氛及悲壯的表情，這純因個性使然，他自己也很無奈。

「不知道是什麼大事，但總可以開朗一點吧？」

凡事故作悲壯是武市的惡習，也是土佐鄉士的惡習。龍馬之所以突然離席，只是想稍微澆熄他們的熱情。這也是種劍道上的招數，激動情緒受挫之後，反而更能平靜地面對及敘述事物。

但書房中兩人的心情卻非龍馬所料。

「龍馬這傢伙！」

真不正經！那須不悅地說。好不容易打起精神卻被攔腰打斷，他自然不高興。何況正要宣布重要大事的緊要關頭，他竟說「等等，我口渴」，究竟打什麼主意啊！

「哎呀，別生氣。這傢伙就是這德行。」

武市並不認為龍馬態度不正經，但也有點後悔。

像龍馬如此浮雲般捉摸不定的男人，是否該跟他商量這種話題？

「這種話題恐怕不適合龍馬。」

但都已經把人叫來，只得老實告訴他了。

龍馬喝完水回到書房，發現武市及那須兩人仍頂著與方才稍有不同的僵硬表情坐在原處。

「怎麼？開溜無效啊？」

只好乖乖坐到書房一角。

那須信吾的第一句話就讓龍馬大吃一驚。

「龍馬，我將代表同志去暗殺參政（主政家老的新職稱）吉田東洋。」

信吾又道：

「龍馬，你信得過我嗎？你沒異議吧？由我去暗殺，同行夥伴也都選好了。安岡嘉助和大石團藏——」

都是讓人聯想起戰國時代土佐一領具足的敢死之徒。

「半平太，你也贊成嗎？」

「我不贊成，但也沒異議。」

「那還不是一樣？我一點都不贊成。」

「你是不贊成暗殺行動本身嗎？」

「暗殺行動，以及你默許的態度，我都不贊成。這件事能不能緩一緩？等我從刀術研討之旅回來再說。」

「受不了啊！龍馬，你的態度我也受不了！」

那須信吾扯著嗓子道。龍馬板起臉來，那表情彷彿是說：「不准再提！」

那須信吾整個腦子似乎都被「暗殺參政吉田東洋」的主意給沖昏頭了。

「暗殺。」

他提到這兩個字的語氣帶有一點瘋狂。那須信吾認為一定得除掉親幕派的總帥，否則無法扭轉土佐為勤王之藩。

殺人之舉本身就不正常。

想到「殺」的動作，就表示這人的精神狀態已失常。就像走火入魔的狂熱份子，這時不管說什麼都聽不進去。那須信吾目前的狀況就是如此。

「二位！」

信吾以充滿血絲的雙眼輪流瞪視武市及龍馬，接著又說：

「就算你們說破嘴我也不會改變主意。我土佐檮原鄉士那須信吾一貧如洗又無才能，是個不足一提之人，卻擁有一片冰心。入夜後，只要想到國事便耿耿於懷，往往睜眼到天亮而無法成眠。只要元吉（指參政吉田東洋）居於藩政首座，土佐藩就無法成事。」

該將土佐藩如何呢？

武市等勤王黨份子的目的是希望將此二十四萬石之領獻給朝廷。換句話說就是以京都為中心，發起尊王攘夷之義軍。

——笨蛋！

不僅吉田東洋，只要是藩內的高官要員人人都這麼想。

土佐山內家這祿高二十四萬石的諸侯地位並不是朝廷封的，而是藩祖山內一豐因關原之戰有功，獲德川家康所賜。

此情形與薩、長二州迥異。

薩摩的島津家自鎌倉時代起就是當地領主，長州的毛利家也是靠戰國英雄毛利元就征討四鄰而創立的，兩家皆未從德川家康手中獲封一寸土地。此二藩對幕府不講情份也是理所當然的。

但土佐山內家雖同為外樣大名（編註：原與德川家無關，關原之戰前後才加入德川陣營之大名），卻因關原之戰論功行賞而從祿高六萬石的掛州藩一躍而升為祿高二十四萬石的土佐藩。套句吉田東洋的話：

「這一切都是拜將軍家之賜。」

「做人不能忘恩負義。我藩與薩長情形不同，絕不可與他們聯手輕舉妄動。」

不以為然的吉田不管對任何人都如此道。

此人頑固之程度幾乎可稱為藝術。

「男人漢大丈夫也有生活美學的堅持，那就是即使賭上性命，也要頑固地對自己的想法堅持到底。」

他一向如此自我教育。

「元吉頗具才幹。」

水戶的藤田東湖鮮少稱讚他人卻如此形容吉田，可見吉田果然頗具才幹。

「暗殺他實在可惜。」

這就是武市半平太的煩惱。

頑固家老

從戶籍開始介紹吧。

他名為元吉。

號東洋。

生於文化十三年（一八一六），故比龍馬年長十九歲。

家世為上士，是所謂「顯赫之家」。但也非家老家庭出身，是因獲提拔才當上參政的。目前仍住在位於帶屋町的生家。

吉田東洋的頑固倒不是因循姑息的頑固，而是極具攻擊性的頑固。

此個性十八歲時便已萌芽。

他殺了家僕。

殺死家僕的原因，東洋最後並未和盤托出，故城下人也不清楚。但大家猜測是因這名家僕態度不莊重，曾對尚且年少的東洋不敬。

當然沒被問罪。

因為主人殺死自家僕人，在當時並不構成刑法上的犯罪。

但這事件似乎影響了東洋的一生。他事後閉門自省，潛心研究學問和藝術。自己似乎也相當後悔，

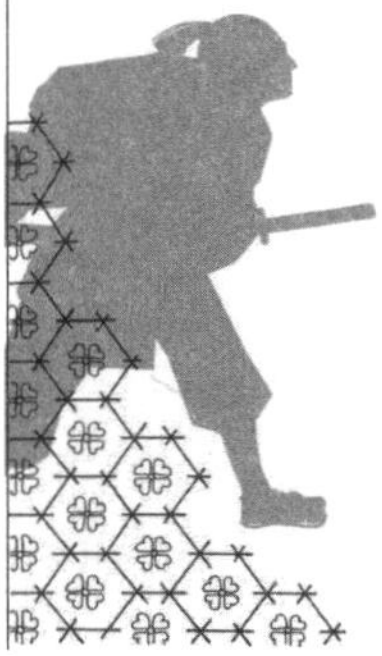

但他生性剛強，並未如文藝青年般想不開，竟在殺害家僕該年結了婚。妻子是同為上士階級的後藤正澄之三女琴子。

婚後生了一女一男。

插句題外話，其女政子嫁的是維新後公卿伯爵大原重德之繼承人重賢。兒子源太郎正春曾擔任維新後外務省及遞信省的書記官，是世人稱頌的英才。可惜遺傳了父親桀驁傲不馴的個性，不喜屈居人下，後來便辭官改經營其他事業。大正十年（一九二一）在東京青山的自宅結束了懷才不遇的一生，享壽七十歲。伊藤博文等人常對身旁的人說，若要延攬土佐系人士入閣，吉田正春應為首選。可惜他終未成為內閣大臣，全因他太有才幹，個性又不夠圓滑所致。

言歸正傳，回到東洋身上吧。

東洋二十八歲那年當上郡奉行。但他可不是單純的官差，他這時已開始針對藩政提出建言，內容涵蓋經濟、人事、教育各方面，常有非凡見解。

這時就學問而言，藩內的文官已非東洋對手，而刀術方面，東洋也屬一流高手。若要辯論，據說也無人能辯贏他。但他也不是單純的才子。

三十二歲就當上船奉行。

土佐是個臨海之國，備有許多作戰用的藩船。但因多年太平，船帆都已破損，帆纜也已斷裂。船長及水手皆為領有固定糧餉的世襲者，在技術上完全不思精進。

東洋對船和海一無所知，但施以數年的激烈訓練後，竟也使得船及船員都成了可用之物，其執行力真令人刮目相看。

不久辭去官職，獲藩主特准周遊諸國，得以與天下知名學者交流並擴充見聞。

三十八歲獲提拔為參政。

藩主豐信（容堂）對身為家臣的東洋總是敬稱為東洋老師，可見他受藩主寵信之程度。

吉田東洋被提拔為參政後不久，便隨藩主前往江戶輪駐，而有機會結識江戶一流名士。當時是安政元年（一八五四），正值龍馬最初到江戶習劍之時。

身為二十四萬石土佐國之宰相，在龍馬一介刀術留學生的眼裡，東洋的地位有如高居雲端之上。龍馬只見過東洋一次，那是在鍛冶橋的藩邸，碰巧見到穿過走廊的東洋身影。

當時正值培里來航事件，江戶上下都擔心明天是否就要開戰而緊張不已，所以龍馬記得當時還覺得他頗靠得住。

「哇，那就是土佐的侍大將了。」

吉田東洋渾身散發著可靠的丰采。

他有張輪廓鮮明、讓人聯想起巨岩的大臉。雙眼炯炯有神，不苟言笑，脖子又粗又短，雙肩寬而渾厚，整個人穩如泰山。不僅如此，全身上下都是鮮豔已極的絹質衣物，裡面還穿著暗紅色帶袖的長襯衣，懷裡藏著麝香，大小佩刀更是非精緻不用。

當時東洋正主演一齣讓藩邸天翻地覆的大事件。那是安政元年六月十日的事。

這天正在江戶輪駐的藩主依例親自宴請與山內家有血緣關係的三位旗本。

這三位分別是山內遠江守豐督、五味釵負豐濟及旗本寄合席松下嘉兵衛重光。

說起這位松下嘉兵衛，《太閤記》中有位同名同姓的武士，是駿河今川家之武將，秀吉年輕時曾在他手下效力。秀吉取得天下之後，特地將他找來，封以高官厚祿。但豐臣家滅亡後他卻轉任江戶幕府之幕臣，往後代代與土佐藩主結有姻親關係。

此代嘉兵衛只會作些拙劣的狂歌及俳諧充裝風流才子。酒品其差無比，一喝醉便無理糾纏愚弄他人，惹得席上眾人都覺掃興。

這天晚上，東洋與同為重臣的澀谷傳奉藩主之命作陪，被迫與山內家眾親族同席喝酒。

但對象可是松下嘉兵衛呀！

酒宴近尾聲時他已爛醉如泥，照例開始酒後鬧事。

「澀谷呀……」

他毫不客氣地糾纏東洋的同伴，最後甚至拿扇子敲他頭。澀谷看在他是藩主親戚的份上，只得默默任他打。

嘉兵衛接著來到東洋身邊，摟住他的肩，拚命搓揉他的頭道：

「毫無用處的大笨頭呀！」

在座眾人嚇得臉都青了。這時東洋竟一把將嘉兵衛用力推開。好戲還沒完呢！他還騎到嘉兵衛身上，使勁揍他。

嘉兵衛大聲哀嚎討饒，但東洋仍繼續揍。最後藩主親自下來，把口中連聲斥罵的東洋拉開，才結束這場騷動事件。

山內家上下一時流行起這首歌：

吉田元吉（東洋），
管他是誰的頭也敢揍，
鮮豔華麗的透矢越後也敢穿。

這是首夾雜著土佐方言的歌曲。「透矢越後」是當時極鮮豔華麗的衣服，因此這首歌的意思是：

——吉田是個豪爽的男子漢，要是惹火他，即便是藩主親戚的頭他也敢揍，卻也勇於嘗試鮮豔華麗的裝束。

關於事後吉田東洋的處置，有人認為該切腹。最後雖未切腹但也遭到嚴懲，不僅撤職還下放返鄉，禁足於高知城下四村範圍內，並遭減俸。

東洋獲罪形單影隻離開江戶藩邸時為安政元年六月十四日。

根據定駐江戶的藩士寺田志齋的日記，那夜適逢大雨，路上泥濘不堪。

關於事發當天東洋的表現，志齋的日記中有如下的感想：

「吉田氏本具才能且學問出眾，故傲慢且自恃甚高，不聽人言，行事一向嚴苛。我早擔心會有今日之事發生，果然不出所料。」

龍馬當時年僅二十歲，自然對吉田東洋的剛強之氣頗有好感。對方貴為旗本又是主君親戚，東洋卻連他的頭都敢打，實為懦弱之當代武士所罕見。

禁足期間為四年。

他住在城外的朝倉村，後遷至長濱村，盡情享受浦戶的海景之美並在此讀書作詩，此外也教育慕名來訪的上士子弟。後來他東山再起重返參政之位時，這些長濱村時代的弟子悉獲安插顯要職位，形成一強固的學閥，極力排擠其他系統之人。無論性格或作風，也都與百年後土佐出身的宰相吉田茂類似，此為題外話。

再插句題外話，長濱村時代所教的城下上士子弟中，有兩個淘氣得讓人束手無策的年輕人。

這兩人名叫保彌太及豬之助，是城下中島町的鄰居，自然從小就是死黨。他們小時候到處玩得渾身泥巴，若找不到共同的打架對象就彼此互毆，直至渾身是血。族人及鄰居都討厭他們，甚至視他們為瘟神。

保彌太與東洋有親戚關係，因此他母親有一天來找東洋泣訴，懇請代為管教。東洋於是應允：

「找一天帶他們兩個過來。」

兩個眼神桀驁不馴的淘氣鬼來了。

東洋刻意誇張地教訓兩人，兩名瘟神也敲著拳頭回應，激辯竟進行至深夜。這下東洋也火大了。

「滾回去！」

他厲聲趕走兩人，但事後想想又說：「這兩人應頗有前途。」於是派人硬將兩人扭跪在地，收為弟子。

東洋復職後，這兩人也獲封顯要職位。

這位保彌太就是後來的後藤象二郎，豬之助即為板垣退助。東洋自有打算，早就開始竭盡所能發掘人才。

可惜龍馬之類的鄉士他卻不屑一顧，因為他的貴族意識極為強烈。

吉田東洋重返政壇高居參政之位是在安政五年（一八五八），他四十三歲時。

接著他便以驚人的行動力陸續發布嶄新的政策。他所採的是富國強兵之策。

不僅如此。

他同時致力在書房中滿足自己貪婪的求知慾。他渴望獲得西洋知識，卻苦於不識洋文，於是命人從長崎取來中國新刊之中譯洋書，還叫人送來當時上海發行的中外新報，希望藉著這些印刷品了解西洋情勢。據說他連理化之學也不放過。

他雖滿腹儒學教養，思想上卻是徹底的開國論者。這一點與幕府的外交方針完全一致，故在武市半平太等勤王黨的攘夷論者眼裡，是個「污染神州的罪人」，是個企圖對醜夷屈服的懦弱武士。他更是支持幕府的反朝廷派，與之前在櫻田門外遭尊王攘夷論者暗殺的大老井伊直弼同類。

「土佐的井伊！」

口口聲聲要殺死東洋的那須信吾就是對他如此憎惡。當然，身為黨首的武市半平太也持相同意見。

文久元年（一八六〇），東洋四十六歲。

這年武市在江戶與薩長的激進志士密會，決議各自返回己藩後努力將藩論統一導向勤王論，以三藩之兵在京都起義。武市帶此密謀返回土佐後即成立土佐勤王黨，並基於密謀之壓力，屢次向參政吉田東洋遊說。

武市幾乎每天都上藩廳申請晉見東洋。

鄉士中只有武市的身分可上藩廳求見參政。武市家雖為鄉士身分，但也是與上士同等待遇的「白札」身分，此情形前文曾提及。

吉田也頗賞識武市學識上的造詣。

「瑞山老師。」

他總是如此充滿敬意與親近之意地稱呼武市。

不過他對武市提出的薩長土三藩同盟論卻極力反對。

「武市君，薩長是薩長，土佐是土佐。」

吉田始終不改親幕態度，對京都朝廷的看法也與武市迥然不同。

「哇哈哈！就憑天皇和公卿，哪能保護國家呀？」

他嗤之以鼻。

「瑞山老師對歷史有所不知。放眼日本歷史，舉凡天皇及公卿作亂之際，必為世間大亂之時。保元平治之亂，南北朝之亂，都是天皇公卿權力慾之產物，而如今他們又想來擾亂世局了。要維持日本之太平，自古全靠源賴朝、足利尊氏、德川家康三位歷代武士兼幕府創建者。」

東洋尤其欣賞北條泰時及足利尊氏，而視他們為亂臣賊子的勤王論者自然無法苟同。

然而如此可怕的論調，由東洋說來卻極其明快，即便武市也不是他對手。

武市焦急不已。與薩長志士之間的密約恐將因東洋的頑固而付諸流水了。

「你說的沒錯，」

龍馬對那須信吾道：

「只要殺死參政吉田東洋，土佐情勢或許將為之一變。但難道只有暗殺一途嗎？」

「我只負責暗殺，接下來的策略，武市兄已有腹案。」

「半平太，什麼腹案？」

「是這樣的……」

武市壓低聲音。

這是椿大陰謀。龍馬聽完後也不禁對武市刮目相看，沒想到這個長下巴（武市的綽號）竟想得出如此陰謀！龍馬內心真是五味雜陳。

其實就算除掉吉田參政，也別奢望土佐勤王黨能立刻掌握土佐藩政。因為勤王黨九成都是鄉士，根本無權過問藩政。

勤王黨中有資格參與藩政的只有白札（準上士）武市半平太，及以上士身分參與連署的平井收二郎、間崎哲馬、土方楠左衛門等少數幾人。

遺憾的是這幾人都年紀輕，威望尚不足以支配藩廳或維持上下秩序。

因此武市是打算與守舊派攜手合作。

那些守舊派就是目前被迫退出藩政實務、在吉田東洋口中「無能、妄自尊大、一無可取」的藩主親族、家老及重臣。

他們代代為世襲之重臣，既無能又無氣魄。不僅如此，因代代享有高祿，故深怕現狀有任何些微的改變。吉田東洋的強烈內政改革方針早已使他們如坐針氈。

「要與那些望族聯手嗎？」

「沒錯。」

武市不悅地摸摸下巴。

「除此之外別無他法，只得孤注一擲了。讓那些被吉田排擠的老臣深尾鼎等人，依家格恢復地位。若提出如此條件，他們一定樂於合作吧。」

「這行得通嗎？」

「哎，不必擔心，只要使用得當，毒藥也可成為良藥。」

「真的嗎？」

守舊派個個毫無思想，但皆為強烈的佐幕派。武市的意思是希望在背後操縱他們，推動三百年來前所未見的「一藩勤王」新運動。

「但那些望族全是些無能的芋頭呀！」

「正因如此，我們更能自由發揮，更容易操縱他們。當然不能讓他們擔任首領，就請小南五郎右衛門擔任吧。」

龍馬也熟知小南，他是譜代家臣中唯一的尊王攘夷論者。武市的構想是要建立一個極左派與極右派聯合組成的內閣，但他的方法實在奇險，龍馬覺得並不可靠。

「沒想到半平太也會想出如此劇本，看來你已越來越壞了。」

「我的確是越來越壞。」

武市半平太承認。

「不過，龍馬，好人的話就寫不成如此大型劇本了。」

「惡人更不成啊。」

龍馬微笑道：

「半平太，你若成為詭計專家，人們就不願擁戴你，無人擁戴便無法成就大事。因此，半平太，惡人終究只能成就小事呀。」

「且慢。」

武市瞇起眼睛質問道：

「你是說我是惡人嗎？」

「我可沒說。」

「你的確說了。」

「我是叫你別成為詭計專家，可沒說你是惡人。」

「這輩子就當一次惡人吧。不過這可不是為了私心，而是為了將土佐二十四萬石之領獻給天皇。為此，即使必須與那些芋頭聯手，即使必須暗殺參政都在所不惜。我半平太將不擇手段。」

「半平太，你瘋了！」

「你說什麼？」

「你寫的劇本完全不切實際。」

「為什麼？」

「全藩勤王只是理想，根本不可能實現。你從以前就崇尚理想，希望一切圓滿，又過度追求理想。為實現理想而焦躁不安，甚至不得不編寫不切實際的劇本。你一定會通盤失敗的。」

「你真會觸人霉頭！」

「半平太，乾脆捨棄這腐敗不堪的藩吧。全藩勤王根本不可能實現。」
「捨棄藩？」
「是啊，還是就此死心吧。同志們一起脫藩，上京去佔領一個合適的小藩設為山砦，擁天子而號令天下。這樣一定很有趣。」
「你這個吹牛大王！」
武市真的生氣了。
「虧我還靜靜聽半天呢，你竟吹牛吹得這麼高興。你這種計畫還不如我全藩勤王實際！」
「才不呢，你才像在畫大餅！」
龍馬也忍不住大吼：
「那你就去當山賊吧，我來當海盜！只要咱倆山海呼應，撼動天下，天下志士必將漸漸聚集而來。只要武力日漸強大，土佐藩自然也會追隨而來！」
「吹牛，吹牛！」
「我呀，半平太，你聽好，」
龍馬一本正經道：
「我認為，若不打破藩的體制絕無法成事。全依家系或門第運作的武士組織絕不可能有所成就，即便除掉吉田參政，即使你的陰謀成功，上面仍有主君存在。依他的想法，你的計畫豈不是又前功盡棄？如此一來，最後勢必連主君也得除掉。」
「除、除掉主君？龍馬，你實在太大膽了！」
「土佐的主君是固執出名的。故若要匡正世局，一藩勤王才是吹牛，反倒組成浪人之軍才有勝算！」
龍馬說完後即倏地起身，拂袖而去。

前往萩城下

龍馬向藩廳提出的旅行申請，批准的速度快得讓人意外。旅行的目的寫明是因刀術研討，必須前往讚州的丸龜城下。

當然只是表面上如此宣稱，真正目的其實是從丸龜直奔長州，到萩城下與長州藩勤王黨同志會面，看看長州藩倒幕運動進行的實際情況。

「萬事眼見為憑。」

龍馬不愛讀書，這是他自然學得的想法。

「武市老是『長州、長州』地掛在嘴上，但若不實際瞧瞧長州有何真功夫，終究不算數。」

即使正如武市的策略，土佐藩上下一統成為倒幕主義者，若長州藩仍舉棋不定，也只會遭幕府各個擊破。

抵達讚州丸龜時已是十月中。

丸龜是祿高五萬一千五百石之京極氏的城下町，城名為蓬萊城，規模雖小，造型卻十分漂亮。

總覺得連商店的門面都比土佐來得優美。

「祿高雖僅五萬石，但京極家在諸侯中也稱得上數一數二的名家，此處不愧是京極家之首府。」

龍馬走過本町通時，內心如此佩服。

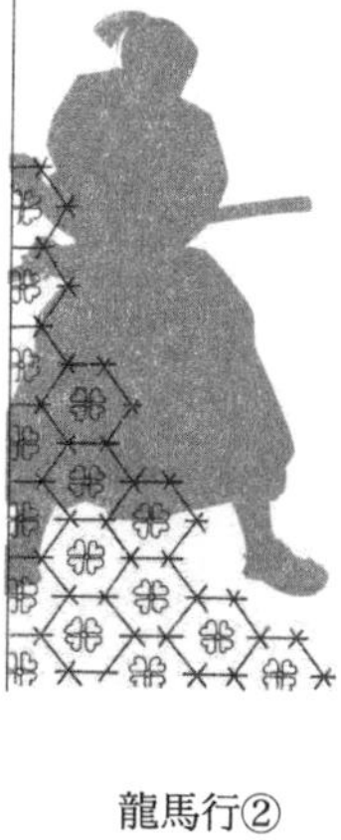

「同樣都在四國，相較之下，土佐簡直是蠻荒之地。」

真奇怪。龍馬來自二十四萬石的城下，卻反覺土佐土氣。或許是因讚州受到京坂風俗的濃厚影響吧。

龍馬走進一家居酒屋。

點了酒菜後問道：

「老闆在嗎？」

「嗯，這個嘛……」

龍馬一看，這小妹長得挺機靈的。難得這麼骯髒的居酒屋裡也有這種女孩。

「妳叫什麼名字？」

「阿初。」

她爽快地回答。

「大爺，您是土佐的武士吧？」

「妳怎麼知道？」

「聽口音就知道了。還有，看臉也知道。」

「臉？」

「因為每個人臉都長得像鮪魚啊。」

「好過分啊！」

龍馬立刻喜歡上這個名叫阿初的小妹。

「老闆要是在家，我是打算問他，在這丸龜城下刀術高強的師傅有哪幾位。」

「您是說兵法？」

這是刀術的舊式說法。

「最厲害的是住在土居町的藤澤玄齋師傅，接下來是擔任藩內刀術指導的矢野市之丞師傅，其他都是些不入流的三腳貓。」

「妳嘴巴真壞呀。我也是土佐的三腳貓，不知能不能申請比試？」

「哎呀，討厭啦，這種事我一個居酒屋的小妹怎麼知道嘛。」

「說的也是。」

龍馬大笑起來。

「那我就問老闆吧，他什麼時候回來？」

「我就是老闆。」
阿初正經八百地說。
「哦？妳就是老闆？」
她看起來恐怕只有十七、八歲吧，卻不似尋常女孩。眼神機靈，體態輕巧敏捷，因此膚色雖稍黑，即使此處為讚岐，亦可謂有江戶作風了。
大概是受姊姊乙女的影響吧，龍馬特別喜歡這種個性爽朗、做事利落的女性。
「這種女人就是我的罩門了。」
他不自覺地傻笑起來。
「有什麼好笑？只因父母早逝，我覺得放棄這店太可惜，所以就接著經營了。」
「不，這店很氣派。」
「真的？」
終究是個女孩兒，瞧她一副開心的模樣。她做事雖一絲不苟，但天真無邪的個性卻使她打從心底笑了出來。那笑容中有著閱歷豐富的半老徐娘所無的純淨性感。
「糟了。」
好像喜歡上她了。
酒菜來了。
「聽說讚州這地方……」
龍馬喝了一口酒又道：
「將大量的運輸船送往京坂一帶圖利，很會做生意。商人間不是有段詼諧語嗎？讚岐男、阿波女……」
「讚岐男、阿波女、伊予的學者，還有，土佐的高知是鬼武士。沒錯吧？」
「對，對，不過『土佐的鬼武士』也說得太過分了吧。」
龍馬苦笑道。
這段詼諧語說的是四國四州人的特徵。讚岐男人特別懂得經商，阿波女子別具魅力，伊予國之人個性穩重，故抑武而擅文。與此三州相較之下，土佐人似乎截然不同，個性較衝動。仔細想想，戰國時發跡於土佐的長曾我部武士也曾翻越四國山脈之天險攻打上述三州，一眨眼工夫便征服四國全境。故對此三州而言，是個必須時時提防的南方侵略民族。

「嗯，妳也喝一杯吧。」

「好啊。」

阿初毫不猶豫地接過酒杯。

幸好才剛過午，店裡沒其他客人。

「妳喜歡喝酒嗎？」

「很喜歡。」

「那就幫我一升一升溫好送來。」

「一升？果然是鬼武士呀！」

接近傍晚時阿初也喝了不少，腳步已略顯不穩。她一向工作認真，白天從未喝過這麼多酒。定是因為對這個鬼武士頗有好感吧。

後來，到了人潮湧現時，一群看似習刀結束、準備回家的城下年輕武士蜂擁而入。

緊接著木工、泥水匠、旅人裝扮的人也陸續進到店裡，大家都是衝著阿初來的。

「阿初！」

「阿初！」

各處席位紛紛傳來叫喚阿初的聲音。這店的規矩是，第一杯酒定由阿初親手斟，故多數客人都期待著自己的第一杯酒。

但今天阿初卻只是敷衍回答：

「好，馬上來。」

卻無意離開龍馬身邊。

——這算什麼啊！那個混蛋！

店裡其他客人不約而同地討厭起這個顯然來自他藩的生人。

「到底是什麼人啊？」

一身旅裝風塵僕僕，頭髮看來已多日未梳，鬢角亂蓬蓬的活像「破不動明王」。但臉上的笑容卻是連男人見了也覺充滿魅力，情不自禁為他吸引。

——看來是土佐人。

聽口音就知道了。

土佐方言不像江戶或京坂話那樣有時也以抑揚頓挫來表達意思。其特徵是每個詞、甚至語尾都必須明確發音，仔細區分且不得含糊。

「喂，旅行的武士！」

一個流氓模樣的人將右手探入懷中同時走了過來。

「你該不會想獨占阿初吧？」

龍馬冷不防地把手探進那男人懷中。

「好痛！」

他的手腕被制住了。拉出來一看，他手上握著的竟是把白鞘的暗黑色短刀。

「手上握著這東西跟人說話，也太過分了吧？」

「你這無賴！」

「你不必逞強。早聽說讚州丸龜城下是個充滿人情味的地方，我是個旅人，才剛到此城下，可別一開始就把我嚇壞了呀。」

龍馬只是抓住他的手腕，但那人似乎很痛，不由自主地扭著身體。

「放、放開我！」

「好大聲呀。」

龍馬以左手拿起酒杯。

「喝一杯吧！」

說著把酒杯塞進那人手裡。

那人一接過酒杯就往龍馬臉上扔了過去。

龍馬頭微微一偏閃過，酒杯只打中後面的牆壁。

龍馬冷不防地放開那人手腕。那人受此反彈力道，不由自主往後空踩了幾步，正好撞上一個剛從劍道場回來的圍觀年輕武士。

「搞什麼呀！」

年輕武士全站起來，一副等著開戰的模樣。

「太無禮了吧？竟把他推過來撞人！」

「那是自然的彈力，真對不住。」

「報上名來！」

「土佐的坂本龍馬。」

「哇！」

眾人全嚇得面無血色。只要對劍道稍有涉獵者，都聽過土佐龍馬的名號。

但對方卻仗著人多勢眾，若其中有任何一人通曉人情世故，就不至於發生如此情況了。

「什麼？土佐的坂本？」

明明身為武士，卻有人捲起衣袖逞強道。這傢伙敢如此囂張，一定是仗著背後有這麼多人撐著。

何況其中還夾雜著地痞流氓。

「諸位大爺，小的是城下人口中的『土器德』，我今天是豁出去了，請大家站在我這邊。」

「原來他叫『土器德』呀。」

龍馬心裡覺得好笑。城下的確有條名為土器川的河，這人想必是在此河邊出生、名喚德七之類的吧。

「土器德，別衝動！」

土器德這傢伙還挺討人喜歡的，龍馬心想，對他竟產生一股莫名好感。他明明故作猙獰，那臉卻活像缺了壺嘴的土製茶壺。

「上呀，上呀！土器德！」

後面的年輕武士鼓噪不休。他們人品如此低劣，看來大概是些徒士（編註：最末階之上士）的兒子。

「土器德，別衝動！你是靠男子氣概為業的，或許很難就此收手。但要是不小心受了不必要的傷，在鎮上可就更抬不起頭來了喔。」

「你給我住口！」

土器德突然刺出短刀。龍馬抓住他的手，將他拉出店外。

「土器德。」

龍馬道：

「我給你錢，你給我老實點。」

「我不要！」

他把龍馬塞在他手中的一朱銀扔掉。

「你不要嗎？既然你不要錢，寧可吃我這巴掌，那我就成全你吧！」

龍馬說著放開土器德，隨即朝他右頰重重揮了一巴掌。

土器德往旁邊飛了大約兩間的距離，然後重重跌在地上。龍馬的手勁真不可思議。

「這個傢伙竟敢對武士動手？那一朱銀是賠你那一巴掌的，拿去吧！」

龍馬說完後走進店內。

年輕武士大氣都不敢喘，但有個臉上有長年戴劍道護面具痕跡的人，大概餘威尚未完全消失吧，竟對龍馬道：

「哼，毆打身分卑賤之人有什麼好得意的？」

龍馬十分驚訝。身為如此顯赫之藩的武士，人品應該好些才對。看來自己偏巧遇上京極家最惡質的武士了。

龍馬坐下並命令道：

「阿初，酒都涼了，幫我重新熱過。」

然後瞪著一旁的年輕武士道：

「別拔刀，千萬別拔刀。武士若拔刀，必有人死傷。無論輸贏，雙方都得受『改易』的懲罰。還是別因一場微不足道的爭執而失去祖先傳下的家業及俸祿吧！」

他咕嚕灌下一杯酒後，又道：

「如何？還是讓土佐的傻子請一杯酒吧？」

說著惡狠狠地環視眾人。那是準備稍不如意即大開殺戒的眼神，年輕武士個個嚇得面無血色，甚至渾身打起哆嗦。

「啊哈哈哈！」

龍馬態度驟然一變。

「武士真慘啊。只是隨便發生打鬥，重則切腹，輕則遭改易。」

龍馬的語氣以文字描述起來似乎充滿惡意，眼神卻不是這麼回事。他環視在場的年輕武士，那眼神溫柔得彷彿望著心愛的弟弟。

年輕武士個個低下頭來。

都被龍馬折服了。

「好迷人的眼睛啊。」

阿初一陣陶醉。她店裡都是男客，可謂閱人無數，卻從未見過眼神如此充滿魅力的男人。

「武士分別割據於三百多個藩，各有各的身分、階級，彼此看不順眼。諸位想必就是因此才不接受來歷不明的土佐藩士敬酒吧。若只知區分什麼丸龜的京極家還是土佐的山內家，國家就要滅亡啦！」

「好，坂本師傅。」

一名年輕武士站起身來道：

「我願接受你的酒。」

「別這樣，像你這般馬上服服貼貼地順從也有點恐怖。我不會請你喝酒！」

以年輕武士的角度來看，這等於是被耍了。

「如此放眼望去……」

龍馬似乎打從心裡高興。

「你同伴中還有人忿忿不平，怒目瞪視著我。那才是將來能成就大事之人。」

「是。」

「不過在這喝酒的地方遭人如此瞪視，可貴的讚岐美酒都吞不下去了。你去跟那些人好好商量商量，若真有此意，不如人家就把這店包下來喝個痛快。」

說完後站起身來。

「您要上哪兒去？」

「阿初，我想睡一會兒。妳有棉被吧？趁我小睡片刻時，麻煩妳勸勸這幾位大爺，讓丸龜藩和土佐藩和好如初吧。」

「我帶您上二樓去。」

阿初率先領路。

「——完全不把人放在眼裡的傢伙！」

氣不過的年輕武士低聲罵道。這人是丸龜藩御馬迴役松木十郎左衛門之次男，名為松木善十郎。

他是藩之師範矢野市之丞的高徒，目前擔任代為指導門生的師範代，據說本領已超越其師。他不僅是這些劍道同學的領頭角色，武功也不在話下，自然只有這位善十郎仍充滿火藥味。

龍馬請阿初在二樓為他鋪了棉被，倒頭便睡。

隨即大聲打起呼來。

「真是個怪人，但似乎頗有膽識。」

聰穎伶俐的阿初心想。

阿初一下樓，松木善十郎就板著臉問道：

「那傢伙到丸龜來究竟有何目的？」

「他說是來切磋刀術的。」

當然阿初早就看出那只是表面說法。

龍馬是打算他日若有需要，即拉攏丸龜藩。

這回旅行就是為此計畫而來。正如武市戮力進行的，若只有土佐藩鄉士奮起，終究無法成就天下大事。

必須在其他藩內製造同志。

換句話說就是要遊說。

話雖如此，龍馬口才不好，因此他打算以自己的方式製造同志。

「雖是個僅五萬石的小藩，想必也有派得上用場的人吧。」

龍馬注意到那位忿忿不平的武士，他好像叫松木善十郎。

「那傢伙一定能派上用場。」

他沉沉睡去。張開眼睛時，房中已是漆黑一片。

「哎呀，天都黑了。」

正想起身，發現房間一隅似乎有人。

「什麼人？」

「是我，阿初。我這就把燈點亮。我還以為您死了，特來查看情形，沒想到您鼾聲真響呀！」

「啊？」

龍馬苦笑著起身。

「樓下那些人一定等不及了吧？」

「您想太多啦。」

阿初忍著笑道：

「怎麼可能還在傻等啊。一個外地人，還讓人家等，自己卻醉醺醺的沉睡不醒。丸龜的武士再傻也不可能等那麼久吧。」

「這樣嗎？」

龍馬忍不住笑了起來。

「大家似乎都生氣了，說要趁天黑來殺您呢。」

「騙人，那些刀客哪有這麼帶種的。大家一定早都自找台階鳥獸散了吧。忿忿不平、繼續大罵的，應該只有松木善十郎吧？」

「沒錯。」

阿初試著擊打點火石，但大概是受潮了吧，竟無法順利點著。

「點不著嗎？」

「我明明很會點火的呀。」

其實是因阿初的手不住顫抖，她希望黑暗持續下去。

「阿初，那個叫松木的傢伙在城下的年輕武士中受歡迎嗎？」

「我看呀……」

阿初的聲音中並未帶有太多的敬佩之意。

「他雖出身大戶人家，但從小就是個孩子王。即便已行成年禮，也老是在那條土器川的河床上，聚集下級武士的孩子玩打仗的遊戲。因此到現在仍相當受身分低下者的擁戴，打完仗後總是一起來喝酒。」

「原來如此。我還真有點想死在他手下。」

龍馬拍手道。要是能拉那個松木善十郎做為自己同志，一旦有需要時，應能從丸龜召集幾十個人來吧。

「這人腦袋是不是有問題啊？」

這時總算點燃引火的木條，阿初把火引進座燈。房間霎時亮了起來。

「太好了。一片漆黑之中和年輕女孩獨處，真教人悶得喘不過氣來呀。」

「這人一定是因為這樣才喋喋不休的吧。」

阿初有點失望。原本還心頭小鹿亂撞，期待這人會撲上來抱住自己的，如今已不抱期待了。

「肚子餓了嗎？」

「餓了。」

「我立刻去準備。」

阿初板著臉站起身來。

她並非黃花閨女。因為阿初做的是這種生意，已有兩、三段男女關係，但那些男人都十分愚劣，她尚未遇見真正的男子漢。

「阿初，請妳幫我找家旅館。」

「您會住上一段時間嗎？」

「這個嘛，要到城下道場踢館，所以大概得住個四、五天吧。」

「不如乾脆住在這裡吧。」

阿初鼓起勇氣道，然後從座燈照不到的暗處偷偷窺伺龍馬的神情。

龍馬擤著鼻子。

一陣水桶破底般的聲響。

「啊，就這麼辦。」

龍馬又道：

「不過這裡應該有男僕在吧。」

「沒有，只有每天來的女僕。」

「這樣太不安全了吧。醜話先說在前頭，我品行可不怎麼端正啊。」

「是嗎？」

（量你也做不出什麼驚人之舉。剛才明明還說自己不喜歡兩人在黑暗中獨處的。）

街上已是一片死寂。

丸龜城下與高知完全兩樣。雖未明文規定，但日落後禁止四處遊蕩。

「現在是什麼時辰？」

「剛聽到戌時的鐘響，所以店已經……」

「收店了嗎？哎呀，讚州丸龜京極大人的城下黑夜還真漫長呀。」

「高知的城下呢？」

「喔，那地方可是通宵達旦哪。喝酒的喝酒，高談闊論的高談闊論，就連百姓也會讀讀書，不過年輕人有時也會出門當個『搔鈎客』，因此人們精神越來越亢奮。現在那裡正熱鬧著哪。」

「什麼是『搔鈎客』？」

「妳對高知的事知道不少嘛。」

「您怎麼這麼說呢？還不是因您剛剛提到『搔鈎客』。」

「啊，對喔。」

酒精似乎還殘留在他體內。

阿初為他準備晚餐。

「妳也吃吧，這樣在旁服侍我，會把我逼瘋的。」

「那我也吃一點吧。」

阿初也坐到桌前來。

她個子雖然嬌小，食量卻頗驚人，咀嚼醃蘿蔔的聲音十分清脆悅耳。

「啊，我想起來了。您剛剛提到『搔鈎客』，那是什麼？」

「那個嘛……」

搔鈎客這方言的漢字該怎麼寫，龍馬也不太清楚。

男女上了七歲就不再同席，這時代推行的是如此嚴謹的儒教規矩，唯獨土佐的高知城下比較隨便。

有女待字閨中的人家常會邀請年輕男女扮演搔鈎客到家中來玩。女孩的雙親會竭盡所能招待這些搔鈎客，卻未必能從中選到中意的女婿。而搔鈎客中也經常有人彼此看對眼而結婚。

還有個奇特的風俗，那就是搔鈎客必須變裝前來。上士或鄉士之子扮成農民，批發店的老闆扮成救火員。至於女孩們則頭戴黑漆斗笠，肩上扛著串串紫藤，變裝成歌舞伎旦角藤娘。

大家入夜後就來了。

一直喧鬧到翌日清晨第二輪雞啼為止。眾人輪番表演長崎魔術、左衛門舞或淨琉璃（編註：以三味線伴奏說書）等。不具特別才藝的人也唱兩、三段自己編的歌謠。

「好像很好玩。」

阿初冷冷地說：

「坂本大爺也是透過這種搔釣客活動娶到太太的嗎？」

「不，我沒老婆。」

龍馬冷冷答道。

這天夜裡，兩人床鋪並排而眠。龍馬昏昏沉沉正要睡著時，阿初突然鑽進被褥中。

——請把我當成您的女人吧。

語氣中卻似乎帶著怒氣。她的身軀嬌小，圓潤而結實，四肢卻燙得驚人。

「妳感冒了嗎？」

「啊？」

「怎麼渾身發燙呀？」

「怎麼這麼說嘛！」

還裝糊塗！阿初心裡暗罵，狠狠朝龍馬胸前揪了下去。似乎下手不輕，第二天早晨一看都瘀青了。

「好痛！」

「還想被捏嗎？」

「千萬別再捏啦！」

龍馬一時慌張竟以土佐方言回答了。

這天晚上阿初終究沒回自己的被窩。

翌日清晨龍馬醒來時，發現阿初已將她的寢具收拾得整整齊齊的。

樓下傳來繁忙的工作聲。她似乎已經起床，正在打掃店內整潔。

「真是個好女人。」

這天還不到中午，松木善十郎便派人來傳話：「希望即刻邀您至敝道場。」大概是想把這個土佐刀客打到無法起身吧。

龍馬趕緊準備，動身前往矢野市之丞的道場。門人立刻為他帶路，領他到客間。小庭院中一株姿態曼妙的百日紅正映著晚秋的陽光。

「冬天就要到了。」

龍馬正這麼想著，矢野市之丞就出現了。果然是個老人，還故意端著架子。

「你就是土佐的坂本囉。」

「──」

嗯。龍馬只是冷冷點頭致意。他本就如此不善交際，但矢野似乎被激怒了。

「來踢館的吧？」

辱蔑之情明顯形之於外。踢館是失業刀客才會做的事，各道場總是包點盤纏就直接趕走。

「不，我應該是應邀前來貴道場的，師範代松木善十郎派人如此傳話。」

「說來失禮，丸龜這邊的武藝很粗暴，若五體毫髮無傷，就不得離開本道場。」

「嗯。」

「門人多數殘暴，為師的我也無能為力。坂本君……」

矢野市之丞狡猾地笑笑。

「你沒異議吧？」

「什麼事呢？」

「本道場一向嚴禁與他派進行比試，但若真不得已，便以『立切』方式對抗挑戰者以決勝負。」

「立切？」

龍馬聞言也大為吃驚。所有門人輪番上陣，不間斷地與挑戰者交手，直到挑戰者累垮倒地為止。

「真想不到。」

龍馬故作沉思道：

「這不會是故意刁難吧？」

「這是為了解貴派之精髓。我們也知貴派北辰一刀流乃當世流行之刀法，故希望能學習其優點。」

松木善十郎終於出現了。他對師傅一禮後，又對龍馬輕輕點頭致意，然後說：

「道場已準備就緒。」

龍馬站起身來：

「會借我護具和竹刀吧？」

「當然。敝派雖粗暴，還不至於徒手進行比試。」

「徒手的話就是相撲了呀。」

龍馬站在道場。

他環視一圈後十分詫異。此派仍遵照古代的劍道練習，這從護具即可看出。雖穿戴「面」和「籠手」，卻無「胴」及「胴」下方的「垂部」。不過劍道護具乃是龍馬之師祖，亦即千葉周作之師傅中西忠兵衛想出來的，因此有些流派堅決反對，有些甚至只使用縫扁的厚棉墊，故若被竹刀擊中便造成瘀青。

此道場似乎也是同樣情形。

「這簡直和真刀比試沒兩樣。」

一不留神說不定就斷氣沒命啊，龍馬心想。

松木善十郎接著便要龍馬挑選竹刀，龍馬神色自若地選了一把長竹刀。

龍馬依此派之規矩戴上「面」及「籠手」，然後走進道場中央。

裁判是此道場的資深門人，有點年紀，名叫神田嘉兵衛。

「是這樣的……坂本大爺，請容我再提醒一次，比賽是採全員立切的方式進行。沒異議吧。」

「沒有。」

龍馬雖如此回答，其實情形非同小可。因為對方有將近三十人。

雖說是一個個輪番上陣，卻是毫不間斷持續進攻的方式。

不僅如此，護具也與北辰一刀流不同，並不完備。因此只要被對方竹刀擊中，身體就不免疼痛，同時很快就會疲勞。萬一倒下，眾人便聯手打到他爬不起來為止。

龍馬握著竹刀行蹲踞之禮。

第一號對手也上場並行蹲踞之禮。

他冷不防襲向龍馬的面部。

龍馬以迅雷不及掩耳的速度擊中對方的身體。龍馬獲勝。對方未著護具的身軀不過受此一擊便已昏厥。

但就在那人將倒而未倒之際，另一人已對龍馬展開攻勢。

這名對手採的是「中段」構式。

正當他將竹刀往「上段」揚起的瞬間，龍馬右腳往前跨了一大步，並擊中對方上揚中的手部。

竹刀飛了出去。

……

下一名的竹刀已與龍馬的竹刀糾纏在一起。

龍馬試著將對方竹刀往上捲起，再輕輕擊打其手部。

這人的竹刀也飛了出去。

「原來這麼弱啊。」

一抓到訣竅，龍馬的刀就使得更輕鬆自在了。

他不費吹灰之力便將十人打倒在道場地板上。但第十一名對手開始就不是那麼容易對付了。

光氣勢就不一樣。

「面！」

龍馬硬是接下這一擊，但身軀也因此門戶洞開。

這是種狡猾的技法。對方在進攻之後應隨即迅速跳往龍馬後方，下一個人趁隙再次進攻露出破綻的龍馬身軀。

此技法龍馬不擅應付，他一步步後退。

事實上有兩人皆採如此技法，但龍馬巧妙閃避，同時把對方的身軀及手部設定為主要攻擊目標。身著此種護具，打擊這些地方的效果最為顯著。

第十五名對手故意讓竹刀掉落，打算直接撲上來扭打。

龍馬巧妙地閃避，並冷不防在他頸部一擊。

不料那人又撲了上來。龍馬再次試著閃避，姿勢卻不知不覺因此走了形。

這時別的對手也上場進攻，龍馬反手在他身軀重重一擊，讓他昏厥過去。但企圖直接扭打的那人仍在一旁虎視眈眈，想趁隙抱住龍馬的身體。這顯然已違規，裁判卻始終保持沉默。這下龍馬也不禁大怒，重重踢了對方一腳。

亂戰。事到如今豈非與戰場無異？

打倒第二十五人時，龍馬已是上氣不接下氣。

手腳的關節因疲勞而失去靈活。

「現在正是好時機！」

坐在中央下座的師範代松木善十郎如此估計。

「我來！」

他以眼神制止下一名對手出場。他朝師傅矢野市之丞一禮後，拿起竹刀站起身來。

另一方面，龍馬已無法保持神色自若的態度。他還以為已保留足夠的餘力，但與二十五人進行立切比試後早已氣喘如牛。如此疲憊根本不可能打贏松木善十郎。

「這下該松木君了嗎？」

帶著「面」的龍馬擠出笑容道：

「那就先把道場清理乾淨再打吧。」

他企圖拖延時間。龍馬的腳邊蜷縮著兩名被擊中肋骨而無法動彈者，還有一名不醒人事者。他言下之意是要人將這些人拖下場去。

「不。」

松木道：

「這是本道場立切比試的規矩，就保持如此狀態。」

「這太殘忍了吧？若置之不理，這些人恐怕會沒命啊。」

龍馬道，同時不斷移動腳步繞圈。若定住不動，血液會凝滯腿上，手腳一旦因疲勞而僵硬，動作就無法靈巧。龍馬就是怕發生如此情形。

「要不就由我來清理場地吧。」

龍馬說著又從容不迫地繞了道場半圈，卻不接近松木身邊。

「不必，就保持原狀。」

松木低聲道。他一直在找機會進攻，但龍馬一直保持十步距離，同時繞著圈子前進。

兩人之間躺著三名門人。

除非松木跳過他們身體，否則就打不到龍馬。

龍馬一邊調息，一邊繼續繞圈。體力總算逐漸恢復，呼吸也漸趨平穩。

夫劍者瞬息。

這是龍馬所屬北辰一刀流創始者千葉周作的終極祕訣。意思是，劍之勝負取決於瞬息。

「而其中要領是……」

千葉周作曾如此道：

心氣力一致。

他曾留下如此遺訓。換句話說心（思考）、氣與刀技在當下時空合而為一。唯有如此才能決出勝負。

龍馬不斷試著讓自己提升至如此狀態。他只是心無旁騖地往前走、往前走。

松木善十郎卻不容他如此。

他倏地拉近雙方距離。

松木跳過一個門人的身體。

接著又跳過另一門人。

「呀——」

他發出叫陣的吶喊。但龍馬仍維持「下段」構式，完全不為所動。

松木以「上段」之姿大幅沉下腰部。

松木倏地跳過最後一名門人身體。正當他彈起之雙足懸在空中的瞬間，龍馬的竹刀也發出巨響。夫劍者瞬息。

松木的身軀遭到重擊，整個人滾倒在道場地板上。

打倒松木善十郎後，龍馬立刻扔掉手中竹刀。

「喏，松木君。」

松木感覺自己肋骨似乎往內凹陷了三寸之多，根本無法起身。

「所謂刀術也不過如此嘛。」

松木抬起頭來，只見龍馬光著腳的雙足逐漸遠去。

「當中的確有其樂趣，我也曾為之深深著迷。但勝者也愚劣，敗者也愚劣。若一輩子只知沉醉在如此勝負之中，世間及國家將無法獲得改善。」

「明明說自己是特地來與其他流派切磋的，現在卻說這種話。」

真是個怪人！松木如此暗想。他想回嘴，卻因胸悶而發不出聲音。

龍馬回到準備室換了衣服，隨即從隨身筆筒取出毛筆，當場寫了一封短信。

「把這信交給松木君。不，等他呼吸順暢一點再給他無妨。」

龍馬把信交給一名少年門人後便離開道場。想當然耳，沒有任何人送他出來。

他立刻返回阿初的店裡。

店裡客人很多。阿初正忙進忙出，腳下的高木屐不停發出聲響，心情似乎十分愉快。

龍馬上了二樓。

他大約沉睡了一個時辰，卻因阿初使勁搖他而醒來。

「糟啦！」

阿初簡短地說：

「你在矢野市之丞道場幹的好事已傳遍這小小城下啦！」
「哦？那又如何？」
「人們聽說那個肇事的土佐豪傑住在阿初的店，這下全蜂擁而入啦！」
「所以我成了阿初店裡的招牌啦？生意興隆很不錯啊。」
「喂，別逗我啦！」
阿初板著臉道：
「那些常客全生氣啦。」
「啊？那可不成啊。」
龍馬彈跳起身爬向樓梯。
「您要上哪兒去？」
「既然給妳的店惹上麻煩，當然不能袖手旁觀啊。我到樓下去安撫他們。」
「不行！」
阿初的語氣聽來毫無商榷的餘地。

「我店裡的事我自己會解決。」
她生性沉著。
「不過，聽說矢野大爺道場的門人絕不容你活著離開丸龜城下。」
「哦？」
龍馬突然仰頭閉上眼睛，一臉嚴肅。
「怕了嗎？」
「怕。」
「那就趁今晚逃走。」
阿初湊上前來盯著龍馬。
「我恐怕有點大意了。」
展現無謂的刀技，害他人名譽掃地。這場刀術切磋本是為了吸收丸龜京極家的年輕武士，沒想到反而製造了一堆敵人。
「龍馬呀，你真是少不經事呀！」
龍馬臉上浮現痛苦神情。阿初不禁打了個哆嗦。

當天夜裡，月亮出來後，大門突然傳來有節制的敲門聲。

——啊！

阿初立即彈起身來，心想一定是矢野道場那幫人來了。她迅速穿好衣服，把大小佩刀遞給龍馬道：

「我去打開二樓的遮雨窗。我這房子屋簷較低，你可以往後門那邊跳下去。」

「咦？要我逃走嗎？」

「廢話，傍晚的時候我不是一直勸你從城下消失嗎？」

說著竟忍不住啜泣。

龍馬站起身來。

「別哭，我最討厭看人家哭了。」

「笨蛋！誰喜歡哭呀！」

「說得也是。」

「你根本不懂啦。」

她抽抽搭搭地哭著，同時不斷搥打龍馬的胸膛。

阿初緊緊摟住龍馬。因為個子嬌小，看起來就像掛在龍馬脖子上似的。

「不過呀，阿初，那敲門聲聽起來不像是來找碴的群眾啊。」

「聽聲音就知道嗎？」

「知道啊！那聲音嘛……是個迷惘的固執之人。」

「啊？」

「只有兩條腿。去應門，要是對方問起我，就告訴他我在二樓。」

阿初依言下樓，拉開門閂，才稍稍拉開遮雨窗，夜風就「咻」地鑽了進來。

「什麼人？」

她點亮油燈。

赫然看見一張憔悴的武士臉，是松木善十郎。

「坂本師傅在嗎？」

「松木大爺，您不是專程來殺他的吧？」

「不是。」

他把信遞給阿初，果然是龍馬的筆跡。阿初謹慎地湊上前去，信上如此寫著：

——國難當前，若閣下有心為天下肝腦塗地，請於今夜親至初女之店一會。恭候大駕。

「——初女之店。」

阿初開心地在嘴裡複誦這段文字。

「所以我就來了。」

「原來如此。」

阿初把信還給他。

「他在吧？」

「在。」

阿初抬頭望望天花板。如雷鼾聲陣陣傳來，天花板幾乎為之震動。

「那是他的鼾聲嗎？」

松木善十郎坐在土間的板凳上。

「我在這等他醒來。」

「要是不叫醒他，那我就別想睡了。」

事到如今，阿初也不得不現實一點。

她連忙回到二樓叫醒龍馬，要他換上衣服，然後把他推下樓。

龍馬為松木善十郎詳細說明眼前的天下大勢。

當時自然沒有報紙或收音機之類的東西，天下之人對時事的無知程度遠超乎我們的想像。

更何況松木善十郎住在讚岐五萬石的丸龜城下，自然對江戶幕府的軟弱、外國使臣的強勢外交及水戶攘夷派的種種騷動之舉（幕末水戶藩志士率先掀起激烈的尊王攘夷行動，但隨即恢復平靜。龍馬此時期所謂的激烈活動發源地，指的就是水戶）一無所知。

一旦知道，便如火苗被點燃。龍馬早看出他天生個性容易激動。

「這絕不能袖手旁觀！」

松木激動地大喊。

「來來來，喝酒。」

龍馬為他斟酒。仔細想想，松木白天才剛被龍馬痛毆，晚上竟來聽他闡述日本深陷空前國難的情形，不僅如此還依言喝了酒。如此看來，若非個性怪異，就是腦子有問題。

「我願意幹！」

松木雙肩顫抖地說。

龍馬絕不會說出「就不知道你能幹什麼」這種傷人的話。事實上就連龍馬自己也不知道究竟要幹什麼。正因如此，他才要去長州。

不過當時的武士可不是我們這種尋常百姓，他們是武士。武士說：

「我願意幹！」

即表示他願意犧牲性命。若要求松木切腹，恐怕他當場就真的切腹了。明治維新這齣偉大歷史劇就是靠武士如此異常精神推展開來的，這點與其他國家的革命迥然不同。

筆者在此必須補充一點，那就是龍馬此時所扮演的角色。

彼時既無報紙也無收音機，世人對時事的無知遠超乎想像。而龍馬此時扮演的就像個新聞記者，把武市半平太從江戶採訪回來的消息傳至丸龜，接著到長州萩城下採訪當地情勢，再將蒐集到的情報帶回高知傳達給同志。

當時知名的勤王志士都是扮演如此角色，吉田松陰、清河八郎、西鄉隆盛、桂小五郎，甚至坂本龍馬，都經常奔走諸國，會見當地較具前途的有力人士，傳播中央及地方的情報，進一步將全國所有同志凝聚起來並激發全體高昂之情緒。總之，那些名留青史的志士都是靠雙腿四處採訪、四處傳播的旅行家。

「我並不是要你現在去幹什麼，只是日後若有需要，希望你能與我呼應。」

「了解。請您記住，讚州丸龜有一條隨時願意犧牲的性命！」

幾天後，龍馬也必須離開丸龜了。

出發當天，阿初凌晨兩點就起床為龍馬張羅打點。

阿初家有樣不合身分的設備，那就是泡澡桶。

把水加熱，讓龍馬泡進去。繫上束袖帶，撩起衣襬，為龍馬做行前的淨身。幫他刷背，甚至幫他清洗指甲內的污垢。

雖然如此，阿初依舊一臉氣呼呼的表情。

「這幾天多蒙妳照顧。」

澡盆裡的龍馬道：

「我不道謝，毫無誠意的感謝之詞說多了顯得虛情假意。人一生的幸福似乎就是這麼回事。」

「這話是什麼意思？」

「我也說不清楚。」

龍馬心裡十分明白。

花朵盛開之後隨即凋零。兩人相處時間雖然短暫，但這就是戀情。若真有結果，就不再是戀情，而將會成為其他東西吧。

還是就這樣結束吧，龍馬心想。聰明伶俐的阿初也了解。

只是，即使了解仍忍不住道：

「請您說清楚。若不明說，女人是無法了解的。您若說個清楚，我會把這些話當成寶貝，一輩子珍藏。」

阿初說完後拚命忍住眼淚，但放在龍馬背上的一雙拳頭卻忍不住顫抖，終於痛哭失聲。

但她立刻停止哭泣。

「嗯，我可不是因悲傷而哭泣，是因為這幾天實在太開心了。」

「是因為這樣才哭的嗎？」

「這就是太幸福的證據呀。就像是道別的儀式啦。」

「既是儀式，那我也哭一下吧。」

「哎呀。」

阿初聞言破涕為笑。

「不過，坂本爺您一定不懂得怎麼哭吧？」

「我小時候對哭可在行了。」

「小時候誰不會哭呀。」

「可若要比誰哭得久，我可是城下第一哪。可惜我小時很懦弱，從未害人哭過。」

「但你現在就害阿初哭了呀。」

阿初說著，怯怯地撫摸龍馬背上黑而濃密的漩渦狀毛髮。

「我還以為只有胸前有，沒想到背上也有。」

「哦。」

龍馬不想提起這件事。阿初邊細心將熱水澆在那些毛髮上邊說：

「你一定會成為大人物的。」

「我不想成為大人物。不過百年之後，應該會有人想起有個名叫龍馬的人曾做過這些事吧。我希望成為如此人物。」

「想起坂本龍馬的女人當中，也包括丸龜的阿初。你的意思是這樣嗎？」

阿初天真地說，但又臨時想起：

「對了！剛才的約定！哭吧！」

「要哭嗎？」

龍馬百般不願，但阿初一再央求。於是下定決心讓她瞧瞧自己小時候的拿手好戲，當即假哭了起來。沒想到心裡逐漸湧出一股悲傷，最後竟真的哭起來了。當時的童心似乎回來了，龍馬自己也頗感狼狽。

阿初十分感動。

希望

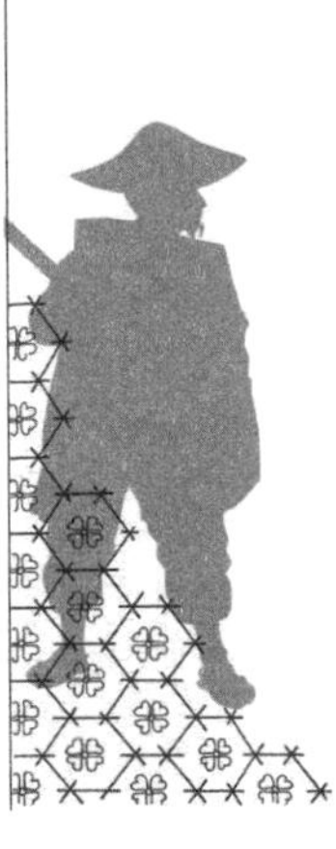

龍馬暫且進入伊予國松山城下，在此發派急使前往高知，向藩裡請求延長刀術研討之旅。主要是為了爭取暗中往返長州的時間。

在得到回覆之前，必須暫住松山城下的旅館。

這是個不自由的時代。即便是龍馬這種無職位的藩士要前往其他領國，仍需一一取得藩的批准。若未提出申請，就自動變成脫藩行為。

不僅如此，要在其他領國滯留更是麻煩。無論哪個藩都只准旅人在旅館留宿一夜，不准滯留過久，大概是怕盜賊或謀反份子就此定居吧。若要滯留一段時間，必須先取得旅館區或町官差的許可。

龍馬投宿在松山一家名為「契屋」的旅館。

他在旅客名冊登記好，接受旅館老闆彌兵衛的招呼，然後拜託他幫自己提出短期滯留申請之後，就上鬧街逛逛。

伊予松山是久松家的城下町。久松家祿高十五萬石，是德川親族。

整個城下町劃分為七十一町，有一千七百戶人家。

此地正如地名所示，遍植蓊鬱的赤松，十分美麗。

「原來松樹這麼美呀。」

龍馬為之驚豔。

城下町中央的台地就是松山城所在之處，遠遠即可望見三層的天守閣巍巍矗立。

此城早在戰國時期由太閤譜代猛將加藤嘉明所築，當時塙團右衛門直之曾於加藤家擔任足輕大將之職。

不過龍馬眼前的天守閣並非嘉明所建的五層大天守，而是後來改建的雅致三層樓閣。

春天呵　這依舊是昔日十五萬石的城下嗎？

此知名俳句出自明治時代文學宗匠正岡子規之手，龍馬時代自然尚不存在。但町內卻同樣瀰漫著如此安適舒暢的氣氛。

城主為久松家。

此家系之祖為久松少將定勝，是家康的異父弟。歷代主君均繼承十五萬石之俸祿。

「在這裡我可不想施展我的刀技呀。」

龍馬如此暗下決定。此處為德川親藩的城下，應該不可能募得倒幕運動的同志吧。

回到旅館一看嚇了一跳。

恭迎坂本龍馬大爺

門口竟貼有如此紙張。

「老闆，快把那張紙撕下來！」

龍馬急得面紅耳赤。

老闆彌兵衛卻堅持不肯，他似乎聽旅館區的官差說：

——這位可是了不起的劍道師傅呀。

翌日城下所有道場都派人來請。

——請務必至敝道場表演武藝。

龍馬一概拒絕，因為他認為沒必要與德川親藩的武士見面。

過了十天，急使自高知返回。

他說延期申請通過了。

龍馬決定自三津濱乘船離開。

自伊予的三津濱並無定期船班橫渡瀨戶內海駛往長州藩。

幸好聽說往來長州藩領內三田尻港運輸船行與大坂之間的五百石（船之容積）運輸船正好靠岸入港，便想央求對方讓自己搭乘。

交涉一事是由旅館老闆代為進行的。不料一向替長州船安排運輸事宜的三津濱貿易商卻堅持這是艘貨船，無論如何不得載客。

不得已，只好直接去找運輸船的人交涉。沒想到這艘「住吉丸」的船長卻說：

「土佐的坂本大爺我熟得很。」

二話不說就答應了。

旅館老闆立即返回松山向龍馬報告來龍去脈。

「長州船的船長？」

為什麼認識我呢？

「他說他叫什麼名字？」

「他說是在讚州仁尾出生的七藏。」

「哎呀！」

龍馬興奮得揪緊自己大腿。

「那當然熟！豈止熟而已，七藏還是我師傅呢。」

「是刀術方面的師傅嗎？」

「不，是船方面的。」

真令人懷念。

十九歲時穿著藏青色窄袖上衣、藏青色裙褲，正要前往江戶，那時在阿波乘的那艘船舵手就是七藏。當時龍馬希望了解船的操控法，沒想到提出要求之後七藏也接受自己天真的要求，並詳細指導。

「那位大叔想必身體還很健壯吧？」

看來他已從不定期往返大坂的船班舵手，升格為長州藩三田尻運輸船行之運輸船船長了。

龍馬立即動身前往三津濱。

七藏似乎早有交代，龍馬到批發商那裡一問，立刻得到回答：

「長州船住吉丸嗎?就在港外海面上，我派舢舨送您過去吧。」

對方顯得很友善。

途中，舢舨上負責搖櫓的年輕人對龍馬道：

「這位客人，聽說您是七藏大爺的徒弟喔?」

「七藏這樣說嗎?」

「他很自豪呢。全日本應該找不到收武士為徒的船長吧，他就那樣說。」

「啊哈哈!七藏很自豪嗎?」

龍馬也雀躍不已。人生中最快樂的事情莫過於故友重逢。

舢舨一抵達容積量五百石的住吉丸船腹，就看見七藏正從船尾舷牆之間的出入口探出身子等著他。

「快爬上來啊，徒弟!」

「是，師傅!」

龍馬也笑瞇瞇地回答，同時爬上船舷邊的梯子。

兩人緊緊相擁。

「自那次以來都九年了呀。想當年你說你想當日本第一的刀客，後來我四處遇到刀客就打聽，聽說你在江戶成了千葉道場的塾頭，我真為你高興啊!」

七藏就像與親生兒子久別重逢般開心。

翌日天未亮，長州船住吉丸就揚帆出海了。船速相當快。

「七藏，借套水手服。」

「沒問題。」

七藏給龍馬穿上一件鋪著厚棉的棉袍。龍馬搖身一變，儼然成了威風凜凜的船長。

龍馬如今已非十九歲的龍馬。旅途中每次搭船，他就趁機充實船方面的知識，並詢問藩船水手有關船隻的操作方式。不僅如此，當時船長必讀的《日本船路細見記》、《日本汐路之記》、《迴船安乘錄》等書，龍馬也一一熟讀，幾乎已銘記在心，故關於船的知識遠較一些差勁的船長豐富。
這點連七藏都十分詫異。
「那正好。在抵達三田尻之前，就請你充當這艘船的船長吧。」
七藏對龍馬道。
當時容積量一千石之船上應有十四、五名乘務員，五百石的則有十人左右。住吉丸上包括龍馬在內共有十一名乘務員。
船上有所謂的三要角，相當於現代制服肩上佩有金色條槓的士官。

船頭（船長）
賄方（船務長）
親父（副長）

低一階的幹部則有：

胴間（掌帆長）
梶取（舵手）

其他則為一般船員及水手。

這些脾氣捉摸不定的工作人員經過一天後，就對龍馬十分敬佩，「小老大、小老大」地叫個不停。或許龍馬天生就有當老大的氣質吧。
翌日一早天還未亮就被叫醒。
「小老大，該您出場了。」
船務長特來為他領路。架子還真不小。
船上每天早上都固定進行一種類似祭神的儀式，以祈求今日航海安全，並宣誓全船上下團結。
寅時（約凌晨四時）開始。
時辰一到，船內便四處燈火通明。
船長首先在船的正中央就座。
原則上是應穿著絹織的外褂，但龍馬此時是穿著印有家紋的和服，七藏才穿著外褂。
舵手坐在船尾。
船務長相對地帶著眾水手坐在船首。然後所有人齊聲喊道：
「齊心協力！」

意思應該是希望今天能同心協力平安度過吧。舵手接著大喊：

「大引！」（意義不明）

船首眾人隨即唱和：

「嘿喲！嘿喲！」

舵手接著又問：「現在，航行狀況如何？」坐在船首的眾人便回答：「一帆風順！」如此回答後，所有人同時「咚咚咚」地敲起船板。龍馬也跟著敲了起來。

心情真是舒暢。

船沿著島影前進。

這是處多島的海域。

「從前這附近的島嶼都屬於伊予水軍的海域，最遠甚至可攻至大明國、呂宋及爪哇等地，他們曾是猖獗的海盜呢。」

七藏如此說明。

船長室位於屋型船蓬內。

龍馬就在此處指揮行船事宜。

不過當時船長的操船方式尚未成熟。

與西洋方式迴然不同。既無羅盤，也無海圖，因此主要都是沿海岸前進。得依沿岸的山形判斷，才知道船隻所在之處。

「啊，這裡應該是某處。」

此種航海方式稱為「地迴法」。

夜間因看不見沿岸風景而無法航行，而若被衝至外海看不到陸地，可就迷失方向了。實在很不便。

不過若太接近沿岸航行，又得小心船的大敵——暗礁。

海底也有高山及峽谷，一定得清楚判斷海底地勢的起伏才能航海。

因此必須「連續採砂」，亦即連續採樣海底的砂，從海砂來判斷海底的情況。

龍馬也進行了連續採砂，再由七藏教他如何分辨海砂。
船還有個大敵，那就是天候的變化。預測天候變化是船長最重要的工作之一。
「坂本君，你看那雲如何？」
天上的雲正快速飛散，這是大風將至的預兆。《迴船安乘錄》中曾提及，而龍馬早已暗記在心。
「看來今晚就要起大風了。」
七藏聞言佩服道：
「完全正確，入夜之前非逃進津和地島不可。」
龍馬隨即下令，要舵手讓船右轉，穿過怒和島及二神島之間。
在津和地島（愛媛縣）住了兩晚，等候海濤平穩，第三天拂曉才起錨。
船錨是章魚足狀的鐵製品，光要拔起八根釘在海底的章魚足就花了近一小時。
接著是張開二十反（編註：一反約一千平方公尺）的大帆。
幸好一路順風。

船輕輕鬆鬆駛離島影，龍馬的指揮頗高明。
然而，當船順著右側屋代島（文珠岳所在之島，山口縣）往西前進時，西側的淺海上竟出現前所未見的怪物。
「那是什麼呀！」
副長連忙衝進船長室報告。
龍馬與七藏趕緊到船首查看。
淺海上白浪滔滔，只見一艘漆黑巨船逐漸駛近。
隨著那艘漆黑怪物逐漸駛近，真面目也益發明顯。
是黑船！
「天哪！那是黑船呀！」
水手們似乎也是第一次見到這東西。這時水手所受的驚嚇應不亞於我們現在見到幽浮吧。
所有人聚集在船首。
「這是哪國的船呀？」
第三帆柱上有面國旗迎風飄揚。龍馬曾聽河田小龍提過，因此知道那代表哪個國家。

那面國旗上的圖案由三個十字組合而成。白底紅色的聖喬治十字、藍底白色的聖安德魯十字以及白底紅色的聖派屈克十字，這就是由英格蘭、蘇格蘭及愛爾蘭三州合併而成的大英帝國國旗。

「那是英國船。」

龍馬喃喃答道，身體已因興奮而微微顫抖。

好大！

大得不可思議。

彷彿鬼神般，強而有力地破浪前進。

有三根船桅。就龍馬所知，這就是所謂的外輪蒸氣船。煙囪正呼呼地吐著煙，船舷邊立有成列的大砲，噸數肯定不下兩千噸。

「醜夷！」

換成武市半平太想必要吐個口水，並如此不屑地咒罵吧。不僅武市，舉凡活躍於天下的攘夷志士，想必都忍不住要殺上船去吧。事實上該年五月，十

四名水戶浪人就公然揮刀衝進位在江戶高輪東禪寺境內的英國使館，砍傷書記官俄理範及領事莫里森。

不過容積量五百石的住吉丸上的這些水手並非武士，更不是那般走火入魔的國粹主義者。他們只是站在水手的職業角度，情不自禁地發出讚嘆。

「雖然大家都稱他們為醜夷，不過他們真的很了不起啊。」

七藏等人道。

「那些水手竟從天涯般遙遠的英國遠征萬里之海來到日本，真佩服他們的膽識呀。」

「七藏。」

龍馬道：

「總有一天我也將率領多艘這樣的船重整日本！」

「我支持你。」

然而七藏並未將此話當真。

巨船從住吉丸的右舷錯身而過，海面上因而掀起大大小小的波濤。相形之下顯得嬌小的住吉丸竟如

竹筏般搖晃不已。

「七藏，我方才說的話你一定要相信呀。」

龍馬接著又道：

「等我當上那種船的大將，七藏，你會助我一臂之力吧？」

「當然會呀，希望我能健康地等到那一天。」

船繼續駛向屋代島大積的淺海。

後來住吉丸就繞著多島海繞行，停靠在幾座島上等風勢趨緩，因此意外拖延了數日，抵達長州領內的三田尻港已是正月元旦。

龍馬在三田尻的運輸船貿易行停留一夜。

船長七藏等十名組員特別為龍馬舉辦餞別酒宴。大家都很喜歡這個行事作風異於常人的武士，個個揮淚惜別。

翌日清晨龍馬便獨自朝萩出發。

「這人真有意思。」

七藏後來道：

「不過我有些擔心，因為他吹牛說要把國政獻給京都的天皇。這就是他唯一的缺點。這是將軍當政的時代，怎可能說推翻就推翻呢。」

龍馬正月十四日才進入長州都城萩，這短短旅程之所以耗費這麼些天，是為了在前往萩的途中多了解當地的風土民情。若不先徹底了解該藩武士和百姓的個性、財力及他們對事物的各種觀念，龍馬擔心日後與長州人合作時會有不便之處。不僅龍馬有此考量，當時遊說型的尊王攘夷家都有如此掛慮。

「原來真有所謂的『長州臉』啊。」

龍馬深有所感。

長州人普遍五官端正，腦筋轉得快，甚至當時來日的外國人之間都開始出現如此耳語。諸藩志士之間也是相同情形，只要提到「長州人」，一部分人就會先想到相貌清秀且腦筋極佳，非小心提防不可。

最好的例子就是水戶藩的家老武田耕雲齋。他是個激進的尊王攘夷家，日後（元治元年春）率諸浪人在筑波山舉兵，企圖上京擁立天皇，可惜當時幕府勢力仍強，因而功敗垂成，慘遭逮捕並處死。提到這位武田耕雲齋，當滯留江戶的長州尊王攘夷派巨頭桂小五郎向他伸出援手，打算訂定水長祕密同盟時，他竟對居中斡旋者道：

「桂君嗎？我在江戶時，他常陪齋藤彌九郎（桂小五郎之刀術師傅）一同來找我，我還參觀過他的刀術比試，這人我很熟。可惜……」

武田耕雲齋又接著說：

「長州人本就以精明著稱，得小心提防。你（居中斡旋者）還是替我婉拒吧。」

這段祕密插曲龍馬也有所耳聞。

「雖說必須小心提防，但最具倒幕實力及熱誠的，畢竟還是長州藩呀，不是嗎？」

龍馬如此納悶。事到如今，龍馬已對自己土佐藩的保守作風頗為反感，甚至認為將來扭轉乾坤的大業應以長州藩為主軸。

龍馬接觸到的長州藩又是如何情況呢？

此歷史說來話長，但若要繼續閱讀本書就非了解不可。因為此藩在幕末成為極端的激進主義，多次掀起政治暴行，最後且居於主導地位，將日本歷史推上明治維新之途。

其藩祖為戰國梟雄毛利元就。元就出身安藝一個名為多治比猿掛的山村領主，七十五歲過世。他在世期間曾連勝大小二百多回戰役，成功奠定山陽、山陰之內十一個領國的龐大勢力。元就死於元龜二年（一五七一），當年德川幕府之祖家康年約三十，尚屬少壯，好不容易才剛平定三河及遠江一部分。

總之與德川家相較之下，毛利家更屬老字號。

在太閤秀吉稱霸天下的年代，德川家康成為祿高二百四十萬餘石、領有關東八州的大名，毛利家則與家康共事其下，並為五大老之一。

秀吉死後，關原之戰隨即揭開序幕。

毛利輝元身不由己被石田三成拱為西軍形式上之首領。他雖駐守大坂城，卻一直按兵不動，只派分家的毛利秀元率兵至關原，但仍未實際參與作戰。因他早看出家康的天下即將到來。

可惜戰後家康卻對毛利家採取相當嚴苛的處置。首先，大幅削減原祿高一百七十萬石的毛利領國，使其僅剩三十七萬石的長門、周防二國。不僅如此，還命其撤出原居城廣島城，改駐日本海側的萩城。理由顯然是因毛利家過於強大，如此大名若放任不管，日後恐有脅迫德川家安全之虞。更何況若不削減其廣大領國，便無土地封給己軍麾下諸侯。

毛利氏之領地於是被縮小為五分之一。

毛利家領地雖遭削減，卻未裁減家臣人數。以區區三十七萬石卻得養活龐大的家臣團，故早在江戶初期即已轉型為「產業國家」。

當幕府及諸大名仍仰賴米穀經濟時，毛利家已轉攻造紙及製蠟等輕工業並另墾新田，因此在幕末時期即輕鬆擁有百萬石之財力。幕末時期，當尚為農業國的他藩財政窘迫之際，長州藩卻是資金充足，因富足而得以進一步改組西式軍隊，與同屬輕工業藩的薩摩藩同為對抗幕府的兩大軍事力量。

「打倒德川幕府！」

毛利長達三百年的反德川情結，終於改以尊王攘夷之形式重新在年輕藩士之間引爆。而負責從旁搧風點火的，便是吉田松陰。

龍馬抵達長州萩城時，遭處死刑的松陰自然已不在人世。不過，松陰的眾愛徒還在，其中最有力者當為久坂玄瑞。

一進入萩城下，龍馬即前往久坂玄瑞家拜訪。

久坂玄瑞正好不在家，但一位應為其妻子的年輕婦女似乎早已知情，立即領龍馬至客間，請他稍候。

「他就在附近，我已經派人通知他了。」

那位瓜子臉的婦人道。

（這位是已故吉田松陰的妹妹嗎？）

這婦人看起來似乎挺聰明的，龍馬如此暗想。

聽說門人之中，松陰最鍾愛久坂，便將自己妹妹許配給他。

久坂玄瑞與桂小五郎同樣出身醫生世家，父親良迪是個祿高二十五石的藩醫，可惜玄瑞年幼時父親即過世，後由其兄玄機繼承家業。沒想到其兄也隨之早逝，故如今家督之位是由玄瑞繼承。

玄瑞今年二十三歲。

較龍馬年輕五歲。

他早在少年時期即進入松下村塾，才學備受稱頌。不過松陰期待的是久坂烈火般的個性及其實行力，松陰認為與同門的桂小五郎和高杉晉作相較之下，久坂玄瑞的氣魄更有助於長州日後的倒幕事業。

維新運動後，西鄉隆盛曾對長州人如此道：

——貴藩的久坂老師若在世，在下必不敢目中無人，僭任參議之職。

武市半平太也老早說過：

「長州久坂之才幹或許還在西鄉之上。」

不過久坂這位青年究竟是否真具有如此才幹，已因其早逝不得而知。與龍馬會見後的第三年，亦即元治元年七月便戰死於蛤御門之變。

不久玄關傳來慌張的腳步聲，是久坂回來了。

「坂本兄……」

他草草客套後即開門見山：

「不成了，長州藩已經不成了。長井雅樂這位駐京家老是個極端的佐幕派人士，不斷壓制勤王論。一向支持咱陣營的江戶家老周布政之助也遭長井排擠，不得不返回領國。」

久坂口中的「不成」，指的是他在江戶與武市等人的約定——薩長土三藩聯手在京都舉兵之事。

「人在江戶的桂（小五郎）也恨得牙癢癢的。因為長井，藩論的方向已完全扭轉。」

「我這裡有封武市的信。」

龍馬打開包袱。

久坂連忙讀起那封信。

「唉，土佐藩也不成嗎？」

他整個人頓時洩了氣。土佐在頑固佐幕家老吉田東洋的獨裁體制下，變得越來越頑固，全藩勤王的理想如今已成白日夢。

「薩摩藩似乎也不成，因藩政掌握在藩主生父久光公手裡，精忠組（勤王派）的行動處處受制。」

久坂道。

無論如何，以目前情況看來，要三藩首腦人物上京表明擁戴天皇之立場並發起勤王之義軍已不可能。

「坂本君，你怕死嗎？」

「當然不怕。」

「我也不怕。那好，我有一案。」

久坂玄瑞說出「那好，我有一案」之後，卻未再繼續說明，只是穿起正式裙褲站起身來。

龍馬只得跟著站起來。

「我先帶你去旅館。」

「這人真性急啊。」

龍馬不動聲色地觀察。真怪。起初由其姓名久坂玄瑞、義助（通稱）想像，還以為是個個子不大的才子，沒想到本人卻完全相反。

他身高約五尺八寸，腰圍也粗得恰如其分，整個人相當壯碩。相貌雖略帶稚氣，雙眉卻高高挑起，眼睛又細又長，但皮膚偏又白如婦人。總之是個相貌堂堂的美男子。

這位美男子卻意外地沉不住氣，就像吞了火藥似的。

「這就是長州第一號人物嗎？」

龍馬還搞不清楚狀況，就在久坂的催促之下急急趕往旅館。

「酒！酒！」

久坂一坐下就對女侍道。一旁的龍馬也道：

「也叫幾個女人來助興吧。」

和這位如吞了火藥的性急男人鼻子碰鼻子獨處，龍馬怕悶得喘不過氣來。

「抱歉，萩城下沒藝妓。」

久坂冷冷拒絕，臉上毫無笑容。久坂似乎並未將這位土佐武士當成什麼了不起的人物看待。

「聽說坂本兄刀術高明，本藩年輕人聽說你要來都很興奮。明天請到文武修業館，讓他們見識你的刀術，開開眼界吧。」

「哪裡，我會的只是三腳貓功夫而已。」

龍馬一臉為難。

酒來了。

「坂本兄，我先為你說明長州藩的情勢吧。正如我方才所言，重量級人物長井雅樂……」

「這個大奸人，」久坂咬牙切齒地說（「奸人」在這時代可視為「有能之人」的別稱，指的是擁有一流的政治才能、學問及辯才，思想上卻完全支持幕府者）。

長井雅樂在毛利家也是系出名門，起初是家督繼位者，亦即世子毛利元德之番頭（親衛隊長），與當時仍在世的吉田松陰並稱毛利家二大秀才。不僅如此，也是個硬脾氣的武士。

其資質與松陰相近，兩人之間似乎也有血緣關係。毛利家中之人多期待松陰和長井雅樂共同挑起藩的將來。兩人齊名對彼此而言都是種不幸。

松陰早就看長井雅樂不順眼，曾對久坂、高杉、品川等松下村塾的弟子說：「那人乃是奸人。」成長中的弟子們血氣方剛，故此「長井奸人說」已根深蒂固深植心中。

後來長井得藩主敬親（慶親）及世子元德賞識，開始活躍於江戶及京都的政壇，掌控長州藩的藩論及外交。

他說理時口才明快，態度也自有威嚴，足以服人。

想當然耳，其論點乃是不折不扣的佐幕主義，這點與土佐藩家老吉田東洋不謀而合。

久坂接著又以更激烈的語氣大罵長州藩保守的現狀。龍馬只管默默喝酒。

「這傢伙是笨蛋嗎？」

年輕的久坂似乎如此暗想。

「三藩密約瀕臨如此危機，武市半平太卻派這個怪人來。」

龍馬只是不停喝酒。他心裡也對久坂十分失望，故兩人可算扯平了。

「這人簡直像把錐子。」

太尖銳了。

大概連椽木都鑽得透吧。但也不過爾爾，恐怕只是個衝動行事的壯士罷了。「尊王攘夷說的瘋狂信徒」，龍馬對久坂玄瑞的印象就只是如此。

「或許學問不及久坂，但這種壯士，土佐要多少有多少。這型壯士簡直可說是土佐特產哪。」

長州人才濟濟，世間一向如此評論，龍馬今日卻大失所望，因為這型人才並不稀罕。他心裡不禁納悶：「這就是長州第一流人物嗎？」他幾度打量久坂。

「不過他仍堪稱是條好漢。」

龍馬悠然地喝著酒。

久坂是個不折不扣的激進份子。

更是如拉車之馬般盲目而衝動的攘夷主義者，一提到外國就不由得聯想到惡魔。此時天下志士之態度可說皆與久坂相同，在土佐，武市即為代表。

但久坂口中的「大奸人」長井雅樂卻提出以下意見：「協助幕府，採取開國貿易政策，吸收西洋文化，大量造船以縱橫五大洲，富國之後進一步發揚日本之武威。」

「他說的一點也沒錯呀。」

龍馬如此認為。揚威於五大洲是龍馬熱情支持的名論高見。

不過長井雅樂之說倒是有一點不可取。

「協助幕府。」

龍馬是個倒幕論者，這是無庸置疑的。不僅幕府，就連包括薩長土在內的三百諸侯，他都希望能悉數擊潰，讓日本歸於一統。要歸於一統，必須有至高無上的中心，而此中心應為京都的天皇，亦即自源賴朝樹立鎌倉政權六百多年以來一直被棄之不顧的「天皇」。

這才是龍馬「尊王」的真正理由。武市若知道，或許會大加撻伐。但時下流行的天皇崇敬心理充滿宗教意味，龍馬並不認同。

總之，長井的說法雖被久坂大貶為「奸人俗論」，聽在龍馬耳裡卻充滿魅力。

不過龍馬表面上仍繼續偽裝成攘夷論者，一如天下志士般瘋狂的攘夷論者。龍馬若標新立異，便無法結交任何志士。

久坂繼續他的長篇大論。

⋯⋯⋯⋯⋯⋯⋯⋯⋯⋯⋯⋯

龍馬一一點頭表示贊同，眼皮卻越來越沉重。他醉了。

或許是長途旅行的疲憊一股腦兒全浮現了吧，他點了幾下頭後竟打起瞌睡。

最後竟倒頭睡著了。

久坂驚訝不已。

「哪有這種人啊⋯⋯」

不一會兒，龍馬便打起呼來。

翌日，龍馬在久坂派來接他的五名長州藩士陪伴之下，前往長州藩的文武修業館。

負責接待的其中一人是寺島忠三郎昌昭。他當年還是個二十歲的青年，與久坂玄瑞同屬松陰門下，是其師弟（元治元年七月的蛤御門之變中，與久坂一起自盡）。

「坂本師傅，眾人都等著見識您的刀術呢。」

寺島忠三郎道。

龍馬在長州受到歡迎似乎不因他是土佐藩士，而是千葉門下之高足讓人對他充滿期待。

「刀嗎？」

他早在丸龜嚐過苦頭，即使贏了也只會遭人怨恨。

「那種東西一點也不好玩。」

「您真愛說笑。」

說到坂本龍馬，可是千葉道場的塾頭呢，自然沒人相信他這句話。

龍馬被帶至文武修業館。此館之名正確說來是「明倫館」，據說佔地相當大，總建坪達二千七百三十坪。可見長州藩如何致力推廣藩士教育。

順帶一提，筆者撰寫此書的兩年前曾親訪萩市，並於該市旅館投宿兩夜。那是個自維新運動後即被遺忘的城下町，臨日本海，蔚藍城市海天一色。當地仍留有眾多武家屋敷。提到都市設施，該市最近才架設全市唯一的交通號誌因而成為市民話題，聽說還有人搞不清楚究竟是綠燈通行還是紅燈通行。全市只有四根煙囪，這種城市全日本恐怕找不到第二處。況且還不是工廠的煙囪，其中三根是大眾澡堂的，另一根則是長州藩反射爐遺留下來的磚造煙囪。

明倫館的本館已蕩然無存，但館中的武道場「有備館」及藩士習泳場（堪稱日本最早之游泳池，長四十公尺，寬十公尺，深三公尺）等尚存。

龍馬就是被領至此有備館。

「坂本龍馬曾到此表演刀術，市民如此傳說。」

《產經新聞》萩市通信部的山縣氏為筆者導覽時如此道。此事久坂玄瑞的日記中也有記載。

> 這日詩經課暫停，因適逢坂本生來訪。

久坂開有講解《詩經》的課程。這位血氣方剛的志士在所有漢文書籍中特別鍾愛此書，本人也常作詩且多為佳作。他有一首以「世局紛亂不休，白晝之日亦顯晦暗已極。蟬之小川升起白霧，形成分隔兩岸的雲靄」開頭的長詩，據說是他在後來八月十八日政變中護著七名公卿逃離京都時的即興之作，此詩可謂明治維新詩體之先驅作品。久坂的日記中還有如下之記載：

坂本生砍稻草束。
龍馬表演了砍擊靜物之技。
接著便與長州藩年輕武士對決。

龍馬被帶至有備館的柔道場並接受奉茶。

他環視一圈，只見館內最下座之處坐了約四十名館生。

他們氣氛融洽，依序傳遞陶壺並喝茶。

「請坂本師傅為我們談談刀法。」

眾人似乎如此期待。

柔道場與劍道場位在同一棟，中間並未特別以牆隔開，而任地板相連。

此劍道場的地板上立著十綑稻草，準備讓已獲北辰一刀流「免許皆傳」資格的坂本龍馬現場表演砍擊靜物之技。

「我不是刀客，我可是志士呀！」

龍馬真想如此大罵。但世人卻只關心他獲得的那紙證書。

長州方面還以為龍馬是因謙遜推託而一再請他表演。

「哎呀，哎呀。」

龍馬相應不理，只是望著天花板，有時抓抓脖子，要不就只顧驅趕爬上膝蓋的螞蟻。

「纏著天下志士要他作刀技表演？哪有這種道理啊！」

他大概是這麼想吧。

不久，一位長州藩知名劍士楢崎大五郎出場道：

「在下先來吧。」

說著咻地將成捆的稻草砍斷。

自認功夫不凡的人一一出列。有人沒能成功地將稻草整齊砍斷，有人用力過度連地板都砍傷了；更離譜的是，竟有人砍傷自己前跨之左腳腳趾，而瘸著腳退場。

龍馬實在看不下去了，他站起身來。

「砍擊靜物應如此！」

他一拔刀即單手砍下，稻草束掉落墊板之前長刀即已入鞘。

「果然了不起！」

在場眾人不禁讚嘆。

較晚進場的久坂玄瑞也目睹了這一幕。他一向充滿行動力，於是立即從館生中選出幾名菁英。

「請坂本師傅指點幾招！」

說著命他們準備。

龍馬只好拿起竹刀。

戴上護具「面」及「籠手」。

長州方最初上場的代表是個年方十五、六歲的少年。

他朝龍馬一禮後即發出吶喊：

「呀──」

同時上前進攻。

他準確地擊中龍馬的「面」。

「哇哈哈！我輸了，我輸了。」

龍馬丟下竹刀返回自己座位。眾人無不愣得目瞪口呆。

「坂本師傅，別捉弄晚輩吧。」

「不，不，我是因技不如人才輸的。頭上還一陣麻呢。」

久坂看了才知這位土佐藩士絕非泛泛之輩。

久坂玄瑞文久二年（一八六二）正月二十三日的日記中，有如下之記載：

這日土州人離去。

他的筆跡難看且太有個性（松陰門下的志士，包括老師松陰自己，個個寫字極具個人風格，都很難看。充分顯示他們不喜受侷限的激烈性格）。

正如其日記所載，這天龍馬便離開萩城下。他在此前後共停留了十天。

離去前夕，久坂到旅館找龍馬，激動地對他說：

「坂本兄，我想你在此地的十日期間已大致了解長州藩的情況。藩政已落在俗物手中。敝藩自藩祖以來一直保持勤王傳統，此乃眾所周知，不料如今竟落至這步田地。水戶、薩摩似乎也是相同情形，貴藩想必也好不到哪裡去吧？」

事到如今——久坂又急切地說：

「諸侯不可靠，公卿也不可靠了。」

「那還有誰可靠？」

「只有靠自己了。有志者當一齊脫藩成為浪人，然後集結起來成立義軍。除此之外再無他法。」

「哦？要成為浪人嗎？」

龍馬雙眼發亮，彷彿見到雨後天際的彩虹似的。

久坂不但對龍馬如此說，還將這段話寫成文章寄給武市半平太。

以現代眼光看來，文體可能有些奇怪，字裡行間卻可清楚看出長州頂尖志士久坂玄瑞的性格，因此附上原文以供參考。

（前略）除草莽志士糾合義舉之外，再無他策。（中略）此語多所失敬，但若能成就大義，即便貴藩及敝藩雙雙滅亡亦在所不辭。若兩藩苟存卻不能貫徹皇統萬代之君的心願，便不配苟活於此神州。（後略）

久坂這人經常寫出如此措辭強烈的文章。即使長州藩及土州藩雙雙滅亡亦在所不惜，這對當時代代拜領主家食祿的武士而言實是大膽已極的言論。

「喏，坂本兄，不如咱倆都脫藩，一起來號召天下志士吧！」

久坂如此道。

龍馬剛到萩城那夜，久坂曾說：

——有要事商量。

他指的就是這件事。自古以來，脫藩即為武士最嚴重的罪過之一。因此舉表示已對主君不抱任何希望。

「坂本兄，你意下如何？」

「嗯……」

龍馬沉吟不語，表情卻十分開朗。

「久坂比我想像中厲害嘛。」

這人想必天不怕地不怕吧。毫不畏懼敵人的劍電彈雨，還能泰然將之擊碎吧。

不過這世間的確需要久坂這型男人。久坂已決定犧牲一己之生命。

「我也要脫藩嗎？」

龍馬腦中突然閃過這念頭。

土佐風雲

龍馬回到土佐高知城下後，立即去找武市半平太。

武市早引頸期盼著他回來。

「長州情況如何？」

言下之意是，是否已全藩情緒高亢，充滿勤王氣氛。龍馬縮著脖子道：

「不成哪，全被俗論所支配，根本毫無動靜。」

映在紙門上的陽光已充滿春天氣息，然而自縫隙鑽進來的風卻仍十分料峭。

「真的不成嗎？」

武市不由得垮下雙肩。

龍馬巨細靡遺地說完自己在長州的見聞後，又道：

「不過我看那裡即為日本的火藥庫。如今長井雅樂這名大臣雖正得勢而囂張，但情況說不定將隨世局反轉。長州一旦爆發，天下局勢也將為之震盪。」

「情況和土佐相去不遠嘛。」

武市道。他認為長州長井雅樂的角色相當於土佐參政吉田東洋，眼前這兩人就像醬缸中壓漬菜的大石頭般控制著整個藩，只要將他移走，藩內勢必就能染上勤王色彩。

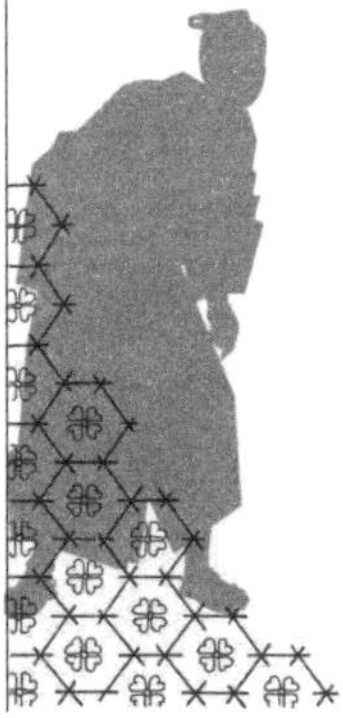

但龍馬認為土佐藩的情況並不似武市所說的那麼簡單。

「長州和土佐的情況畢竟略有不同。」

龍馬道。久坂玄瑞、高杉晉作、桂小五郎等勤王派份子皆屬上士階級，長井雅樂一旦失勢，他們即有資格取而代之重整政局。何況長州不像土佐般階級嚴謹分明，即便身分較低者也可依才能獲提拔起用。

「不僅如此，尚在江戶的高杉晉作等人似乎正四處廣為宣傳，即便是農民、町人，只要有心皆可無限制提拔至足輕階級。」

土佐的吉田東洋就不一樣了。他謹遵藩祖傳下的祖法，巴不得上下階級之差別更加分明。不僅東洋如此，老藩主容堂也特別重視階級出身，名門重臣悉數如此。土佐是個冥頑不靈、特別重視階級之分的固陋之藩，即使東洋一人消失，土佐也不可能完全改變。

……

「半平太，我已經對土佐死心了。土佐就像河床上的石礫之地，任你再怎麼努力耕耘也種不出什麼作物來了。」

「重點在於將石礫一一剔除。」

「那是白費心機。石礫不只吉田東洋一人，恐怕有一百、兩百、三百，甚至無數的頑固之人哪！最後，還有藩主和老藩主。除非你把他們全殺個精光。」

「你這話實在大不敬呀！」

武市嚴厲地瞪著龍馬，龍馬卻滿不在乎。土佐藩主在鄉士眼裡根本狗屁不如。

「不過龍馬，不管你說什麼，我半平太還是要努力將土佐藩上下導向勤王一途。」

「你有什麼辦法？」

「第一，先除掉吉田東洋。」

啊？龍馬驚得目瞪口呆。

「已經決定了嗎？」

「已選妥數組刺客，並要他們伺機下手。」

武市似乎已鐵了心。

「武市這傢伙真要暗殺東洋嗎？」

翌日龍馬躺在家裡休息時還一邊尋思。

武市將成為暗殺團的幕後黑手，此事絕不單純。這不僅是殺死一個人而已，在殺死參政吉田東洋後，武市便取而代之掌握土佐藩之政權。

武市已從集結在自己門下的青年中選了幾名適當的刺客人選。

第一組　岡本豬之助、岡本佐之助

第二組　島村衛吉、上田楠次、谷作七

第三組　那須信吾、安岡嘉助、大石團藏

這些成員個個都是刀術精妙的鄉士，且不惜一擲自己性命。

武市早知龍馬反對暗殺東洋之舉，故完全未要求龍馬出力協助。

「——不過，」

龍馬之所以反對並非因此舉不合義理，只是覺得自己下不了手。

「我見過一次吉田東洋。看過的雞都不忍心吃了，見過的人怎麼下得了手啊。」

然而武市半平太等人全都抱持著一種殺人的正義感：

——天誅！

這是個恰如其分的絕佳藉口。龍馬也了解，但自己就是不想參加。龍馬認為自有適合自己的改變時勢之道。

過了大約半個月，城下已完全進入春天。

某日，武市上本町筋的坂本家來找龍馬。

「龍馬在家嗎？」

「當然在啊。」

大哥權平熱情地把半平太迎進屋裡。半平太這種青年才俊竟願意和傻弟弟龍馬結為至交，他簡直喜出望外。當然武市是暗殺團的幕後黑手一事，權平毫不知情。

「天氣真好喔，武市爺上哪兒賞花了嗎？」

「四處都看過了。」

這當然是騙人的。武市這陣子白天得和吉田東洋談判，晚上還要進行暗殺計畫的祕密會議，正忙得不可開交。

權平帶他到龍馬房間。

「喂，龍馬，土佐就要天翻地覆啦。關於你一直放不下心的暗殺後政局也已有了頭緒。」

「真的？」

其實不問也知道，武市想必已成功拉攏那些被東洋踢下政權要位的名門家老了。那些名門家老應該全是些老古板，但正因如此反而比勤王派更憎惡排擠自己的東洋。

「不僅如此，民部大人、大學大人也都表示贊同。」

他指的是山內大學及山內民部，兩人都與藩主系出同門。若得不到這些人的支持，暗殺後勤王派也無法嶄露頭角。武市果然是個傑出的策士。

大約在此時前後，一件改變龍馬一生的消息正好越過四國山脈傳入土佐。

「薩摩的島津久光親率大軍進京，準備擁護天皇，匡正幕府之政。」

幕末再無任何消息比這更能振奮天下志士了。薩摩藩的舉動以現代語彙來說，就是打算以極溫和之手段進行政變。

長州的久坂玄瑞等人聽到這消息都暗自懊惱。

——竟被薩摩捷足先登了！

遺憾也無濟於事。因為只要藩論操在長井雅樂那種保守論者手中，就絕對成不了事。

薩摩藩此舉大大改變了日本及龍馬的命運，故在此略作介紹。

其實薩摩藩精忠組之領袖大久保一藏（三十三歲後改名利通）早於去年（文久元年）年底即奉島津久光之命，趕往京都與當地公卿聯繫。

大久保的說詞是：

——幕府積弱不振，故若將政權交在他們手上，只會增長外夷之氣勢，國家前途堪虞。

他如此說服眾公卿。

換句話說他是在嚇唬京都的天皇及公卿（不過大久保並沒那麼壞，其論點及操控法只是利用公卿的恐懼心理罷了。）

那時代，京都的天皇及公卿單純一如孩童，相信與外國進行貿易就等於受到侵略。只是一味害怕，並不懂得比較敵我雙方之兵力，只知對幕府不打擊外夷感到憤慨，進而產生強烈的不信任感。

——征夷大將軍是做什麼用的！

就是天皇及公卿如此無知的恐懼，促使幕末史墜入不必要的混亂之中。而薩摩、長州、土佐及會津也可說是利用此無知及恐懼而躍升幕末政局的四大重鎮。因為朝廷一直以為此四大藩將取代幕府，為自己驅逐外夷。

策士大久保早看出朝廷如此恐懼心態，於是著手進行巧妙的遊說。當然不是直接遊說天皇，而是透過自鎌倉時代即與島津家別具交情的近衛家（忠房）。

「請宣下聖旨，以守護京都為名，召集薩摩藩兵。有薩摩兵力為後盾，朝廷即可對幕府措辭強硬。」

大久保如此遊說。但較之外夷，朝廷更怕幕府之武威，因而不敢貿然下旨批示私召一藩之兵，於是敷衍道：「若島津久光自己有意領兵入京，那麼朝廷願默許。」

久光似乎真要親率大軍進京。

讓龍馬雀躍的並非薩摩藩此舉本身，而是此舉所觸發之影響。遠較此舉更劇烈的漩渦，顯然已在天下一隅成形。

這消息龍馬是從檮原村出身的吉村寅太郎口中聽來的。他一向負責查探京坂、長州及九州方面諸藩動靜，一得知此消息就立刻趕回土佐。

深夜時分，吉村寅太郎突然造訪坂本家。

「龍馬，發生大事了！男子漢該痛下決心採取行動的時候到了！」

他劈頭便如此道。

但隨即降低音量，似乎是怕被龍馬之兄權平聽到，那就麻煩了。

鬍子刮得泛青的吉村寅太郎身型矮小，頗具詩才。但他不僅是人中豪傑，更是個激進份子且頗具膽識。武市半平太曾說：

——要是給寅太郎五萬兵，他必將奪取天下。

不幸的是，翌年文久三年（一八六三）秋，他在大和發起勤王倒幕之義軍（天誅組）並擔任總指揮與幕府兵團發生激戰時，因時機尚未成熟，竟於吉野山中的鷲家口身中數彈壯烈犧牲。只留下如此辭世之作：

請將吉野山風吹亂的楓葉，
視為我廝殺時刀鋒上的血煙。

他就是如此勇士。若維新後他仍在世，不知將成為何等偉人。

「情勢就是如此。」

吉村道。

他說，筑前的平野國臣、羽前的清河八郎及薩摩的有馬新七等人經常往來京都、九州兩地，且彼此互通聲氣，最後決定進行此義舉。

「情形是這樣的，先讓親率薩摩大軍上京的島津久光在大坂靜候，同時說服久光支持，一舉在京都高揭勤王倒幕大旗。我決定去見平野，加入聯軍。不僅如此，還要大舉招募同志參與此義舉。這正是我急著趕回土佐的原因。」

「武市怎麼說？」

龍馬問道。

「根本說不通，武市兄仍堅持做他全藩勤王的春秋大夢。」

武市對吉村道：

──寅老弟，即使你能召集到一百名、甚至兩百名的浪人也無法推翻德川幕府。不如推動祿高二十四萬石的土佐，使之全藩勤王化，如此更可能推翻幕府。

──你這是在做夢、做夢呀！

吉村道。兩人就這樣激辯不休，終究無法達成共識。武市見吉村這等人才即將脫藩參與「愚蠢至極的義舉」，感到十分惋惜甚至哭著阻止他，吉村卻反過來希望說服武市脫藩。

「我就這樣與武市決裂了。」

吉村茫然若失道：

「龍馬，我打算今夜就脫藩前往京都。既然說不動武市，至少也要拉你一起脫藩。」

「至少？你這是什麼意思？」

龍馬故作生氣貌，隨即毫無芥蒂地說：

「脫藩嗎？這樣也不錯。」

語氣彷彿事不關己。他覺得眼前似乎有片萬里晴空般的人生正等著自己。

另一方面，武市仍繼續進行暗殺東洋的計畫。這項暗殺行動相當困難。不僅要除掉東洋，還牽涉到除掉他之後政權的掌握。故萬一被知道是誰支使、誰下的手，就大事不妙了。

因此預先了準備一紙「斬奸狀」。內容自然沒提到「因吉田東洋為佐幕主義者而暗殺他」。要是這麼寫的話，無異不打自招，擺明是勤王黨下的手。

該文內容要意是：「東洋生性奢侈，不顧國難當前仍恣意揮霍金銀，貪得賄賂，亂興土木，不聽民怨。」列舉諸等罪狀後，再說他應受天誅。

然而東洋也不是省油的燈。

他武藝可比專業高手，甚至曾獲竺後柳川刀客大石進頒發之神影流證書。

曾發生如此情況。

某夜，第一組刺客岡本豬之助及岡本佐之助接獲情報，說東洋因故登城。兩人特到護城河畔守株待兔，等他下城。沒想到東洋卻突然停下腳步道：

「那邊有愚蠢之人埋伏。」

隨即毫不猶豫改道。

似乎是岡本二人不小心被看見了。

第二組刺客島村衛吉、上田楠次及谷作七也曾遇到類似情況。

藩廳方面似乎已察覺勤王黨的企圖，最近岩崎彌太郎等下橫目經常至第一組及第二組刺客家查探，刺客們根本無法出手。

「不成了，還是換人吧。」

武市這麼想，他決定改用第三組的那須信吾、安岡嘉助及大石團藏等人。且未得到確切情報之前，絕不讓他們打草驚蛇。

但這些行動龍馬毫不關心。

「即使武市除掉東洋，得利的畢竟還是守舊派。武市終究要被那些名門家老利用，土佐的政局只會江河日下。」

這就是龍馬的想法。

因此他有意放棄如此不可救藥的土佐，直接躍進遼闊的天下。

「還是脫藩吧。」

龍馬已下定決心。姑且不論脫藩後是否要加入吉村寅太郎所提的義軍，重點是，與窄小的土佐相較之下，遼闊的天下想必更能任自己盡情揮灑。

「大哥。」

二月底的一個早晨，龍馬到大哥權平的房間找他。

「我要脫藩去當浪人了。」

「咦？」

個性敦厚的權平大為震驚，他才剛受醫囑要小心中風。

「別嚇唬我吧！」

脫藩之罪將連累家人及親屬，攸關坂本家門之存亡。

「龍馬，你瘋了嗎？」

「我沒瘋。」

「龍馬，你給我聽清楚。」

大哥權平這下也慌了。

「咱們坂本家雖是鄉士，但也領有一百九十七石之地，並得拜領十石四斗的祿米，在土佐國算是有頭有臉的名家。你若脫藩，坂本家恐怕會就此遭滅家呀。」

「那可就麻煩了。」

龍馬笑嘻嘻道。

「有什麼好笑？你給我正經一點！」

「是！」

他立刻擺出一本正經的表情。因為脫藩需要一筆旅費，何況他還希望能有把好刀。而這一切都需要大哥贊助，萬一把他惹火就麻煩了。

「龍馬，我不准你脫藩。」

「是。」

「脫藩不僅會拖累坂本家，就連親戚都難倖免，尤其你最敬愛的乙女姊也不知將落得如何下場。乙女的夫婿岡上新輔成為老藩主（容堂）的隨行醫師，跟著他上江戶去了，這事你不可能不知道吧。要是你脫藩，新輔勢必遭到免職，更難逃禁閉之罰。那乙女可就難過了。」

「對呴……」

龍馬倒沒想到這點。

「大哥，我不脫藩了。」

龍馬說完後隨即衝出門去。當然他嘴裡說不脫藩只是逃離現場的權宜之計，並未真放棄脫藩計畫。

他從高知往東急行七里。

他幾乎是一路跑去，但抵達香我美郡山北村的岡上家時也已入夜。

主人岡上新輔已赴江戶，但姊姊乙女仍守候在家。

「龍馬，發生什麼事啦？」

乙女十分詫異。

「家裡發生什麼不幸大事了嗎？」

「的確發生不幸大事了，不過倒不是發生在坂本家。別管領有一百九十七石之地的坂本家了，是日本發生不幸大事了。權平大哥不了解，不過乙女姊一定了解吧？」

「──」

乙女凝視龍馬半晌後，才點頭道：

「你是想脫藩吧？」

「乙女姊認為如何？」

「龍馬是男子漢，要是你覺得這是正確決定，就該毅然決然付諸實行。不過你還是將事情來龍去脈說清楚吧。」

龍馬為她概述天下情勢，並告訴她自己若繼續待在土佐這種腐敗的藩就無法拯救天下。

「武市爺有何打算呢？」

「半平太大概打算為這個腐敗之藩殉死吧，我可不願意。」

「沒錯，姊姊我或許過於偏心，不過我的確認為土佐的格局對龍馬而言太小了。」

天下才是龍馬的容身之處。只有乙女了解龍馬。乙女把龍馬當成自己的作品，自然希望將此作品推上世界舞台。

「那就脫藩吧。」

「可是……」

乙女的夫婿恐遭撤職。

「可是，乙女姊，我若脫藩，姊夫岡上新輔大爺將會遭到重懲。權平大哥這樣嚇唬我，事情真會如此嗎？」

「應該是吧。」

乙女不以為意地說：

「新輔一定會遭老藩主怪罪。應該不至於要他切腹謝罪，但因妻舅闖禍，最輕也得閉門思過。」

「哦——」

給坂本家惹麻煩就算了，因為畢竟是自己生家，尚可請大哥權平睜隻眼閉隻眼。但乙女夫家岡上家未免太無辜了。

「這樣嗎？那我就不脫藩了。」

「龍馬！」

乙女目不轉睛地瞪著龍馬。她雖是個美人胚子但眼睛偏小，因此瞪起人來格外顯得凶惡。

「你到底是不是男人？」

「是男人啊。」

「既是男人，一旦做了決定就該貫徹到底。新輔大爺那邊我自會處理。更何況……」

乙女邊沖茶又說：

「若我是龍馬一定也要脫藩。我真恨自己不是男兒身呀。」

她話鋒一轉：

「若是太平盛世還另當別論，當此時勢卻生為女人，真教我不甘心。龍馬你一定了解吧？」

「是。」

武藝高強，度量又大。乙女若是男人，想必也會離開土佐，闖出一番非凡成就吧。

「生為女人，卻未嫁入武家而成為醫師之妻……好遺憾啊。」

「嗯。」

龍馬也只能靜靜聆聽。

「懊惱也於事無補。龍馬，你要是脫藩，一定要連乙女姊的份也一起努力。不管身在何處，都別忘來信喔！」

「我會的。」

「不過我先告訴你，信可別寫到這山北村的岡上家，請寫到城下本町筋二丁目的坂本家。」

「咦？」

「我要離婚。」

龍馬聞言大驚。

乙女竟想離婚。乙女若不再是新輔之妻，龍馬脫藩就與岡上家毫無瓜葛了。乙女方才說「我自會處理」，原來就是指這個。

「這、這不成呀。」

「龍馬，不必多費唇舌。將坂本龍馬這般男子漢推上救國的舞台，這是一路拉拔你長大成人的乙女的義務。」

乙女說完後便朗聲大笑。

笑到無法自已。

「其實是騙你的啦。」

乙女道：

「老實說，是因為我已受夠那個一再出軌的好色鬼新輔了。」

然而乙女的眼眶卻紅了。她在哭。

脫藩

龍馬開始準備脫藩。

脫藩需要錢。

還需要一把好刀。脫藩後便失去藩的庇護而成為天涯孤客，能保護自己的就只有腰間佩刀了。

龍馬家畢竟是城下首屈一指的富裕武家，因此祕藏著一把名為「細竹助廣」的寶刀。

但大哥權平怕龍馬脫藩，便將刀具櫃上了鎖，讓他拿不到。

「該怎麼辦？」

龍馬信步晃到才谷屋。正如前文多次提及，才谷屋與坂本家並非普通親戚，簡直就像一家人。

才谷屋是個兌幣舖，又兼營當舖，是城下三大富豪之一，也是坂本家的本家。分家為武士，本家為商人，如此狀態就像兩頭蛇。兩宅甚至背後相貼，北門為坂本家，南門為才谷屋店門。

「伯父在家吧？」

龍馬打過招呼後便想進屋，帳房的大掌櫃與兵衛連忙招呼：

「啊，是坂本少爺。」

說著提防地眨眨眼，這是因為數天前龍馬之兄權

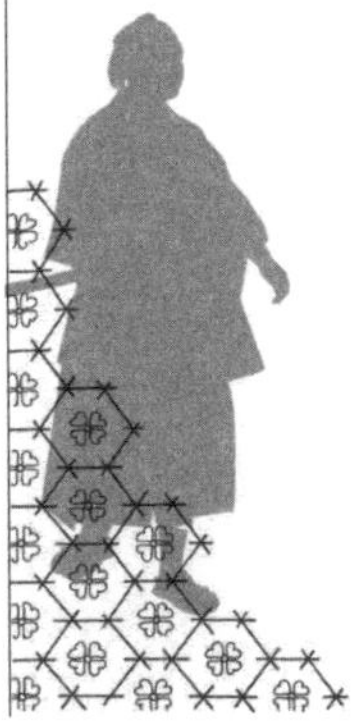

平曾到店裡來。

——大家聽好，龍馬應該遲早會來借錢或借刀，你們可千萬別答應他！

他如此千叮萬囑交代。

「老爺正好被叫去藩廳不在家，您有什麼事嗎？」

「那伯母在吧？」

「在，不過身體不舒服，正歇著。」

「喔，也沒什麼重要的事啦，只是想借刀具倉庫的鑰匙。」

「這、這……」

「我可是分家的人喔，我先到屋裡喝酒等你，快給我拿來。」

說著便大模大樣進屋去了。

他走進屋內一個房間，要女僕送上酒來，靜候伯父八郎兵衛回家。

不一會兒就已進入傍晚時分。

才谷屋家風十分自由，或許是因為太舒服了，竟成為所有親戚女眷的集會場所。

這天也不例外，阿市嬸婆（龍馬祖父的堂弟之妻）一大早就帶著姪女久萬及孫女菊惠來玩。她發現龍馬也來了，便說：

「哎呀，真是稀客呀。」

女孩們也圍著龍馬，搶著為他斟酒。

其實阿市嬸婆早知龍馬來此之企圖，因權平已在親族中廣為宣傳。

「我是想看看刀具倉庫。」

「龍馬！」

阿市嬸婆凶巴巴道，女人一過五十歲就一副天不怕地怕的模樣。

「依才谷屋的家法，嚴禁點燈進入倉庫，這你不可能不知道吧？倉庫只有在早晨陽光才照得進去，所以你還是明天再來吧。」

阿市嬸婆起勁地說起教來。龍馬故作慚愧貌猛點頭，但心裡自然暗罵。
「老太婆滿口胡說些什麼呀！」
根本就把她的話當成耳邊風。
不久伯父八郎兵衛終於回來了。
「啊，龍馬。」
才看到龍馬就變了臉色。
因他已聽分家的權平說龍馬恐怕會犯下脫藩重罪。
「什麼？要我開刀具倉庫給你看？那可不成。裡面只是些町人家的所有物，沒什麼像樣的東西。不如去討下才谷屋的么女當老婆吧，聽說她對你很癡情呢！」
「我不要討什麼老婆！」
龍馬頓時翻臉。
「別提老婆的事了。伯父，給我一把刀吧。」
「我這沒什麼好刀呀。」
這當然不是真話。才谷屋是城下首屈一指的當舖，連藩都來大額貸款，藩士也常光顧。具有相當身分的藩士常將刀具或武具質押於此，也可能就此斷贖，光是這些就已擠滿刀具倉庫。龍馬就是想看這些刀具。
「你要刀做什麼？現在身上配戴的大小佩刀不是很好嗎？」
「沒什麼特別理由，我是突然想要。伯父大人，你倉庫裡不是有把吉行的刀嗎？」
雖是新製品，卻是把好刀。吉行的全名是陸奥守吉行。
他是活躍於寬文年間（一六六一～七二）的刀匠，本為奥州人，卻在大坂闖出名號，後為土佐藩延攬而遷居高知城下。作品特色為「丁子亂刃」（編註：刀刃上的波紋似丁香花蕾，故名），多佳作。
「什麼吉行？沒有，沒有！」
伯父八郎兵衛半推著把龍馬趕出去。
一回家就發現大哥權平神色緊張地等著自己。
「龍馬，你到才谷屋去做什麼？」

「只是去玩呀，去玩玩而已啦。」

龍馬趕緊逃回自己房間，倒頭便睡。受到如此四面八方的戒備，龍馬也束手無策了。

「乾脆就帶鈍刀出發吧。」

他迷迷糊糊地想。

大約才睡了一個時辰。

龍馬感覺有人進房而彈跳起身。房裡伸手不見五指。

這位不速之客手上拿著油燈，還將油燈的火引至行燈。

是姊姊阿榮。

「原來是姊。」

龍馬愛理不理地嘀咕。

其實不僅龍馬所在的坂本家，所有親戚家都是生女多。

龍馬的姊妹中最大的是千鶴，已嫁入城下鄉士高松家，育有二男一女。

三姊是特別疼愛龍馬、一手將他拉拔大的乙女。

中間還有個姊姊，就是這位阿榮。

她嫁入同為鄉士的柴田家，但不幸離了婚，故又回到坂本家。

龍馬是坂本家么子，因此與二姊阿榮年齡差距頗大，兩人幾乎沒什麼姊弟之情。

「這個姊姊到底想做什麼？」

龍馬狐疑地盯著阿榮。

——坂本家離婚的女兒。

附近鄰居都知道這指的就是阿榮。阿榮也很認份，只是靜靜住在宅裡一隅。

她身型窈窕，這點讓人懷疑她和素有「坂本家仁王」之稱的乙女真是姊妹。不過眉宇之間的確與龍馬十二歲時過世的母親幸了最為神似。

「龍馬，聽說你在找好刀？」

「啊？連妳也聽說了嗎？大概是因族內全是些女

人，消息就像野火燎原般一下子就傳開了喔。」

「不過這消息可不能傳出家族之外，萬一洩漏出去就有罪了。」

「為什麼？」

「你不是想脫藩嗎？」

「啊？連這也……」

龍馬故作滑稽地抓抓頭，阿榮卻一笑也不笑。

「知道呀。這事不管是對坂本家、高松家、山本家、才谷家或岡上家而言，都是天大的事。你一個人脫藩，不知將給全族帶來多大麻煩，你自己知道嗎？」

「當然，我沒那麼散漫啦。」

「首先你自己就很麻煩。要是脫了藩就不能返回家鄉，這輩子就不能再見到權平大哥、乙女，還有你最疼愛的姪女春豬。當然家裡也不會給脫藩者寄錢，哪怕你曝屍荒野也置之不理。這些情況你心裡已有覺悟嗎？」

「好尷尬呀。」

龍馬瑟縮著身體，真沒想到會被一向文靜的阿榮姊當面說教。

「你真有如此覺悟嗎？」

「這個嘛，我畢竟是男子漢，所以認為能為人生之志而曝屍荒野，正是男子漢的夙願。」

「那我就完全了解了。」

「哦？姊姊諒解了嗎？」

「當然諒解，而且我還要把你一心想要的陸奧守吉行刀送你當禮物呢！」

「咦？怎會……」

在姊姊手上呢？龍馬半信半疑。

「我有一把，不過我得先聲明，這把既非坂本家也不是才谷屋的所有物，是我私人的。」

「真讓人吃驚，阿榮姊怎會有陸奧守吉行的刀呢？」

「你別小看我。」

阿榮第一次笑了。

阿榮真的有。這雖非虛言，但因她將這把陸奧守吉行刀送給龍馬，後來竟給自己惹來大麻煩。

阿榮退出房間，不久便捧著一把大刀回來。

「啊！這是……」

龍馬迫不及待地接過來，並立刻拔出刀來審視。刀身閃著澄澈青光，陸奧守吉行特有的丁子亂刃紋散發著豪壯的氣勢。

「二尺二寸。」

一般說來這長度適合身高五尺二、三寸的武士使用。

「剛好。」

龍馬試著揮了揮。其實像龍馬這般高大，刀長自二尺三寸至二尺六寸也可運用自如，但不知為何他卻偏愛略短的刀，故這把刀正符合其偏好。

他為求慎重，卸下刀柄上的卯釘仔細檢查柄腳。上面刻著造者名。

「果然是陸奧守吉行的刀。果然是真的呀。但還真不可思議，姊怎麼會有這把刀呢？」

「這個嘛……」

阿榮眼裡露出淡淡哀傷。

「這刀是我那柴田家的夫君送我作紀念的。」

「咦？是柴田姊夫送你的？」

不過這人已不再是姊夫。

柴田義秀是阿榮的前夫，兩人已無夫妻關係。

龍馬並不清楚阿榮返回生家的確切原因，但至少知道並非夫妻感情不睦。其實兩人感情甚篤，離婚的理由大概是婆媳不和吧。

最好的證據是，阿榮要返回生家時，做丈夫的柴田義秀還將陸奧守吉行刀交給她。

「這是我傳家之寶，希望妳把它當成我，睹物思人。」

阿榮於是抱著這把刀返回生家。

「這、這樣嗎？」

龍馬還是想不透。

「這麼說來，姊，這刀不就等於妳的生命嗎？」

「不，那人已非我丈夫，他送我的紀念物留在身邊……」

說著垂下眼簾。

「也是徒然啊。」

「也對。」

「這刀成為那懦弱男人的替身，一直躺在女人的衣櫃中。與其這樣，不如繫在即將成龍飛昇的龍馬腰間更合適些。」

「我懂了，那我就收下。」

沒想到這竟給阿榮帶來不幸。

龍馬脫藩後，藩廳查出阿榮把柴田家的傳家寶陸奧守吉行刀送給龍馬。柴田義秀聽到消息後怒不可遏。

他親自上坂本家指責阿榮。

「妳為何把我送妳的紀念物轉送他人呢？」

後來阿榮便自盡了。

仔細想想，老天爺為了將龍馬推上日本歷史的舞台，竟害得一個姊姊離婚，現在又害另一個姊姊自殺。如此犧牲也太驚人了。

某日，龍馬信步走到武市半平太家。

「哇，好久不見。」

武市滿懷感觸地笑道。

他大概也有預感吧。因為龍馬是來向武市做脫藩前的辭別。

龍馬在這個朋友面前，對自己的脫藩計畫隻字不提。一心追求「全藩勤王」夢想的武市一定會竭盡所能阻止龍馬吧。龍馬不在身邊，他就像被擰下一隻手臂似的，武市的政變計畫也將有所缺憾。

「龍馬，你今天表情真怪。」

「是嗎？」

龍馬抹抹臉。

他的心情也十分悲傷。一旦脫藩，這一生恐怕就再也見不到這個朋友了。

「武市，計畫進行得順利嗎？」

「進行得還算順利。暗殺吉田後的參政執政、大監察、郡奉行等職務人選都決定得差不多了。」

龍馬又問了人選名單。沒想到除小南五郎右衛門、平井收二郎，都是些愚不可及且因循守舊的家系之人。想當然耳，武市自己本身因身分低微而未能列入奪取政權後的執政名冊，他一定是打算躲在幕後操縱吧。

「可這些面孔簡直就像古董店裡的武士人偶呀！」

「唉，這也無可奈何。不過老藩主之弟君民部等人還曾多次催問：『武市，還不下手嗎？』」

山內民部與藩主系出同門，在兄弟之中腦筋特別精明，與容堂（老藩主）及豐範（藩主）不同，政治立場上並不會被咎責，故勇於暗中支持武市構思的「勤王土佐藩」。

「老藩主之弟君竟背著老藩主及藩主吃裡扒外呀？這不正是說書劇本中的內鬨情節嗎？」

龍馬天真地笑笑，其實心裡卻暗自嘀咕。

「武市這傻瓜。」

即使暗殺成功，江戶也還有個偏袒幕府的老藩主。何況當初提拔吉田東洋的正是這位老藩主，加上老藩主本身在天下諸侯中也是以才幹著稱，雖已退位，但領國內發生政變他也不可能袖手旁觀。

「武市你聽著，即使暗殺得手，政變成功……」

「嗯？」

「江戶的老藩主若大聲抗議，你打算怎麼辦？到時候你就得把矛頭轉向老藩主了。你有如此覺悟嗎？」

「笨蛋！真是大不敬！成功後，我自會立刻上江戶說服老藩主。」

「他比你還有學識，也不像一般藩主木訥，口才甚至在你之上。不僅如此還天生硬脾氣，不聽人言。

武市，最後我要給你一個忠告。」
「哦？儘管說吧。」
「脫藩。」
武市張大眼睛瞪著龍馬。
「龍馬，你該不會打算脫藩吧？」
「不，沒這回事。」
龍馬突然哼起歌來。

文久二年四月八日晚上十點多，土佐藩參政吉田東洋遭武市之勤王黨暗殺。

這天從傍晚就下起細雨。

入夜後天色轉暗。杜鵑鳥淒厲的叫聲響徹城下的天空。

東洋人在城內大廳。這日依照慣例，是東洋為年輕藩主講課的日子，教材是賴山陽所著的《日本外史》。

彷彿暗示東洋自身命運似的，這天晚上的課程正好講到導致信長死亡的「本能寺之變」橋段。

吉田東洋不僅是系出名門的重臣，更非一般政客之流，他有著卓越的學識。當他講到信長臨終情節時，除以《日本外史》為教材，還旁徵博引其他史實，把信長說得儼然活生生站在藩主面前似的。他同時還介紹叛臣明智光秀的為人及其苦惱。

（光秀）曰：「如今事情緊迫。無論如何我都將起事。」五人（光秀部下）本欲勸阻，但見光秀心意已決，不必徒勞，因而贊成其謀。（中略）行至老坂，若右折則為備中道。

光秀卻揮鞭東指並揚言：

「我之敵人在本能寺！」

黎明即包圍本能寺，鼓譟攻入，槍箭齊發。

年輕藩主屏氣凝神聽得十分專注。一旁陪讀者有由比豬內、市原八郎左衛門、後藤象二郎（因受龍馬影響日後成為勤王派，維新後獲封伯爵）、福岡藤次（情形同後藤，維新後改名孝弟，獲封子爵）、大崎卷藏等人，這些人日後皆謂此時東洋遠較平素講課時充滿熱情，「說著說著，昔日光景儼然在眼前重現。」

東洋這堂名課又如此繼續進行。

信長人在臥室，驚嚇而起曰：

「叛者何人？」

並派蘭丸出房檢視其旗幟。蘭丸回報曰：

「是惟任光秀。」

信長曰：「小子竟敢如此！」言罷即攜弓而出。

蘭丸等值宿者皆肉搏而戰。信長親自射倒數人，又掄槍抗敵而傷及右肱。隨即衝入，指揮眾妾逃生後縱火自裁。

講完課後蒙藩主賜酒。

東洋喝得酩酊大醉。

「哇，今晚的課真是震撼人心。」

年輕藩主如此讚道。東洋滿意地點點頭。

「不出幾日主君就要進駐江戶，今晚是最後一堂課了，故屬下也注入更多熱誠。」

這天晚上東洋將在城內講課，武市半平太早得知此情報。

「依照慣例，上完課後主君當賜酒，他下城時應在戌時過後。」

武市對眾刺客道。

刺客成員有三：

那須信吾

安岡嘉助

大石團藏

此外還有河野萬壽彌（後改名敏鎌），負責善後事宜。

若暗殺成功，三名刺客應照預定計畫趕至城下長繩手的觀音堂集合，負責善後的河野就在那裡等著領收東洋首級。三人逃亡所需的盤纏及裝束均已備妥並預先置於觀音堂中。

身型魁梧的那須信吾本在檢查大刀的卯釘，這時突然站起身來。

「現在離出發還有一段時間，我出去一下。」

說著便出了門。

此時正下著雨。

那須到家老深尾家的下屋敷找住在宿舍中的十九歲姪兒。

其姪兒就是後來的田中光顯。這人此後將脫藩並奔走四方，維新後成為元勳之一。昭和十四年（一九三九）過世，享年九十七歲。此時已離開名為佐川的鄉下，正在武市塾學習。

那須進門後，在土間甩乾傘上的水。

「顯助（光顯之幼名），到門口來！」

他不進屋，而要顯助到土間來。

「過來一下，有件大事要通知你。你年紀雖小但畢竟是個男人，絕不可洩漏出去。我要去暗殺參政吉田東洋。」

「咦！」

「傻瓜，安靜！對了，這事我並未事先告訴岳父及妻子。不過殺死東洋後，我希望能盡早通知一個人，那就是歷代照顧咱們窮鄉士的深尾鼎（家老，同時也是佐川之領主，因東洋而遭罷黜，目前正於領地閉門思過）大爺。他對東洋恨之入骨，我要你趕到佐川去，幫我告訴他事情已完成。」

「那您要在何處暗殺東洋呢？」

「城下的帶屋町。」

「時間呢？」

「今晚進行。你明早天亮之前到現場去，確定看到屍體血跡後，立即直接奔往佐川。你年紀小，即使路上被撞見也不會遭人起疑。」

顯助彷彿即將出戰的武士般，渾身一陣抖擻。

這段插曲，我想直接摘錄田中光顯九十四歲時的口述自傳應該更適切吧：

> 「那就拜託你了。」
>
> 叔父把事情交代給我之後，若無其事地離去。屋外正下著綿綿春雨，叔父就在那雨中悠悠然地漸行漸遠。我心中百感交集，卻只能靜靜目送叔父的背影。
>
> 那天夜裡我整晚激動得無法闔眼。

東洋於亥時（晚上十點）出城。

「哎呀，喝醉啦。」

等在城內大殿玄關處的年輕侍從遞上一把傘，他接過後啪地打開。

四周一片漆黑，到處都被綿綿細雨濡濕了。

年輕侍從手執提燈在前領路，主從二人緩步走下城內石階。隨行者除年輕侍從外，還有一名提草鞋的僕人，與平時一樣共兩人。

要走下石階時，數名年輕武士前後護住東洋，都是今天同席旁聽者。包括後藤象二郎、市原八郎左衛門、福岡藤次（孝弟）、由比豬內、大崎卷藏等，個個都是東洋蟄居時所收門人。東洋重返政壇後，便提拔他們為新任官僚。

「執政大人。」

福岡藤次將傘斜向一側，面帶微笑走上前來。

「今晚的課程比平常更加精采。信長本能寺臨終之段充滿戲劇性，正適於以此為一代梟雄之一生畫下精采的句點，淒涼之中帶著絢爛。屬下拜聽時，感覺那光景栩栩如生彷彿就在眼前。」

「哦？是嗎？」

吉田東洋緩步走下雨中的階梯。老實說，被人稱讚的感覺還真不賴。自己也覺得今天在藩主面前講課時似乎特別入神，表現得比預期的還精采。

「我也很喜歡這段。其一生成為一篇史詩者，即所謂的英雄。我邊想著信長的一生，竟逐漸幻化成本能寺火海中揮動愛槍的英雄本身了。」

「主君看來也相當滿意。」

大崎卷藏低頭道。由比豬內見狀也不落人後讚道：

「這真是送給主君最好的餞別禮呀。」

出了城門，一行人轉往大手筋之道。雨勢似乎稍稍轉強。

「執政大人，屬下就此告辭了。」

福岡、由比及市原自此與東洋分道揚鑣，因為他們的居處位在不同方向，上了大手筋必須立刻往南走。

東洋身邊只剩大崎及後藤。

經過教授館之後才往南折，轉上東西走向的帶屋町筋。

後藤和大崎家還在更南，東洋家則必須從帶屋町的街角折向東走。

「那麼就請執政大人自己小心了。」

年輕的後藤象二郎道。他與東洋有血緣關係，後來成為土佐藩的參政，還因龍馬的影響而從佐幕派轉為勤王派。不過他生性粗線條，這時竟無任何預感。

東洋終於落單了。

年輕侍從及僕人護在前後，東洋左手撐傘緩步前行，努力避開泥濘地。

前方十幾步之處。

埋伏著三名刺客。

是三名壯漢。

個個以布巾蒙面並穿著農民的蓑衣，分別蹲在路上人家門前或圍牆陰暗處，任雨打在身上。

「還不來嗎？」

性急的大石團藏沉不住氣，一直輕輕扭動身體。不知是簑衣裡有跳蚤，還是緊張時刻的生理反應，只覺全身莫名奇妙地發癢。他不停地搔抓。

安岡嘉助。

他蹲在一個名叫前野久米之助的上士家圍牆邊。髮髻都濕透了，雨水不斷流進眼耳鼻口。他就這樣蹲著解了幾次小便，不過量都很少，總是解完後又突然有了尿意。

「到底怎麼回事呀？」

他把手伸進褲子抓住睪丸，那東西竟硬得彷彿向上吊起似的。褲子裡全濕透了，並不是因為雨水。

那須信吾。

他盤腿坐在前野宅的門簷下。

用一條舊手巾繞頭，綁住臉頰和下巴。心裡不斷浮現家鄉佐川的妻子和兩個兒子的臉龐，但他刻意瞪大眼睛、咬緊牙關，試著趕跑這些幻影。

「恐怕再也見不到他們了。」

老父俊平應該會替自己照顧兩個兒子的將來吧。想著想著，瞪著虛空暗處的雙眼竟忍不住流下淚來。

「沒問題的，孩子即使沒了父親，還是會長大的！」

他幾度狠狠用手擦去淚水。老父俊平雖是個窮鄉士，但多少有點田地，還開了個鄉下的槍術道場，生活自然無虞。

不久，帶屋町二丁目的十字路口突有提燈浮現。

「是東洋嗎？」

因距離最近，最先發現的是大石團藏。

他甩開身上的蓑衣。

大石穿著印有家紋的黑木棉服及小倉織的棉褲，還以佩刀的吊繩繞成十字束起衣袖。手上大刀是大石家傳家名刀「天文祐定」（現存）。

這刀是備前長船所鍛製，長二尺三寸，彎度六分，刀紋呈曲線狀。刀柄纏布只纏了一半，刀鍔為土佐明珍之作。

刀鞘為紅色。

大石團藏以指微微推開刀鍔，隨即衝入雨中。安岡隨後跟上，兩人幾乎貼著身。兩人不約而同朝手執提燈領路的隨從砍落。至於是大石先出手還是安岡，已不得而知。

「晚了一步！」

那須信吾從人家門口衝入雨中。褲子沒拉起，衣襬還高高撩起，把屁股露在外面。

四周陷入黑暗。

因為大石團藏把為東洋提燈領路的隨從砍傷了。

「大膽狂徒！」

東洋沉聲喝道。其刀術已獲神影流之「皆傳」資格，可不是隨隨便便的三腳貓功夫。

腰間大刀也不是一般家老上殿時裝飾用的華麗纖細佩刀「殿中差」。

——專為實戰設計。

這是東洋吩咐住在高知城下南奉公人町的知名刀匠行秀為他特別打製的，是把長達二尺七寸的豪邁大刀。刀幅偏厚，彎度適中，刀紋也深。如此長刀只適合身材高大且臂力強者使用。若於騎馬時使用則另當別論，否則不宜當成平時佩刀。不過東洋偏愛戰國武士風範，就連佩刀也要求能於馬上砍死全副武裝的對手，因此才特地叫人打製此刀。

那須信吾揮著高舉過頭的大刀衝上前來。

「元吉（東洋之通稱）！」

他如此大喊，右腳卻陷入泥濘而略微打滑。

「我要為國取你性命！」

說著揮刀砍落。

東洋來不及拔刀，只得以張開的唐傘接下這一刀。

那須信吾的刀砍斷雨傘，甚至傷及東洋左肩，但傷勢並不深。

「大膽狂徒！報、報上名來！」

東洋說完隨即踢掉腳上的高木屐，往後跳開三步，拉開距離後才拔刀。

「跟我有什麼仇？」

「這是天誅！我是替天行道！」

那須上前又是一刀。東洋以刀格開。兩刀交鋒迸出火花，但隨即消失在黑暗中。

大石、安岡二人因忙於追殺年輕隨從及提草鞋的僕人，故不在場。

「哪、哪來的……」

東洋使勁往前踏出，使出一記神影流的獨門刺擊術，並大喊：

「窮鄉士——」

接著數度激烈交手。

那須漸居下風，雨水毫不容情地流進眼裡。

「大膽！」

東洋的吶喊聲十分驚人。

周遭是成排的上士宅，不可能沒聽見東洋如此吶喊聲，卻仍維持一片死寂。大概是不想惹禍上身吧。

……

這時路上一陣水花飛濺，是大石團藏和安岡嘉助趕回來了。

東洋大驚失色。

這下背後也有敵人了。

安岡望著東洋的背影。

簡直高挺如山。

東洋巍然挺立，毫不改變姿勢，只管瞪著面前的那須信吾。

「糟了！」

安岡忍不住發起抖來。他雙手將大刀高舉過頭，僅將右膝向前頂。不過下巴是往前探出了，腰卻忘在後頭。他已忘記平時熟練的刀法，完全一副地痞流氓耍狠的姿勢。

「哇——」

他發出吶喊，同時朝東洋背後砍落。

——喝！

東洋拉開身體並格開安岡的攻勢。安岡不由得往前踉蹌了兩、三步。

周遭一片漆黑。

東洋若有意逃走，此時正是大好機會。東洋若真是個達觀者，早該逃了。

但這時，東洋的性格卻害了他。其個性本就極具攻擊性，凡事自負得出奇。

「這個白癡！」

東洋揚起刀，就想朝攻擊自己的安岡背上砍落，但他忘了敵人可不止安岡一人。前面還有那須，背後也還有大石團藏在。

「東洋！」

大石以他那把「天文祐定」朝東洋背後砍落，東洋背上頓時裂開，鮮血四濺。東洋「啊」地慘叫一聲就要往旁邊倒下。大石用力過度，竟連路上的小石頭都砍碎了。

方才趁隙從正面攻擊的那須信吾大喊：

「吉田爺，為了國家，只好犧牲你了！」

說著毫不猶豫地朝他斜劈過去，東洋終於栽倒在地。這一刀結束了東洋的一生。

「嘉助，首級！快砍下他首級！」

不知是誰如此提醒。

安岡嘉助上前揮下大刀。但這附近一片漆黑，伸手不見五指。

這一刀失手了。揮落的刀刃正好砍在屍體下頷，砍不下來。

砍了好幾次，周遭全籠罩在殘酷的血腥味中。好不容易使身首分離後，再以白棉布包起首級。那須也出手幫忙。這塊布是塊破舊的兜襠布，不知是誰臨時脫下來的。據說這塊破舊的兜襠布曾惹得武市大怒。

——絲毫不懂武士之禮！

但那須、大石、安岡個個都是難以溫飽的窮鄉士，哪有閒錢準備新棉布。

說來諷刺，吉田東洋平素淨穿奢華絹服，甚至連長襯衣用的都是高級的正紅色皺綢，還曾揚言：

——上士儘管奢侈一點，鄉士則禁止穿著棉布以外的衣服。

階級意識如此分明的吉田東洋竟慘遭斬首，首級還被包在窮鄉士的舊兜襠布中。

三人在雨中飛奔。兩、三隻狗聞到血腥味，一再撲向抱著首級的安岡，情況委實狼狽。安岡為了擺脫那些狗，只得使盡吃奶的力氣又跑又跳地狂奔。

這時龍馬已不在高知城下。

武市一幫人暗殺東洋的十四天前，亦即文久二年三月二十四日，龍馬即趁黑脫藩了。

大哥權平雖膽小，卻天生漫不經心。

都過了五天他才說：

「喂，阿榮，最近家裡都沒看見龍馬的人。他上哪兒去住了嗎？」

阿榮早就發現龍馬不在了。

「脫藩啦！」

她心裡這麼想，但仍回答：

「這個嘛，會不是會是到下才谷屋去玩啦？」

「搞不好是喔，那個愛四處跑的傢伙。」

但畢竟放不下心。

身材肥胖的權平穿上印有家紋的和服並將較細的大小佩刀插在腰際。

「好，我去找找看。」

說著就一一拜訪城下的親戚。

大概是最近太胖了，走起路來很辛苦。明明才四十九歲，卻一副老態龍鍾的模樣。

「我大概也活不久了吧。」

這位個性溫和的長兄如此暗想。不過還是得維護家門聲譽，這是家名及家祿繼承者權平的義務。

他先到高松順藏家拜訪，那是妹妹千鶴的夫家。

「千鶴呀。」

權平直接進門。

「龍馬有來這裡嗎？」

「哎呀，是大哥呀。」

沒來呀。千鶴答道。

「大哥，這麼說來，他該不會是脫藩了吧？」

「噓！」

權平離開高松家之後又陸續造訪上才谷屋、下才谷屋、中澤家、土居家及鎌田家。造訪完時，眼前都發黑了。

「好熱呀。」

擦汗手巾幾乎都能擰出水來了。才三月末，這天氣溫卻如盛夏般酷熱。

一回到家，發現一大早就前往山北村乙女夫家打聽龍馬消息的源老爹已早他一步回來了。

「老爺，山北那邊也沒找到少爺。」

「這樣嗎？」

「難不成真離開土佐了？」

權平茫然若失。

他和龍馬相差二十歲以上，對這個么弟的疼愛程度甚至勝過自己的獨生女春豬，因此忍不住回想起龍馬小時候的各種模樣。

「擅自離開土佐的話，就再也不能回來了呀！」

他已熱淚盈眶。

「早知他是真有心脫藩，就把傳家寶刀給他。憑他身上那把鈍刀，將來怎麼辦？真教人擔心呀！」

一想到這裡便再也忍不住，任淚水撲簌簌地流了下來。

過了一會兒，源老爹就來稟告自己從才谷屋夥計聽來的怪事。

「什麼？」

權平瞪著源老爹道：

「你說龍馬去爬才谷山？」

「是呀，老爺。才谷屋的夥計豬七說他親眼看見的。」
「什麼時候？」
「他說是五天前，也就是二十四日，櫻花正好開了七分的那天。」
才谷山位於城外，為坂本家所有。正確說來是個略高的小丘陵地，有狹窄的階梯可直達丘上。丘上有座神社，裡面供奉著坂本家之祖先明智左馬助的靈位及名為「和靈」的神明。和靈明神的本社位於伊予宇和島，城下才谷山供奉的是其分靈。
此神社並非鄉所有。
是坂本家私有之神社。是遠在權平及龍馬之前數代的祖先為求家內平安而在此私設的神社。
「龍馬當時是什麼模樣？」
「是，聽說少爺當時肩上扛著個酒葫蘆。」
「酒葫蘆？」
「是呀，老爺，這小子……」
源老爹若有所思道：
「應該是去賞花吧？」
「我知道了，我知道了。」
權平也滿腹狐疑。
「有帶人同行嗎？」
「據說是自己一個。」
「可是要賞花也嫌遲了吧。才谷山的櫻花開得早，應該已經謝了吧。」
「當然已經謝了呀，老爺。」
「那為什麼還扛著酒葫蘆？」
「對呀，奇怪。」
源老爹還沒想出來，但權平已推測出答案。
「龍馬一定是脫藩了！」
龍馬一定是為脫藩一事，特去向坂本家祖神辭別吧。
「要不是這樣，一向不喜拜神的龍馬不可能上才谷山去拜拜的。」
事實正如他所料。

龍馬脫藩那天的確上了才谷山，在神社中喝了個痛快。

——喏，明智左馬助大爺。

他心裡如此召喚祖先之靈，接著又召喚和靈明神。

——人生短暫，請協助我完成大事業吧。

他如此懇求。

他下山後直接去見藏匿在山腳農家的澤村惣之丞。澤村惣之丞之前已和吉村寅太郎一同脫藩，這回是專為說服龍馬才潛回土佐的。

「龍馬，換上旅裝吧。」

「不，一支酒葫蘆就已足夠。」

他的錢兜子裡放著向廣光左門等親戚借來的十兩金子，腰間插著阿榮姊送的陸奧守吉行，卻未穿著寬裙褲。

「你要穿這身便裝上路嗎？」

「嗯，這樣更容易掩人耳目。」

「那走吧。」

兩人一入夜便啟程，準備翻過山嶺。

脫藩簡直就像去登山，尤其土佐情況更是如此。土佐國北側有東西走向的險峻四國山脈，要出國境必得翻山越嶺。但主要道路上設有關卡且耳目眾多，就連民家都不可能借宿，因為他們會向村裡的官差通報。

因此他們走的是小路。

不睡覺連夜趕路，他們得像游離於山林之人一樣，沿山岳溪谷一路跑到伊予國境。這一切只能靠自己的健腳了。

「龍馬，先爬到御嶽的山頂吧。」

澤村惣之丞道。他曾出走過，因此熟門熟路的。

「好啊。」

龍馬一身便裝。他毫不猶豫地撩起衣服後襬，但腳上還是繫了綁腿並穿上草鞋。

兩人摸黑衝進高知城西北方的山裡。接下來就辛苦了，匍匐爬上山腹，抓著藤蔓沿岩壁往上爬，好不容易才攀至御嶽山頂。

「澤村，你還能走嗎？」

龍馬經常回頭關心道。澤村腳力較弱。

「沒問題。」

半個月後，這條山路即將成為暗殺吉田東洋後脫藩的那須、安岡及大石三人的亡命之道。

那須事後曾在信中向故鄉的大哥濱田金治描述當時脫藩的情形：

「（前略）經過大平爬到御嶽山頂時，望見山谷中盛開的櫻花與山頂上的殘雪彼此爭豔，卻無閒情雅致欣賞，只是趕路。下到有熟人的森村時也未打擾人家，只是嚼著乾飯繼續趕路。經過高瀨村，又到別枝村，然後穿過德道關，再從澤渡搭船，黃昏前總算趕到久萬山中的岩川。這才住了下來。」

不難想像龍馬這一路也是如此辛苦。但龍馬早了半個月，春意尚淺，故積雪頗深，更讓人受不了。

兩人來到別枝村時竟適逢雪崩，雙雙跌落谷底。澤村扭傷了腳。

「你抓緊我的背吧。」

龍馬揹著澤村從谷底往上爬，又揹著他繼續往西走，穿過滿是積雪的山林。

「對不住，對不住啊！」

澤村一個大男人，說著說著竟靠在龍馬背上哭了起來。

他和龍馬不同，好學，尤其擅長數學及英語。日後成為龍馬部下，以海援隊士官的身分活躍一時。此為後話，不過維新前夕，澤村在長崎竟將一名醉漢誤為盜匪，開槍射殺，仔細一看，才發現那人是薩摩藩士川端半助。澤村惟恐引起海援隊與薩摩藩之間的衝突，即便薩摩藩方面再三阻止，他仍豪邁地切腹自殺。

他一邊把刀刺進肚子，還對一旁的友人笑道：

「男子漢大丈夫，與其裹在棉被中呻吟與藥壺搏鬥，還是如此瀕死之際有意思多了。」

澤村惣之丞（後改名關雄之助）之墳位於長崎的西山，如今已落寞地長滿青苔。

龍馬脫藩是在文久二年三月二十四日。

暗殺東洋的行動則是在次月的八日。

但上士之間卻傳出如此謠言：

——凶手恐怕是本町筋一丁目的鄉士坂本權平之弟。

最大理由是，龍馬乃城下首屈一指的刀客。

不僅如此，他還與武市齊名，同為土佐年輕鄉士的領頭老大。故擅自脫藩的龍馬自然不免遭人懷疑。

——不，龍馬在吉田大爺遭暗殺前就已脫藩。

有人如此為他辯解。

——那只是故佈疑陣。他故意讓人以為他已離開土佐，其實仍躲在城下，直到次月八日才發動突襲的。

也有人如此認為。

東洋被暗殺那天為藩主上課時，職稱為監察長「大目付」的大崎卷藏曾同席旁聽，且下城後還與東洋同行至護城河畔才分道揚鑣。

因此他遠較一般人激憤。

「那些可惡的鄉士！」

此外，大崎也是東洋的門生。不僅如此，他年紀輕輕就獲東洋賞識而獲提拔至大目付之重職。

這些東洋提拔的新進官僚，藩中之人統稱之為：

「新虎魚組。」

為什麼這群飛黃騰達者會被冠上這奇怪的渾號呢？背後其實有個十分有趣的故事，可惜離題太遠只好略過不提。（編註：此名之由來有以下一說。「虎魚」為一種吉祥海螺，漁獵時若帶在身上即有好收穫，故藉此名諷刺攀上有力人士而飛黃騰達之人。因之前天保年間已有馬淵嘉平等「虎魚組」出現，故稱攀附東洋之人為「新虎魚組」。）

總之新虎魚組的成員因痛失領袖東洋而大受打擊，報復之念自然甚強。

他們夜夜聚集在大目付大崎卷藏家商議。

「東洋老師暗殺事件前後之脫藩者，以坂本龍馬為首，其他還有那須信吾、大石團藏及安岡嘉助共四人。凶手想必不出此範圍。」

他們設定目標後，隨即準備派出大批下橫目到他國嚴密搜查。不過就在採取行動之前，大目付大崎卷藏就遭免職了。

因為武市暗中導演的大政變已正式上演。

藩廳方面，東洋派上士幾乎全遭免職，而原受東洋排擠遭撤職的家老及諸名門（山內下總、桐間藏人、深尾丹波、小八木五兵衛、五藤內藏助、山內大學）等守舊派則捲土重來重新登場。此外，上士中難得的勤王派小南五郎右衛門及平井善之丞也登上大監察（相當於警察廳長）的寶座。

藩主才十七歲，一切進展全不出幕後主導者武市所料。

「如此就達成一藩勤王的理想狀態了。」

武市十分欣慰。但世事自然不可能全照秀才武市的劇本演出。

江戶還有位「老藩主」。

退隱藩主山內容堂可是諸侯中人稱的「虎爺」。他一向排斥勤王黨，領國土佐發生政變更令他震怒。

（第二卷完）

日本館・潮 J0251

龍馬行二

作者……………司馬遼太郎
譯者……………李美惠
主編……………吳倩怡
特約編輯…………陳錦輝、陳巧宜
行政編輯…………高竹馨
美術編輯…………吉松薛爾
封面繪圖…………林繪

發行人……………王榮文
出版發行…………遠流出版事業股份有限公司
104005 台北市中山北路一段十一號十三樓
電話……………(02) 2571-0297
傳真……………(02) 2571-0197
郵政劃撥…………0189456-1
著作權顧問………蕭雄淋律師

初版一刷…………二〇一一年一月一日
初版四刷…………二〇二三年十二月十六日

售價三〇〇元
若有缺頁破損，敬請寄回更換

ISBN 978-957-32-6914-4

國家圖書館出版品預行編目（CIP）資料

龍馬行 / 司馬遼太郎作 ; 李美惠譯. — 初版.
— 臺北市 : 遠流, 2011.11-
冊 ; 公分. — (日本館.歷史潮)
ISBN 978-957-32-6888-8(第1冊 : 平裝)
ISBN 978-957-32-6914-4(第2冊 : 平裝)

861.57　　100021093

ylib 遠流博識網
http://www.ylib.com
www.ebook.com.tw
e-mail: ylib@ylib.com

RYOMA GA YUKU <2> by Ryotaro SHIBA

This edition originally published in Japan in 1998 by Bungeishunju Ltd.
Traditional Chinese translation rights arranged with Midori Fukuda
through Japan Foreign-Rights Centre/Bardon-Chinese Media Agency